A Magia do Inverno

Universo dos Livros Editora Ltda.
Rua do Bosque, 1589 – Bloco 2 – Conj. 603/606
CEP 01136-001 – Barra Funda – São Paulo/SP
Telefone/Fax: (11) 3392-3336
www.universodoslivros.com.br
e-mail: editor@universodoslivros.com.br
Siga-nos no Twitter: @univdoslivros

A Magia do Inverno

São Paulo
2018

TAHEREH MAFI

Grupo Editorial
UNIVERSO DOS LIVROS

Diretor editorial: **Luis Matos**

Editora-chefe: **Marcia Batista**

Assistentes editoriais: **Aline Graça e Letícia Nakamura**

Tradução: **Mauricio Tamboni**

Preparação: **Luís Protásio**

Revisão: **Marina Constantino e Jéssica Dametta**

Arte: **Aline Maria e Valdinei Gomes**

Capa e ilustrações: **Rafael Nunes Cerveglieri**

Leitura de Original: **Rayanna Pereira**

Dados Internacionais de Catalogação na Publicação (CIP)
Angélica Ilacqua CRB-8/7057

M162m

Mafi, Tahereh

A magia do inverno / Tahereh Mafi; tradução de Mauricio Tamboni. – São Paulo: Universo dos Livros, 2018.

288 p.: il. (Furthermore; 2)

ISBN 978-85-503-0218-8

Título original: *Whichwood*

1. Literatura infantojuvenil 2. Contos de fadas I. Título II. Tamboni, Mauricio

18-0191 Índices para catálogo sistemático: CDD 028.5
1. Literatura infantojuvenil

Aos meus pais,
pelas longas noites que passamos lendo poesia persa
e tomando infinitas xícaras de chá

Nossa história começa numa noite gelada

Os primeiros flocos de neve caíam em ligeiras espirais; eram grandes como panquecas e brilhavam alvos em seus movimentos. Desgrenhadas, as árvores ostentavam folhas brancas; a luz da lua refletia no lago congelado; a noite era leve e tudo era vagaroso e a neve calava a Terra num sono profundo e ah, o inverno se aproximava veloz.

Para a cidade de Whichwood, o inverno era uma distração bem-vinda; os habitantes prosperavam no frio e deliciavam-se com o gelo (a primeira nevasca era terrivelmente deliciosa) e todos estavam bem preparados, com alimentos e festividades que garantiam o aconchego durante toda a estação. A Yalda, a maior celebração da cidade, acontecia no solstício de inverno, e a terra de Whichwood estava entusiasmada com a expectativa. Whichwood era um vilarejo distintivamente mágico; a Yalda, o feriado mais importante da cidade, era uma noite fortemente mágica. Acontecia na última noite do outono, a mais longa do ano. Era um momento de trocar presentes e beber chá e se deleitar com banquetes infinitos – e era também muito mais do que isso. Agora as coisas estão um pouquinho agitadas (algo estranho está prestes a acontecer e não posso me distrair quando enfim acontecer), então discutiremos os detalhes mais adiante. Por ora, esteja ciente de uma coisa: cada nova tempestade de neve chegava com centímetros de animação renovada e, agora faltando apenas dois dias para o inverno, o povo de Whichwood mal conseguia conter seu júbilo.

Com uma única e notável exceção.

Existia somente uma pessoa em toda Whichwood que nunca participava das celebrações de alegria da cidade. Somente uma pessoa fechava suas cortinas e expressava irritação com a música e a dança naquela noite mágica. E ela de fato era uma pessoazinha bem esquisita.

Laylee odiava o frio.

Aos treze anos, há muito já havia perdido aquele otimismo precioso e inabalável reservado quase que exclusivamente aos jovens. Não tinha senso de extravagância, o menor interesse pela decadência, a menor tolerância para gentilezas. Não. Laylee odiava o frio e odiava aquele reboliço e sentia asco não apenas dessa estação de festas, mas também daqueles que gostavam daquilo tudo. (Para ser justa, Laylee não gostava de muitas coisas – inclusive de sua sina na vida –, mas talvez o inverno fosse a coisa de que ela menos gostasse no mundo.)

Caísse granizo ou caísse neve, ela era forçada a trabalhar sozinha por longas horas no frio; suas rótulas congelavam enquanto ela arrastava cadáveres para dentro de uma enorme banheira de porcelana em seu quintal. A menina esfregava pescoços amolecidos e pernas quebradas e unhas sujas até seus próprios dedos congelarem, e depois dependurava esses membros mortos e pesados para secar – só para voltar mais tarde e quebrar os pingentes de gelo dos queixos e dos narizes dos defuntos. Para ela, não havia feriado nem férias e nem mesmo uma rotina. Ela trabalhava quando seus clientes a procuravam, o que significava que em breve estaria com trabalho até os ossos. Em Whichwood, entendam, meus caros, o inverno era uma estação disputadíssima para morrer.

Esta noite, Laylee foi vista franzindo a testa (sua expressão habitual), irritada (talvez mais do que o normal), com o corpo inclinado (a ponto de asfixia) e teimosamente decidida a colher alguns flocos de neve antes do jantar. Os flocos frescos eram os mais densos e crocantes, um mimo raro para aqueles que conseguiam ser rápidos o suficiente para colhê-los.

Se me der licença: sei que parece uma ideia estranha essa coisa de comer flocos de neve no jantar, mas você precisa entender uma coisa: Laylee Layla Fenjoon era uma menina muito estranha e, apesar da (ou talvez justamente por causa da) estranheza de seu trabalho, precisava desesperadamente de um agradinho. Tivera de lavar nove corpos enormes e totalmente apodrecidos hoje – ou seja, quatro além do habitual –; uma tarefa, portanto, muito pesada para ela. Aliás, com frequência ela se pegava sonhando com uma vida na qual sua família não precisaria cuidar de uma lavanderia de mortos.

Bem, estou falando em *família*, mas, na verdade, Laylee

lavava todos os mortos sozinha. Maman havia morrido dois anos antes (uma barata caiu no samovar e Maman, sem se dar conta, bebeu o chá; foi tudo muito trágico), mas Laylee não pudera se dar ao luxo de ter tempo para sofrer. A maioria dos fantasmas seguiam suas vidas e iam embora depois de uma boa escovada, contudo, imagine você!, Maman tinha ficado ali, flutuando pelos corredores e criticando o melhor trabalho de Laylee, mesmo durante o sono enquanto ela dormia. Baba também era totalmente ausente, pois fora embora logo que Maman morreu. Desolado pela perda da esposa, partiu em uma jornada impulsiva logo depois da morte de Maman, decidido a encontrar a Morte para uma conversinha sobre suas escolhas mais recentes.

Infelizmente, não a encontrou em lugar nenhum.

Pior ainda: o sofrimento havia afetado a mente de Baba de uma maneira tão brutal que, apesar dos dois anos ausente, em todo esse tempo só conseguira viajar até o centro da cidade. Em sua mágoa, não perdeu só o senso de direção, mas também o *bom* senso. O cérebro de Baba tinha se rearranjado e, na loucura e caos da perda, não restou qualquer espaço para sua filhinha. Laylee era o dano colateral em uma guerra contra o sofrimento, e Baba, que não tinha qualquer esperança de vencer essa guerra, infelizmente sucumbiu ao ópio do esquecimento. A menina com frequência passava por seu pai, todo desorientado, em suas temporadas na cidade. Dava-lhe tapinhas no ombro para mostrar apoio e enfiava uma romã em seu bolso.

Mais sobre isso adiante.

Por enquanto, vamos manter o foco: era uma noite fria e solitária e Laylee tinha acabado de recolher os últimos flocos de seu jantar quando um barulho repentino a gelou na hora. Duas pancadas altas, um graveto quebrando, um baque abafado, uma inspiração inconfundível e uma onda repentina de sussurros furiosos.

Não, não tinha como negar: havia transgressores aqui.

Veja bem: essa teria sido uma revelação alarmante para qualquer pessoa comum, mas, como Laylee claramente não era uma pessoa comum, continuou imperturbável. Sentia-se perplexa, todavia. O fato era que ninguém *jamais* aparecia ali, e que os céus ajudassem quem resolvesse ir àquele lugar – afinal, tropeçar em uma pilha de cadáveres inchados e apodrecidos nunca fez bem a ninguém. Era por esse motivo que Laylee e sua família viviam em relativo isolamento. Haviam adotado como sua casa um castelo pequeno e gelado em uma peninsulazinha no limite da cidade, uma espécie de exílio; essa era uma maldade que Laylee e sua família não haviam feito por merecer, mas, por outro lado, ninguém queria ser vizinho de uma menina cujo trabalho era tão infeliz.

De todo modo, a garota não estava nada acostumada a ouvir vozes humanas tão perto de casa, então aqueles sussurros a deixaram desconfiada. De cabeça erguida e alerta, ajeitou os flocos de neve em uma caixa de prata ornamentada – uma antiga relíquia da família – e, na ponta dos pés, sumiu da vista.

Laylee não era uma menina que costumava se incomodar com o fardo e o furor do medo; não, ela lidava diariamente com a morte, então o desconhecido que amedrontava a maioria das pessoas exercia pouco efeito sobre alguém capaz de conversar com fantasmas. (Essa última informação era secreta, obviamente – Laylee sabia que era melhor não contar às pessoas da cidade que via e conversava com os espíritos de seus entes queridos; não tinha o menor interesse em ser chamada para fazer mais trabalho do que aquele que já se acumulava em seu galpão.) Então, enquanto dava passos cuidadosos em direção ao castelo modesto no qual vivia, não sentiu medo, mas um formigamento de curiosidade. E, conforme o sentimento se aquecia em seu coração, ela piscava os dois olhos, grata e surpresa por sentir um sorriso brotando em seu rosto.

Maman pairava na entrada quando Laylee abriu a porta pesada de madeira e, ainda enquanto a mãe-fantasma se preparava para gritar uma ou outra nova queixa, um repentino golpe de vento bateu a porta atrás das duas, fazendo Laylee dar um salto mesmo contra sua vontade. Ela fechou os olhos e expirou duramente, as mãos ainda fechadas, segurando a caixa de prata.

– Onde você estava? – Maman exigiu saber, passando perto das orelhas de Laylee. – Não se importa com meus sentimentos? Você sabe como me sinto solitária quando fico trancada aqui totalmente sozinha…

(Certo, claro, aqui está outra informação: Maman assombrava a casa deles e nenhum outro lugar – não porque fosse *incapaz*, mas simplesmente porque não tinha vontade. Era uma mãe um tanto apegada.)

Laylee ignorou Maman. Nesse momento, soltava o lenço antigo, com motivos florais e franjas excessivas, que cobria sua cabeça. Em seguida, abriu os fechos de seu manto de pelos e dependurou ambas as peças para secar próximas à porta principal. A pele era presente de uma raposa que havia guardado para ela os fios que perdera no verão, e esta noite Laylee se sentia especialmente grata por esse calorzinho extra.

– … ninguém com quem conversar – Maman lamuriava-se. – Ninguém faz o menor esforço para se solidarizar com a minha condição…

A garota costumava ser mais solidária com a condição de Maman, mas por fim aprendeu, do modo mais duro, que aquele fantasma não passava de um eco de sua mãe verdadeira. Maman fora uma mulher vibrante e interessante, mas essa interação transparente flutuando na cabeça de nossa heroína tinha pouca personalidade e ainda menos encantos. No fundo, no fundo, os fantasmas eram criaturas excessivamente inseguras, que se ofendiam com qualquer desfeita imaginável; requeriam mimos constantes e só encontravam conforto em suas meditações românticas sobre a morte – as quais, como você deve imaginar, transformavam-nos em companhias muito desagradáveis.

Maman continuava envolvida em seu solilóquio dramático, tomando o cuidado de descrever com excesso de detalhes a monotonia de seu dia. Laylee, por sua vez, sentou-se na mesa da cozinha e sequer se importou em acender uma lâmpada, afinal, não havia nem uma lâmpada para acender. Ela vivia sozinha há dois anos, cuidava de si mesma e pagava as contas, mas, não importava o quanto Laylee trabalhasse, nunca havia dinheiro suficiente para voltar a dar vida à casa. Laylee tinha um dom. Contava com um talento mágico que permitia a ela (e àqueles de sua linhagem, algo que herdara de Baba) lavar e preparar os mortos destinados a Otherwhere, mas esse trabalho tão pesado jamais deveria ser realizado por uma única pessoa – e menos ainda por alguém tão jovem. Apesar de seus enormes esforços, a menina via seu corpo se deteriorando lentamente; e, quanto mais tempo passava enfrentando a decomposição da vida, mais fraca ficava.

Não tinha tempo para ser uma garota vaidosa, mas, se passasse mais do que alguns minutos na frente do espelho, talvez se transformasse em uma grande narcisista. Aliás, se seus pais estivessem por perto para encorajar seu ego, talvez Laylee já tivesse perdido completamente a cabeça. Então, para ela, era um golpe de sorte não ter a mãe nem um espelho para encher sua cabeça de bobagens, pois uma inspeção mais atenta de seu reflexo revelaria uma garota de beleza incomum. Era magra, de corpo firme, longilínco e elegante; entretanto, eram seus olhos – suaves, que mais pareciam os de uma boneca – que a destacavam. Uma olhadela em nossa amiguinha era suficiente para deixar agitados aqueles que a conheciam, mas era o segundo olhar que acordava os medos das pessoas. Sejamos claros aqui: a aparência de Laylee não inspirava admiradores. Não era uma menina de brincadeiras e sua beleza era tão irrelevante para ela quanto aqueles que veneravam isso. Ela nasceu bonita, entende? Seu rosto era uma dádiva que ela não podia perder.

Pelo menos, não ainda.

Mas seu trabalho já cobrava um preço, e ela não mais podia ignorar as mudanças em seu reflexo. Embora suas madeixas castanhas antes fossem lustrosas e pesadas, agora começavam a perder a cor; Laylee começava a ficar grisalha, das pontas para a raiz, e em seus olhos, que no passado foram de um âmbar profundo e rico, agora habitava um tom cinza vidrado. Até o momento, sua pele fora poupada; mesmo assim, os olhos pedregosos contra o bronze profundo de sua tez a faziam parecer a lua, distante e perpetuamente triste. Porém, Laylee tinha pouca paciência para a tristeza e, embora no fundo sentisse uma dor enorme, preferia ficar furiosa.

Então ela era, na maior parte do tempo, uma menina irritável, nada gentil, furiosa, e poucas amenidades podiam distraí-la da morte constante que requeria sua atenção. Esta noite, deslizou um olhar derrotado pelos muitos cômodos de sua casa fria e prometeu a si mesma que um dia estaria bem o suficiente para reformar as janelas quebradas, as cortinas rasgadas, as tochas que não acendiam e as paredes desbotadas.

Embora trabalhasse duro todos os dias, Laylee raramente recebia pelo que fazia. A magia que corria em suas veias a tornava por sangue uma *mordeshoor* e, quando os mortos eram entregues à sua porta, não lhe restava escolha senão acrescentá-los à pilha. O povo de Whichwood sabia disso e com frequência exagerada tirava proveito dela – umas vezes, pagavam muito pouco;

outras, sequer pagavam. Mas um dia, Laylee jurou, ela devolveria luz e cor à penumbra a que sua vida se reduzira.

Maman aparecia e sumia diante do rosto da filha, infeliz por ser tão claramente ignorada. Com o desânimo repuxando seu rosto, Laylee usava a mão para afastar a figura insubstancial da mãe-fantasma. A menina se esquivou duas vezes, então enfim desistiu, levando sua refeição para a sala de jantar esparsamente mobiliada e, uma vez sentada na parte mais macia do tapete surrado, abriu a caixa com os alimentos. O cômodo era iluminado somente pela luz da lua, que teria de ser suficiente. Laylee apoiou o queixo em uma mão e mastigou em silêncio um floco de neve do tamanho de seu rosto enquanto pensava melancólica nos dias que costumava passar com crianças da sua idade. Já fazia muito tempo que deixara a escola e às vezes sentia saudade. Mas estudar era uma espécie de luxo reservado aos filhos de pais que tinham trabalho e estabilidade doméstica – e, a essa altura, ela não podia sequer fingir ter nada disso.

Mordiscou outro floco de neve.

Os primeiros flocos da estação eram feitos totalmente de açúcar – essa era uma mágica específica de Whichwood. E, embora soubesse que deveria comer algo mais saudável, a menina simplesmente não dava a mínima. Esta noite, queria relaxar. Então comeu todos os cinco flocos em uma única sentada e se sentiu muito, muito bem por tê-lo feito.

Enquanto isso, Maman tinha acabado de concluir seu monólogo e agora abordava problemas mais urgentes (o estado geral da casa, a bagunça mais especificamente na cozinha, os corredores empoeirados, os cabelos quebradiços e as mãos calejadas da filha) quando Laylee se retirou para o andar de cima. Essa era a rotina diária de Maman, e a menina se esforçava para ser paciente. Tinha parado de responder à mãe-fantasma havia um bom tempo – o que ajudava um pouco, mas também significava que vários dias se passavam sem Laylee conseguir dizer uma só palavra, e a solidão começava a deixar cicatrizes. Nem sempre ela fora uma criança tão silenciosa, mas, quanto mais raiva e ressentimento se acumulavam dentro dela, menos ela se atrevia a falar.

Era uma menina que raramente falava porque tinha medo de uma combustão espontânea.

Laylee ficou trancada muito mais tempo do que o necessário. O banheiro era o único lugar onde Maman não a assombrava (só porque a mulher estava morta não significava que tinha perdido seu senso de decência), então a menina aproveitou o tempo naquele espaço tão profano. Tinha acabado de misturar uma solução em uma bacia de cobre (água morna, sal de açúcar, óleo de quadril de rosa e uma gotinha de lavanda) para suas mãos doloridas quando notou uma coisa estranha.

Uma estranheza discreta, mas que estava ali: as pontas de seus dedos estavam ficando acinzentadas.

Laylee arfou com tanta força que quase derrubou a bacia. Caiu de joelhos, esfregando a pele como se fosse capaz de desfazer os danos, mas em vão.

Tinha sido difícil o bastante ver seus olhos se transformarem, e ainda mais devastador quando seus cabelos também começaram a mudar de cor, mas *isso* – isso de fato era terrível. Laylee não tinha como saber o nível de danos que havia infligido a seu próprio corpo, mas sabia o suficiente para entender uma coisa: estava irrevogavelmente doente, de dentro para fora, e não tinha ideia do que fazer.

Seu primeiro pensamento foi apelar para Baba.

Ela implorara infinitas vezes para ele voltar para casa, mas Baba nunca via sentido nas palavras da filha. Com o passar dos anos, tornava-se cada vez mais desiludido, sem saber ao certo se sua existência se dava no mundo dos vivos ou dos mortos. Depois da morte de Maman, perdeu o mínimo de discernimento que lhe restava; agora, estava para sempre perdido, em trânsito, e não havia nada que Laylee pudesse fazer para ajudar. *Só mais um pouquinho,* Baba sempre dizia com aquele seu jeitinho charmoso e desajeitado. *Estou quase lá.* Baba tinha os dentes no bolso; então entenda que, para ele, era muito difícil enunciar.

Deixe-me explicar.

Em um passado distante, Baba viu Maman no mercado e imediatamente se apaixonou por ela. Esse tipo de situação não era incomum para Maman; aliás, sabia-se que desconhecidos apaixonavam-se por ela com certa frequência. Ela era, como você já deve suspeitar, uma mulher extremamente bela – mas não se tratava daquele tipo de beleza comum. Não. Maman tinha o tipo de beleza que arruinava a vida e despia os homens de sua sanidade. Tinha um rosto impossível de descrever e uma pele tão luminosa que mais parecia que o próprio sol a havia assombrado. E, embora fosse verdade que muitos dos residentes de Whichwood tinham uma pele bonita (era um povo meio dourado, mesmo no inverno, com a pele morena bronzeada pela luz do dia), Maman brilhava mais que os outros, especialmente ao envolver os cabelos com sedas vibrantes e fluidas que faziam sua pele reluzente parecer *de outro mundo*. E seus olhos – profundos e deslumbrantes – cativavam tanto que quem estivesse por perto caía desmaiado só de vê-la. (Agora você já pode apostar de quem Laylee herdou sua bela aparência.) Maman era cortejada por quase qualquer pessoa corajosa o suficiente para lutar por sua afeição e, embora não detestasse sua beleza, ela detestava ser definida por sua aparência, então dispensava todos os pretendentes assim que eles apareciam.

Mas Baba era diferente.

Ele não era particularmente bonito, mas um homem que vivia para se perder nas emoções, desesperado por se apaixonar. Depois que descobriu que Maman trabalhava no consultório odontológico da família dela, esboçou um plano. Todos os dias – durante pouco mais de um mês –, Baba pagava para lhe arrancarem um dente, só para poder passar tempo com Maman. Ele se ajeitava na cadeira e a ouvia falar enquanto ela extraía dentes saudáveis de sua boca aberta, e todos os dias ele se arrastava para casa com a boca ensanguentada e dolorida e, sempre, perdidamente apaixonado. Foi somente quando Baba já estava sem dentes que Maman enfim se apaixonou por ele e, embora seu pai sentisse orgulho desse cortejo muito incomum, Laylee considerava essa história toda indescritivelmente ridícula. E eu tive que lançar mão de muita adulação para convencê-la a dividir essa memória.

Espero que você, meu leitor, tenha gostado.

De todo modo, Baba parecia um caso incorrigível. Laylee detestava e adorava Baba com uma urgência enorme e, embora se lembrasse com carinho dos primeiros anos que os dois passaram juntos, também o culpava por atualmente ser tão descuidado. Era um homem que sentia demais, com um coração tão enorme que as coisas simplesmente se perdiam ali dentro. Laylee sabia que era parte importante dele, mas, com tanta coisa nesse mundo competindo pela atenção de Baba, o espaço que restava a ela era decepcionantemente minúsculo.

Então foi ali – com frio, curvada dentro do banheiro, esfregando seus dedos grisalhos e apertando os lábios para evitar o pranto – que Laylee ouviu o som inconfundível de vidro estilhaçando.

•

Laylee saiu agitada pela porta do banheiro avançando rumo ao corredor. Os olhos deslizavam por seus arredores em busca de danos e, pela primeira vez em muito tempo, a menina sentiu a mais leve das pontadas de medo. Não era uma sensação desagradável.

Curiosamente, o fantasma de Maman não estava em lugar nenhum. Laylee espreitou o andar de baixo por sobre o balaústre, apertando os olhos para tentar descobrir aonde Maman poderia ter ido, mas o silêncio reinava na casa. Alarmante.

E depois: sussurros.

A menina voltou a se concentrar e afiou os ouvidos, toda atenta a qualquer sinal de perigo. Os sussurros eram apressados e duros – furiosos? – e ela só precisou de um instante para se dar conta de que vinham de seu quarto. Agora, seu coração batia acelerado; medo e ansiedade colidiam dentro dela, que se viu arrebatada por um tipo incomum de entusiasmo. Nada tão misterioso assim havia lhe acontecido antes, jamais, e ela se pegou surpresa ao perceber quanto estava gostando da situação.

Na ponta dos pés, Laylee andou de uma maneira furtivamente elegante a caminho de seu quarto. Contudo, quando abriu a porta, toda ansiosa por flagrar o intruso, ficou tão assustada com o que viu que começou a gritar e a recuar toda desajeitada. E bateu o dedo do pé com tanta força que gritou duas vezes mais.

– *Por favor... não fique com medo...*

Mas Laylee estava horrorizada. Soltou o corpo contra o balaústre e tentou estabilizar o sobe e desce de seu peito, mas se sentia tão libertada pela precipitação de todas essas muitas emoções enferrujadas que simplesmente não conseguiu reunir as palavras necessárias para responder. A garota esperava encontrar um cadáver renegado, um fantasma furioso, talvez um bando de gansos irritadiços – mas, não, mais inesperado ainda era...

Havia um *menino* em seu quarto.

Era uma criatura com uma aparência patética, parcialmente congelada, rapidamente derretendo e ensopado da cabeça aos pés. Pior ainda: ele respingava água no chão dela. Laylee continuava assustada demais para falar. Ele a havia seguido pelo corredor, mãos erguidas, implorando com os olhos ao mesmo tempo que parecia estudá-la. Foi somente quando a menina percebeu que o intruso olhava com curiosidade para seus cabelos que ela voltou a si e correu para o andar de baixo.

Laylee agarrou o atiçador de fogo da lareira antes de pegar seu lenço decorado com franjas e jogá-lo sobre a cabeça, amarrando-o fortemente no pescoço. Suas mãos tremiam – tremiam! Tão estranho! – e ela tinha acabado de se preparar para uma briga quando ouviu a voz de mais alguém.

Respirando duramente, deu meia-volta.

Dessa vez, era uma menina – também ensopada – encarando-a. Aliás, era a menina mais peculiar que Laylee já vira na vida. E o mais perturbador: a desconhecida não só tremia e segurava seus braços úmidos, mas também parecia prestes a cair em prantos.

– Eu sinto desesperadamente muito por Oliver ser um idiota – a menina apressou-se em dizer. – Mas por favor, não fique assustada. Não estamos aqui para feri-la, juro.

Sobre ela ser inofensiva, Laylee começava a acreditar.

A menina à sua frente era um chaveirinho; parecia delicada demais para ser de verdade. Aliás, se Laylee a essa altura não estivesse tão familiarizada com tantos fantasmas, talvez tivesse confundido a estranha com um espírito. Tinha a pele de uma tonalidade assustadoramente branca, assim como os cabelos; as sobrancelhas e os cílios grossos (e da cor da neve) emolduravam as íris de um castanho-claro – íris que, por sinal, eram o único ponto de cor ali. Era uma pessoa de aparência muito estranha para a terra de Whichwood, onde o povo era conhecido por sua pele castanho-dourada e olhos das cores de pedras preciosas. Laylee não conseguia segurar a curiosidade sobre essa menina tão incomum.

Agora, com o pânico lentamente se desfazendo, Laylee diminuiu a força com a qual segurava o atiçador. Mais do que curiosidade – havia algo gentil na estranha e, embora Laylee não se considerasse uma pessoa exatamente gentil, ela ainda gostava de gentilezas. De um jeito ou de outro, estava intrigada. Já fazia muito tempo desde que encontrara pela última vez uma menina da sua idade.

– Quem é você? – Laylee enfim perguntou com a voz rouca por falta de uso.

– Meu nome é Alice – respondeu a menina, sorrindo.

Laylee sentiu um peso no coração; hábitos antigos a encorajavam a sorrir de volta, mas ela se recusava. Escolheu, todavia, simplesmente franzir a testa. Limpou as teias de aranha da garganta e falou:

– E por que vocês invadiram a minha casa?

Muito constrangida, Alice desviou o olhar.

– Foi Oliver quem quebrou a janela. Peço desculpas pelo que aconteceu. Eu falei para ele que deveríamos bater à porta, que deveríamos entrar do jeito normal, mas estávamos com um frio tão desesperador que ele insistiu para tomarmos um caminho mais curto e…

– Oliver é o menino?

Alice assentiu.

– Aonde ele foi? – Laylee perguntou, olhando por sobre a cabeça de Alice para tentar avistá-lo.

– Se escondeu – respondeu Alice. – Acho que ficou com medo de você matá-lo.

Laylee parou de procurá-lo e apenas arqueou uma sobrancelha. Sentiu seus lábios se repuxarem e mais uma vez engoliu a necessidade de sorrir.

– Podemos ficar um pouquinho? – Alice perguntou, toda tímida. – Fizemos uma longa viagem e estamos terrivelmente cansados. A gente demorou muito para encontrar você.

Laylee apertou outra vez os dedos em volta do atiçador.

– Para me encontrar? – questionou. – Por que vocês queriam me encontrar?

Alice piscou.

– Bem, a gente veio ajudar você, é claro.

– Não estou entendendo – falou Laylee. – Como vocês pretendem me ajudar?

– Bem, eu... – Alice hesitou. – Para dizer a verdade, não sei – prosseguiu, torcendo os cabelos nos dedos. Uma pequena poça tomava forma a seus pés. – É uma história muito longa. Aliás... Aliás, acho melhor eu já dizer que a gente não é daqui. A gente veio de outra vila, de um lugar chamado Ferenwood. Você provavelmente nunca ouviu falar de Ferenwood, mas é outra...

– É claro que conheço Ferenwood! – Laylee esbravejou. Ela não tinha estudado tanto tempo quanto as outras crianças, mas também não era nenhuma idiota. – A gente estuda as muitas terras mágicas em nosso segundo ano.

O rosto de Alice ficou ainda mais pálido, uma coisa que até então parecia impossível.

– Existem outras terras mágicas? Mas a gente só agora ficou sabendo que existe *a sua*...

Laylee continuava impassível. Ou essa menina era muito ignorante, ou estava fingindo ser. E Laylee não sabia o que era pior.

– Bem, enfim... – Alice prosseguiu, balançando as

mãos. – Nós temos uma Entrega todos os anos, e ali mostramos nossos talentos mágicos em troca de uma tarefa e... Bem, enfim... A minha tarefa tem a ver com você.

Agora Laylee não estava mesmo entendendo nada.

Precisou de vários minutos de explicação do que exatamente acontecia na Entrega (essa era uma cerimônia mágica específica de Ferenwood) e como funcionava o desafio (cujo propósito consistia sempre em ajudar alguém necessitado em algum lugar). Ao final, Laylee se pegou não apenas aborrecida, mas irritada e querendo que Alice fosse embora.

– Não vou aceitar que você sinta pena de mim – esclareceu Laylee. – Está perdendo o seu tempo.

– Mas...

– Leve o seu amigo embora e me deixe em paz. Tive um dia muito longo e tenho coisas para fazer de manhã, não posso ser distraída com seu... – Franziu a testa e acenou a mão com desprezo. – Com a sua oferta bizarra de caridade.

– Não... por favor! – Alice falou rapidamente. – Você precisa entender: eu não teria sido enviada para cá se você não tivesse um problema que sou capaz de resolver! Se puder me contar o que há de errado com você, talvez eu...

– O que há de *errado* comigo? – indagou Laylee, aturdida.

– Bem, eu não quis dizer... – Alice riu, toda nervosa. – É claro que eu não quis dizer que havia algo *errado* com você...

– Minha nossa, Alice! Já está estragando tudo, né? – Oliver tinha aparecido com uma rapidez tão silenciosa que assustou as duas meninas ao mesmo tempo.

– O que você está fazendo aqui? – Laylee perguntou furiosa, virando-se para apontar o atiçador na direção dele. – *Quem* são vocês?

– Estamos aqui para consertar o que lhe aflige, aparentemente – insistiu Oliver, sorrindo. – Alice é muito delicadinha, não é? Um encanto.

Confusa, Laylee soltou o atiçador por apenas um segundo.

– Do que vocês estão falando, hein?

– Ah... – o menino respondeu, arqueando uma sobrancelha. – Parece que já perdemos nosso senso de humor.

– Oliver, *por favor!* – gritou Alice. – Fique quieto.

Já cansada de toda aquela bobagem, Laylee estreitou os olhos e segurou outra vez o atiçador e logo se pegou preparando camas para seus hóspedes e perguntando se eles gostariam de beber alguma coisa. Uma chama enorme queimava na lareira e o castelo tinha um ar caloroso e acolhedor, como não tivera há anos. Laylee sempre se sentia relutante em acender a lareira (porque esse era um prazer muito caro), então passava o ano todo cuidadosamente acumulando uma quantidade razoável de lenha; as noites mais geladas do inverno ainda estavam por vir, e ela planejava dividir a madeira para que durasse toda a estação fria. Agora, sorria para a dança das chamas, só entendendo em parte que os desconhecidos tinham usado todo o seu estoque de lenha em uma única noite. Então suspirou, questionando – em silêncio e com grande afeto – qual seria a melhor maneira de matá-los.

•

Alice e Oliver agora estavam bem e secos. Seus casacos pesados encontravam-se dependurados perto da lareira e, graças à chama enorme e crepitante, quase totalmente secos. Oliver parecia contente. Alice, por outro lado, tinha um semblante assustado enquanto lançava olhares na direção de Laylee (que estudava suas mãos, tentando diferenciar esquerda de direita), puxava a camisa de seu companheiro e sussurrava:

– Pare com isso, Oliver! Pare com isso agora mesmo!

Laylee piscou.

– Ela está perfeitamente bem, Alice! Não precisa ficar toda histérica.

– Se você não parar com isso *agora mesmo*...

– Mas ela não vai deixar a gente ficar de nenhum outro jeito! E também, ela a teria deixado toda ensanguentada com aquele atiçador se não fosse por mim...

Laylee inclinou a cabeça, distraída por uma mancha na parede, enquanto se perguntava vagamente quem seriam aquelas pessoas.

– É o meu desafio, Oliver Newbanks, e você vai fazer o que eu digo. E não é culpa minha se ela quis me bater com o atiçador! Se você não tivesse decidido quebrar a janela do quarto dela, talvez...

– Mas a gente estava congelando lá fora!

– Oliver, juro que se você arruinar essa minha experiência, nunca vou perdoá-lo. Jamais!

– Tudo bem – ele respondeu, suspirando. – Tudo bem. Mas só estou fazendo isso porque...

Laylee inspirou com tanta força que sentiu sua cabeça girar. Lentamente, muito lentamente, sentiu o sangue avançar na direção do cérebro. Esfregou os olhos e os abriu, piscando cuidadosamente para o brilho intenso do fogo, mas, por mais que tentasse, não conseguia entender o que estava vendo. Não conseguia lembrar como tinha vindo parar aqui nem entender quem tinha dado autorização a esses estranhos para invadirem sua sala de estar.

E aí, de um instante para o outro, recuperou os sentidos.

Deu meia-volta, buscando uma arma improvisada, quando Oliver gritou:

– Laylee... por favor!

E ela diminuiu a velocidade.

Quase sentiu medo de perguntar como ele sabia seu nome.

Oliver mantinha as mãos erguidas, fingindo rendição, e Laylee sentiu que podia esperar pelo menos tempo suficiente para dar uma boa olhada nesse menino antes de matá-lo.

Seus cabelos eram acinzentados como os dela, mas de um tom que parecia natural. Seus olhos – de um tom azul tão rico que beirava violeta – se destacavam de maneira impressionante contra a pele acastanhada. Tudo nele era refinado e polido (e lindo) e, quanto mais ela o observava, mais sentia um friozinho repentino no coração. E sentia-se tão desconfortável com aquela sensação que quase o atingiu com o atiçador só para se ver livre dele.

– A gente não veio aqui para feri-la – ele explicou. – Por favor...

–Vocês não podem ficar aqui – Laylee o interrompeu, a fúria queimando suas bochechas. – Não têm permissão para ficar aqui.

– Eu sei... Sei que não é o ideal receber dois hóspedes que você nunca viu na vida, mas se nos deixasse explicar...

– Não – Laylee rebateu pesadamente, esforçando-se para manter a calma. –Vocês não estão entendendo. Esta casa é protegida por uma magia antiga. Só um *mordeshoor* pode encontrar refúgio aqui.

Nem Alice nem Oliver pareceram se abalar com essa revelação. Oliver, por sua vez, continuava petrificado, encarando Laylee.

– O que é um *mordeshoor*?

– É o que eu sou. É o nome dado àqueles de nós que banhamos e preparamos os corpos dos mortos para irem a Otherwhere. Somos *mordeshoors*.

– Minha nossa! Parece horrível! – exclamou Alice, dando tapinhas no braço de Laylee e parecendo muito solidária.

Laylee ficou arrepiada e imediatamente afastou seu braço, mas Alice pareceu não notar; em vez disso, apontou para uma cadeira.

–Você se importaria se eu me sentasse?

– Vocês devem ir embora – Laylee respondeu duramente. – *Agora!*

– Não se preocupe com a gente – Oliver falou, sorrindo. – A gente vai ficar bem. Não temos medo dos mortos, só precisamos de um lugar quentinho para descansar um pouco.

Laylee virou os olhos com tanta força que quase arrebentou um de seus nervos.

–Você não vai ficar *nada* bem, seu tolo. Aqui vocês não têm proteção. Não vão sobreviver nem a esta noite.

Alice enfim demonstrou sentir uma pontada de medo.

– Por que não? – perguntou baixinho. – O que poderia acontecer?

Laylee arrastou o olhar na direção de Alice.

– Os fantasmas das pessoas recentemente mortas sempre sentem terror de fazer a travessia. Eles preferem se prender à vida humana que já conhecem. Mas um espírito só pode existir no mundo humano quando está vestido com uma pele humana. – Lançou um olhar sombrio para os dois. – Se vocês ficarem aqui, eles vão ceifar a carne de vocês. Vão invadir sua pele enquanto vocês dormem e deixá-los apodrecer com seu próprio sangue.

Aterrorizada, Alice usou a mão para cobrir a boca.

– É precisamente por isso que eu existo – prosseguiu Laylee. – O processo de lavar os corpos acalma os espíritos vagantes. Quando o corpo faz a travessia, o fantasma também o faz.

(Maman, vocês perceberão, era uma exceção a essa regra. Prometo explicar os detalhes em um momento mais tranquilo.)

Alice beliscou o ombro de Oliver.

– Está vendo? – E beliscou outra vez. – Está vendo o que você quase provocou? Quase matou nós dois com a sua trapaça! Casacos de pele, bem isso, mesmo.

Oliver franziu a testa, estremeceu e afastou-se de Alice, esfregando a mão no ombro. Estava irritado, mas, ao mesmo tempo, fascinado.

– Agora deem o fora da minha casa. – Laylee pegou o atiçador e bateu rapidinho nos dois, no centro de seus peitos. – Fora, fora daqui!

Alice ficou cabisbaixa, mas Laylee não sentia nenhum remorso. Esses invasores não só estavam descaradamente desrespeitando a vontade dela, mas também tinham usado toda a sua lenha, e Laylee não aguentava mais as bobagens que eles diziam. Aquela era a casa *dela,* e só *ela* deveria escolher quem entrava ali.

A *mordeshoor* já acompanhava os dois rumo à saída quando Oliver falou:

– Digamos que, por um momento, você realmente queira que fiquemos...

Laylee bateu nas costas do garoto.

– Teoricamente – ele pediu, estremecendo. – Digamos que, teoricamente, você realmente quisesse que nós ficássemos aqui. Teríamos que lavar um corpo morto para a magia nos proteger?

Laylee fez que não com a cabeça.

Oliver ficou visivelmente aliviado.

– Um só, não – ela esclareceu. – Vocês teriam que lavar três. O de um homem, o de uma mulher e o de uma criança. Três para cada noite que passassem aqui.

Oliver ficou todo pálido.

– E você por acaso recebe tantos mortos assim?

Laylee parou de andar. E respondeu bem baixinho:

– Sim.

Era só uma palavra, contudo, carregava um peso enorme. De repente, os três foram tomados por um silêncio durante o qual todos se pegaram, por um instante, lançados no meio de um tornado formado por suas próprias preocupações. Exausta, Laylee não conseguia pensar em nada além de sua deterioração constante; Oliver, preocupado com tudo o que estava acontecendo, basicamente só conseguia pensar em autopreservação; mas, Alice, que com frequência se preocupava com mais do que apenas ela própria, sentiu uma porta se abrindo em seu coração.

Foi ela que, com enorme ternura, falou:

– Parece uma quantidade de trabalho terrivelmente enorme para uma pessoa sozinha.

Laylee ergueu duramente o olhar e encarou a invasora em um raro momento de transparência. O lembrete de sua carga de trabalho a havia deixado mais leve e ela sentiu seus ombros se soltarem. Quase tinha se esquecido das pontas agora acinzentadas de seus dedos, até senti-los tremer. E foi o suficiente para fazê-la soltar o atiçador, olhar em volta e confirmar:

– Sim, é sim.

Alice lançou um olhar questionador para Oliver, que pareceu entender. Agora era o momento. Juntos, estufaram o peito, reuniram a coragem necessária e disseram:

– Bem... Quer ajuda?

E foi isso – essa pergunta simples, bobinha até – que finalmente tocou o coração de nossa jovem protagonista.

Um sentimento que mais parecia esperança assobiou pelas fendas do coração de Laylee, surpreendendo-a com uma sensação que ela há muito esquecera. Foi então que ela olhou com novos olhos para os invasores. Foi então, meus queridos amigos, que ela enfim sorriu.

•

Ah, essa seria uma noite muito, muito longa.

Vá com cuidado, caro leitor

A lua se dependurava pesada e baixa no céu parcialmente iluminado enquanto os três andavam em fila indiana pelo quintal, com Laylee mostrando o caminho. A noite caíra veloz e uma camada de escuridão que se estendera sobre a luz do dia definhara até a própria meia-noite tornar-se uma cortina palpável de carne chamuscada. As nuvens se alongavam, finas, esgueirando-se, golpes leves de um pincel indo de um lado a outro. Havia muitos corpos deitados ali – e muitos fantasmas assombrando os espaços entre eles –, mas o verdadeiro monstro que eles teriam de enfrentar esta noite seria o próprio inverno: o frio era um inimigo físico, uma presença que mais parecia uma bolha enfiada no meio do ar. Cada passo adiante era uma incitação agressiva, braços socando e cabeças enfrentando os ventos e golpes gelados. Pelo menos Laylee estava bem preparada para a guerra travada por essas noites congelantes.

Seu trabalho sempre era realizado de maneira uniforme – de acordo com a tradição dos *mordeshoors* – e nunca se sentiu mais grata pela antiga armadura de seus ancestrais quanto em noites assim. A menina havia vestido uma couraça antiga e intrincada sobre seu manto pesado e maltrapilho, fechado pulseiras de ouro sólido nos dois antebraços e tornozelos e, na cabeça – sobre o lenço com motivos florais – vestia a mais importante das relíquias de família: um antigo capacete usado apenas durante os invernos para oferecer proteção extra contra noites tempestuosas. Era um belo capacete, mais parecia uma doma dourada, embelezada com uma série de floreios cravados à mão. Por toda a volta dessa doma, notava-se a caligrafia desgastada pelo tempo esboçando palavras sábias muito antigas em uma língua que Laylee ainda gostava de falar. Era a obra do poeta Rumi, que escrevera:

دی شیخ با چراغ همی گشت گرد شهر
کز دیو و دد ملولم و انسانم آرزوست

Na noite passada, um xeique rondou toda a cidade, lamparina na mão, gritando: "Estou farto de todas essas bestas e diabos e desesperadamente procurando a benevolência humana!"

Na parte superior do capacete havia uma única e orgulhosa lança de treze centímetros; a borda era adornada por centenas de articulações nas quais se dependurava uma franja irregular de cota de malha. As estruturas de aço habilmente trançado desciam pelas costas e lateral da cabeça de Laylee, chiando baixinho enquanto ela andava e deixava entalhes no vento. Ela tinha treze anos e parecia aterrorizante demais para sua idade, mas pelo menos estava totalmente preparada para lidar com a morte mesmo em noites assim, as mais frias do ano. A garota puxou o lenço por sobre o nariz e a boca em um movimento já bem treinado, tomando cuidado para não respirar fundo demais (em mais de uma ocasião ela teve de correr de volta para casa em busca de um copo de água morna, pois o vento frio congelou o interior de sua garganta), e seguiu marchando.

Era estranho: Whichwood era conhecida por seus invernos espetacularmente dolorosos, mas esta noite parecia incomumente fria. Laylee, conforme mencionei, estava armada e coberta a ponto de quase não conseguir se mover, mas seus companheiros vinham muito menos preparados. Pelo menos haviam viajado com casacos pesados e botas de inverno, mas não conheciam essa terra – seus ossos não eram preparados para aguentar todo esse frio. E, mais de uma vez, Laylee se pegou imaginando como eles suportavam. Estava certa de que os dois não tinham ideia do que haviam concordado em fazer, e parte dela se preocupava com a possibilidade de se assustarem e deixarem o plano de lado rápido demais. Foi só então que ela viu o quão precipitadamente se apoiara naquela oferta de ajuda e se detestou por isso. Ela era orgulhosa demais para aceitar caridade, mas também esperta demais para rejeitá-la. Ninguém jamais havia lhe oferecido ajuda, e ela não podia dizer não a uma coisa boa agora. Certamente suportaria viver com aquelas crianças em troca de ajuda – mas será que seus hóspedes tão frágeis sobreviveriam à noite?

Ela afundou a ponta acinzentada dos dedos nas palmas das mãos e, frustrada, apertou o maxilar. Ah, se ela pudesse escolher, preferiria morrer a aceitar a pena desses desconhecidos.

•

Quanto mais eles andavam, mais fundo adentravam a noite. Logo a tropa de três se viu com neve até as coxas, e era impossível dizer quanto tempo mais aguentariam. Laylee olhou rapidamente na direção de seus hóspedes, mas até agora eles não haviam chiado nenhum protesto. E ela não conseguia evitar o respeito que sentia, mesmo de má vontade, pela resiliência de seus companheiros. E então, pela primeira vez em muito tempo, se sentiu inspirada a fazer uma bondade.

Parou abruptamente, e os movimentos de Alice e Oliver logo também cessaram. Dois anos já haviam se passado desde a última vez que Laylee sentiu uma compulsão por compartilhar algo, mas esta noite ela se sentia mais incomum do que comum, então puxou uma pequena bolsa de fósforos de algum lugar dentro de seu manto e ofereceu aos hóspedes.

Eles pareceram não entender.

Alice negou com a cabeça.

– Nã... Não, obrigada – gaguejou, sentindo os dentes gelarem.

Oliver também fez que não com a cabeça.

– Para que serve isso?

– Para mantê-los aquecidos – respondeu uma Laylee confusa e, eu me atreveria a dizer, ofendida.

– Um fós... fósforo? – questionou Alice, ainda tremendo. – Acho qu... que não vai aj... ajudar muito.

Laylee puxou a mão de volta para perto do corpo, ofendida pela rejeição, e desviou o olhar. Sentiu vergonha de si mesma por ter feito a oferta. Furiosa, tirou um palito da bolsa e o estalou na boca, prometendo nunca mais oferecer nada a esses ingratos.

Alice arfou:

– O que você está...?

Mas o rosto de Laylee agora mostrava uma tonalidade vermelha forte e Alice não conseguiu terminar sua frase. O calor se espalhava rapidamente pelo corpo da *mordeshoor*. Esse calor só duraria um tempinho, é verdade, mas sempre ajudava a enfrentar as horas mais duras dos dias de trabalho durante o inverno.

Foi um Oliver impressionado que finalmente sussurrou:

– O que foi que você acabou de fazer? Eu poderia jurar que comeu um palito de fósforo.

Laylee se sentiu muito aquecida e, de repente, um pouco sonolenta. Piscou delicadamente e sorriu, só vagamente consciente do que tinha acabado de fazer.

– Sim – confirmou. – Eu engoli.

– Mas...

– Eu sei – respondeu baixinho. – Algumas pessoas não aprovam os Quicks, mas não estou nem aí.

– Não, não é isso – falou Oliver. – É que a gente nunca viu nada desse tipo antes. Nós não comemos fósforos em Ferenwood.

Agora mais calma, Laylee ergueu o olhar.

– Ah...

– Como eles fu... funcionam? – Alice quis saber, agora com a neve já batendo na cintura.

– Bem... – Laylee começou enquanto inclinava a cabeça. – Eles não funcionam para todas as pessoas, mas a ideia é que eles pegam fogo dentro de você, aquecendo de dentro para fora.

– Que fasci... fascinante! – exclamou Alice, que agora olhava os bolsos de Laylee com uma fome renovada.

– Espere aí! Por que não funcionam para todo mundo? – Oliver questionou.

Era uma pergunta razoável, mas ele havia cometido o erro de tocar Laylee enquanto falava, e ela agora o olhava de cima a baixo – a mão dele no braço dela, o olhar dela estranho e assustador, iluminado pela lua – e se perguntava se Oliver tinha ficado completamente louco. Afinal, o corpo dela era um assunto dela, e ela não tinha lhe dado permissão para tocá-la. O problema era que Oliver sequer sabia o que ele tinha feito.

A luz fantasmagórica da meia-noite destacava o cinza dos olhos de Laylee, o capacete lançava um tom dourado contra sua pele e, de alguma maneira, naquele momento, Laylee pareceu mais etérea do que nunca: meio viva, impossível de tocar, furiosa mesmo quando sorria. Era uma menina deslumbrante e Oliver Newbanks corria o risco de se deslumbrar demais. Porém, Laylee jamais entendera por que os outros ficavam tão encantados pelo macabro ou por que achavam sua dança com a morte tão morbidamente empolgante. Isso, essa coisa de ser vista como exótica, a deixava furiosa.

Então ela o olhou nos olhos e falou bem baixinho:

– Nem todo mundo tem o direito de brilhar, entenda.

E o empurrou na neve.

Ser empurrado tão sem cerimônia no chão despertou sentimentos confusos em Oliver. Agora com quatorze anos, interessava-se fortemente pelo tipo de coisa silenciosa e delicada que acontecia nos corações dos jovens, mas jamais tivera a chance de refletir sobre as coisas. Quando se levantou e alcançou as garotas, elas haviam chegado a uma enorme clareira, onde até as árvores sabiam que era melhor não ultrapassar o limite.

Vista de cima, a cena era discreta: ao fundo, uma tela branca pintada com neve recém caída, três casacos de inverno formando um triângulo diante de uma banheira enterrada em parte também na neve. Aqui era impossivelmente mais frio – já que havia uma distinta ausência de vida para emprestar qualquer calor ao espaço – e silencioso, desesperadoramente silencioso. Tensamente silencioso. Nenhuma criatura viva – nem plantas, nem insetos, nenhum animal – atrevia-se a perturbar o ritual do banho final, então o grupo estava sozinho, os três: o tipo mais estranho de crianças de mãos dadas com a escuridão.

Esquecidos por um momento ficaram o frio, o gelo, o medo, a hora. A noite abrira-se e, dentro dela, o grupo se deparou com a mortalidade. Este, o ato final da morte, exigia um respeito que não podia ser ensinado. Era o momento com menos vida da noite e um silêncio recaiu sobre seus corpos reverentes enquanto os seis joelhos tocavam o chão, antes da alvorada. Alice e Oliver não tinham recebido ordens para ficar paralisados, mas apenas se sentiram compelidos a permanecerem assim. As sombras se arrastavam por seus membros, envolviam suas bocas e ouvidos e ossos, apertando-os. Respirações foram extintas; lábios não se moveram; sons não foram emitidos, e do silêncio emergia uma compreensão: a vida dava as mãos à morte somente nessas ocasiões, no interesse de servir aos dois mundos e aos espíritos vagantes que a ali pertenciam.

Quebre esse vínculo e vocês também serão quebrados.

Alice e Oliver ficaram boquiabertos e engasgados até conseguirem voltar a respirar, movimentando-se com delicadeza conforme as sombras se erguiam, massageando gargantas e lábios e mãos congeladas. Seus olhos ferozes encontraram uns aos outros – pois o medo os havia encontrado primeiro – e eles se abraçaram com força, dizendo em silêncio tudo o que continuaria a não ser pronunciado.

Desapontada, Laylee suspirou.

Alice e Oliver jamais seriam verdadeiros *mordeshoors* – para isso, precisariam do sangue. Porém, se quisessem ser mesmo apenas ligeiramente úteis, teriam primeiro que se livrar de seus medos.

•

A banheira não tinha torneira, nem registro, nem válvula, no entanto, quando Laylee colocou as mãos descobertas e congeladas nas laterais da porcelana, o fundo começou a encher – primeiro bem devagarinho, depois mais rápido, furiosamente, a água patinando nas laterais.

De onde vinha aquela água? Bem, isso nem a própria Laylee sabia. O que importava era que ela existia. O primeiro enchimento era sempre o mais perfumado, e a fragrância inebriante era quase demais para Alice e Oliver que, com o corpo inclinado para a frente pelo peso do engodo, não tinham percebido seu propósito. O cheiro, entenda, era um canto de sereia para os mortos e os ruídos distantes de seus membros se arrastando deixava claro que já tinham começado sua peregrinação rumo à água.

Em fila indiana, os cadáveres em decomposição eram puxados pela neve, ocasionalmente tropeçando em seus próprios membros caídos, ossos atravessando tendões a cada movimento desarticulado, e Laylee tomava o cuidado de pelo menos parecer constrangida. (Afinal, era por sua culpa que eles estavam se desfazendo.) Ela sabia que devia ter despachado seus mortos há muito tempo, mas esse era um trabalho duro e ingrato e, bem, via de regra não havia ninguém por perto para julgar o estado dos sujeitos.

Alice e Oliver não conseguiram disfarçar seu nojo.

Laylee levou essa reação muito para o lado pessoal,

mas acho que realmente devo esclarecer... Quer dizer, é a minha humilde opinião que mesmo um pequeno grupo de cadáveres recém-mortos os teria afetado assim. (Aliás, tentei explicar isso a Laylee, mas ela se recusou a ouvir. Receio que essa menina seja dura demais consigo mesma.)

Laylee, por sua vez, analisava os corpos bem de perto, avaliando cuidadosamente quando fazer aquela marcha parar. Pelo bem dos hóspedes, ela manteve os mortos a uma boa distância. Quando chegaram a um raio de três metros da clareira, Laylee ergueu a mão. Não disse nada, apenas fez esse simples movimento, e todos os quarenta e seis corpos pararam, caindo emaranhados em uma pilha. Laylee bufou ao ouvir um tornozelo se desprender da perna de um homem e rolar pelo chão. Essa não era exatamente a melhor maneira de fazer seus hóspedes passarem momentos agradáveis.

Oliver tinha engolido um pouquinho de bile em não menos do que quatro ocasiões a essa altura, e Alice, que quase desmaiara tantas vezes, continuava em pé só porque o fedor que ela imaginava emanar da pilha de corpos ao longe a mantinha consciente, ainda que contra sua vontade. *Isso,* pensou ela, era a recompensa por ter se saído tão bem na Entrega. Alice não conseguia acreditar no tamanho de sua sorte. Laylee apontou o olhar outra vez para a banheira, e Alice, que não suportava mais olhar para aquele emaranhado de braços e pernas, sentiu-se agradecida pela distância. Uma pequena camada de gelo já começava a se formar na superfície da água, mas a *mordeshoor* a quebrou com a facilidade de quem tem prática. E foi isso que levou uma Alice tremendo e quase vomitando a dizer:

– Será que não podemos levar a banheira lá para dentro?

Mas Laylee não olhou para ela.

– Não se pode lavar os mortos onde os vivos ainda dormem – foi tudo o que disse.

Alice não sabia como responder, temia dizer a coisa errada. Já começava a pensar que Laylee era infinitamente mais assustadora do que qualquer defunto que ela já conhecera, e mesmo Oliver (que tinha dificuldade de raciocinar diante de uma fachada tão bonita) pegou-se repensando sua atração por essa jovem *mordeshoor*. Talvez fosse a pilha de corpos putrefatos na lateral, talvez fosse o único dedo que ele havia acabado de encontrar na manga de sua blusa, mas havia alguma coisa com um cheiro distintamente desagradável nessa experiência, e Oliver ainda não conseguia deduzir o porquê. Aliás, ele e Alice tinham acabado de chegar à conclusão de que essa possivelmente era a pior aventura que haviam enfrentado em toda a vida quando Laylee os surpreendeu fazendo uma coisa estranha e bela e, só por um instante, ninguém sentiu medo.

Lentamente, muito lentamente, a *mordeshoor* tocou

seus lábios. Deixou os dedos pairarem ali por apenas alguns segundos, depois, enfim, com todo o cuidado, puxou uma única pétala de rosa de dentro da boca.

E a deixou cair na banheira.

No mesmo instante, a água ficou diferente. Agora era um mar carmesim fervendo, agitado, que deixou Alice tão impressionada a ponto de quase tropeçar. E Oliver, que segurou sua amiga, olhava em choque e impressionado para Laylee.

Ela, por sua vez, não desviava o olhar da água.

– Escolham o primeiro corpo – falou baixinho. – Vocês terão de trazê-lo aqui com as próprias mãos.

Alice e Oliver entraram imediatamente em ação.

Laylee não os viu se distanciar, ou então os teria visto tropeçando – meio por medo, meio por ansiedade – na direção da massa de corpos emaranhados, segurando-se firmemente um no outro para não perderem o pouco de coragem que os mantinha aquecidos. Não, ela estava ocupada observando a água, analisando a profundidade vermelha em busca de algo – um sinal, talvez, de que não tinha feito um movimento em falso. O problema era que Laylee começava a se perguntar se uma oferta de ajuda surgida assim poderia ser sincera. Sentia sua mente e seus ossos fracos, agora certa de que tinha concordado cedo demais, tão desesperada por alguma ajuda a ponto de perder o pouco de bom senso que lhe restava.

Quanto mais tempo passava sozinha, mas intensamente a noite a corroía. Teria se vendido a dois estranhos? A troco de quê? De poder renunciar, durante algumas noites, aquela ocupação à qual estava presa? Por que tinha se entregado tão facilmente? E, ainda mais perturbante:

O que eles tomariam dela depois de ela tomar o que queria deles?

Laylee não tinha como saber que seus medos eram infundados. Não conhecia o coração de seus dois companheiros e jamais seria capaz de acreditar que um desconhecido fosse capaz de ter boas intenções. Não, ela vivia em um mundo no qual a bondade a havia decepcionado, no qual a escuridão a consumia, no qual aqueles que ela amava ou a assombravam ou a abandonavam. Não havia nenhum monstro, nenhum canibal, nenhum cadáver em um sepulcro capaz de magoá-la tanto quanto os humanos haviam magoado, e Laylee temia que nesta noite tivesse cometido seu mais doloroso erro.

Então, quando seus companheiros finalmente retornaram, trazendo morte nos braços e boas intenções nas mentes, Laylee mais uma vez havia fechado as portas e janelas de seu coração. Agora não era apenas fria, mas beirava a crueldade, e não se importava se corações saíssem feridos – contanto que não fosse o seu.

•

Foi Alice a primeira a retornar.

Trazia uma criancinha nos braços – um menino de sete ou oito anos – e lágrimas nos olhos. Para trás, havia ficado sua inocência, seu medo, sua abordagem infantil ao trabalho solene desta noite. Porque uma coisa é contemplar os mortos, mas segurar a morte nos braços é outra bem diferente. Em *seus* braços, aquela criança era humana, verdadeira demais, e Alice não conseguia controlar as emoções. Estava prestes a sofrer um ataque de histeria, e Laylee não tinha paciência para isso.

– Seque já essas lágrimas – ordenou. – E seja rápida.

– Como você pode não se abalar? – questionou Alice com uma voz trêmula. Seus braços tremiam com o peso que mal conseguiam carregar. Então, com toda a delicadeza, ela deixou o corpo da criança cair a seus pés.

– Como? – Alice insistiu, secando as lágrimas. – Como você consegue fazer isso sem *sentir*...?

– Não é seu direito questionar o que eu sinto – rebateu Laylee, puxando um pequeno chicote (que estava dependurado sob seu manto) e o estalando uma vez no ar.

Alice ficou de queixo caído.

Mas Laylee não estava nem aí. Para Alice, era fácil sofrer; para Laylee, quase impossível. O fantasma do menininho ainda estava muito vivo, nesse momento dando saltinhos na banheira e fazendo comentários grosseiros sobre o rosto de Alice.

Laylee estalou o chicote mais uma vez, fazendo o fantasma gritar e se desintegrar só por um instante. O dano nunca era permanente, mas o chicote funcionava bem o bastante para manter os mais macabros sob controle. Laylee estalou o chicote só mais uma vez...

– Ora, pelo amor de Feren! – chorou Alice.

... e logo o espírito descontente do menino estava petrificado e cismado e lançando olhares tortos para Laylee enquanto esperava ser enviado para Otherwhere.

– Coloque o corpo na banheira – Laylee ordenou. – Vamos, rápido!

Alice engoliu em seco, nervosa demais para contrariar. Precisou se esforçar muito, mas enfim conseguiu deixar as lágrimas de lado apenas tempo suficiente para colocar a criança na água.

Assim que o corpo tocou o líquido, as ondas violentas se acalmaram e a água vermelha voltou a ser transparente.

Alice sorriu.

Enquanto isso, Laylee tinha começado a tirar a neve de uma área. De debaixo daquele lugar, puxou um enorme armário de metal e abriu a tampa, revelando um conjunto de ferramentas antigas. Pegou várias escovas de cerdas rígidas, entregou duas delas a Alice e falou:

– Agora esfregue para tirar a sujeira.

Alice a encarou com olhos arregalados de medo.

– Como assim? – sussurrou.

Laylee apontou para a água.

– Agora está com aparência de limpo, mas você vai ver o valor de suas lágrimas assim que terminar de cuidar dele.

Esfregar seis corpos levou pouco menos de sete horas. Mãos vermelhas e feridas, dedos congelados, narizes anestesiados para qualquer sensação: ao final, as três crianças encontravam-se quase elas próprias mortas. Um cadáver estava tão intensamente apodrecido que as sombras não apenas grudaram nele, mas se solidificaram de modo a formar uma pele quase impenetrável, então Oliver teve de tirar essa pele, uma camada excruciante após a outra. Alice, por sua vez, rapidamente deixou seus medos de lado e procurou encontrar força, apegando-se a um poço interno de coragem tão profundo que até Laylee notou. Esses dois estrangeiros tinham uma determinação extraordinária. Não reclamaram durante toda a noite, então Laylee começava a perceber que não estava diante de crianças comuns. Agora lhe restava ter esperança de que os dois não estivessem ali para lhe causar mal.

•

Sol e lua trocaram de turno.

A luz fraca da manhã era filtrada em um céu em

transformação, violetas douradas e dentes-de-leão azuis traziam os primeiros raios de calor a serem sentidos durante toda a noite. Os braços das crianças estavam quase quebrados de tanto esforço – e as pernas quase paralisadas pelo frio –, no entanto, o trabalho da noite ainda não estava concluído. Laylee (que, não esqueçamos, havia lavado nove corpos sozinha nem dez horas antes) mal conseguia se movimentar, tamanha era a sua fadiga, mas ainda assim realizou um esforço final. Suas mãos frias e desajeitadas e trêmulas puxaram um monte de prendedores de roupa e ofereceram alguns punhados a Alice e Oliver. Os três trabalharam em silêncio – movimentando-se tão lentamente que mais pareciam andar em leite quente – e prenderam os corpos meios encharcados, meio congelados em um varal robusto. Usaram cordas para prender pescoços e joelhos e cotovelos e afins; quando terminaram, as cabeças mortas repousavam sobre os peitos congelados, mãos flácidas relaxavam e roupas molhadas chicoteavam com o vento da manhã. Seis novos corpos encontravam-se dependurados ao lado dos nove do dia anterior e, quando as três crianças vivas se afastaram para admirar seu trabalho, caíram para o lado e imediatamente dormiram na neve.

Rápido demais, os três foram acordados por um sol ansioso. A órbita dourada brilhava fortemente lá em cima, vibrando seu calor com uma alegria que parecia especialmente fora de lugar na tarde fria. A neve abaixo do pescoço e dedos dos pés de nossos corajosos protagonistas havia se derretido em ondas suaves, que deslizavam pelos corpos das crianças e seguiam a modesta inclinação a caminho do castelo. Lentos, grogues e ensopados até os ossos, eles piscaram os seis olhos para se protegerem da luz ofuscante.

Os poucos pássaros nos arredores haviam se reunido para sua conferência diária e Laylee notou que as criaturas a estudavam. Ela bufou e se virou, esfregando o rosto. Laylee e os pássaros quase nunca se falavam, mas a menina sabia que aquelas criaturas tinham pena dela, o que só a fazia ressentir sua presença e os bicos empinados. Aliás, Laylee jamais os perdoaria por sempre olharem-na de cima enquanto voavam. Certa vez, ela chegou a subir em uma árvore alta o suficiente para poder empinar o nariz *para eles,* mas só teve um brevíssimo momento para celebrar a glória desse orgulho bobo antes de três pombos defecarem, um de cada vez, em sua cabeça. Agora, lembrando-se dessa situação, a *mordeshoor* lançou um olhar sombrio para as criaturas, limpou o excremento imaginário do capacete e – ainda carrancuda – arrastou-se para fora da neve derretida.

Enquanto isso, Alice e Oliver continuavam meio atolados na imundície lamacenta, desorientados pelo sono e sem se lembrar direito de onde estavam. Finalmente conseguiram ajudar um ao outro a se levantar e apertaram os olhos para a claridade intensa. Cansados, famintos e precisando urgentemente de um banho, olharam para Laylee em busca de instruções de como proceder. Esperavam que ela os convidasse para entrar – quiçá lhes oferecesse um bocadinho de café da manhã ou apontasse a direção de um banho quente...

Em vez disso, a *mordeshoor* falou:

–Vamos. – E acenou com uma mão cansada. – Precisamos enviá-los ao destino antes que se sujem outra vez. Os corpos estão muito vulneráveis agora.

Dizer que Alice e Oliver ficaram desolados seria uma atenuação grosseira, mas não havia nada que pudesse ser feito para diminuir seu desconforto. Alice havia concordado em cumprir seu desafio e Oliver havia concordado em ajudá-la, e agora os dois haviam concordado em auxiliar Laylee. Então, assentiram, rangeram os dentes e se arrastaram adiante, entristecidos e com roupas ensopadas.

Alice e Oliver ajudaram Laylee a desprender os mortos do varal. Os cadáveres haviam congelado enquanto dormiam – pingentes de gelo se dependuravam de seus queixos e de suas orelhas e das bainhas das camisas –, mas vinham descongelando em ritmo constante debaixo do sol, o que os tornava um pouquinho mais fáceis de manejar. Uma vez desprendidos, os pesados corpos caíram no chão com uma série de fortes pancadas, e Alice e Oliver, que permaneciam completamente imóveis e mergulhados até o tornozelo em defuntos, receberam ordens para esperar enquanto Laylee apressava-se para longe em busca dos itens necessários para os próximos passos.

Ela passou algum tempo distante, revirando seu galpão horrível da morte. E, em sua ausência, Alice e Oliver tiveram tempo para refletir sobre a terrível noite. Ela tentava se manter otimista, mas ele se recusava. Os dois haviam sido envoltos – até a altura de seus joelhos congelados – em imundície, sua pele úmida abraçada por tecidos encharcados; estavam mortos de fome, exaustos, sujos até atrás dos olhos – e agora recebiam ordens para esperar parados em meio a uma pilha de corpos parcialmente derretidos. Oliver simplesmente se recusava a ver o lado bom daquilo.

– Não consigo acreditar que vencer a Entrega a colocou nessa situação! – resmungou, braços cruzados e cabeça balançando. – É um acordo ruim, se quer saber a minha opinião. Um acordo horroroso.

– Mas...

– Talvez... – Oliver prosseguiu, agora com um semblante um pouquinho melhor. – Talvez pudéssemos simplesmente ir para casa.

– Oliver! – Alice arfou. – Como você pode dizer uma coisa dessas?

– Ah, imagine só como seria! Não seria maravilhoso voltar?

– Bem, você está livre para ir aonde quiser – retrucou Alice, que agora puxava uma sanguessuga da manga de sua blusa. – Mas não vou a lugar nenhum. Tenho um desafio para cumprir e vou cumpri-lo com ou sem você, Oliver Newbanks, não importa quanto você fique aí choramingando.

– Mas você não consegue enxergar? É um plano perfeito – ele explicou, seus olhos iluminados. – Seu pai agora é um Ancião da Cidade. Tenho certeza de que abriria uma exceção para você. Basta pedir uma nova chance, só isso. Tenho certeza de que eles vão entender.

– Não seja ridículo. Essa já é a minha segunda oportunidade. Não tenho o menor interesse em passar outra vez pela Entrega. E outra... – Alice fungou. – Eles já abriram uma exceção para mim ao me enviarem para cá. Ferenwood está fazendo um enorme esforço para restabelecer seus laços com outros territórios mágicos, e Pai diz que é importante eu me sair bem aqui para que possamos seguir nessa direção. Além do mais, é precisamente porque Pai é um Ancião que preciso mostrar o meu melhor comportamento. As coisas estão tão maravilhosas desde que ele voltou para casa, e não vou ser eu quem vai arruiná-las agora. Não. A gente só precisa se virar com o que tem e...

– Se virar com o que a gente tem?! – gritou Oliver. – O que é que a gente tem, Alice? Uma pilha de gente morta e uma menina que ama esses mortos. Ora, ora, isso não me parece muita coisa.

– Ora, ora digo eu, Oliver Newbanks! – retrucou Alice, arqueando uma sobrancelha. – Que coisa mais esquisita de se dizer!

– Como assim?

– Só fico surpresa de ouvir você falando mal de nossa anfitriã. – Alice ofereceu um sorriso. – Você me pareceu gostar bastante dela.

Ao ouvir as palavras, ele ficou furiosamente rosado.

Tateou por pelo menos um oitavo de minuto e, quando finalmente falou, disse:

– Mas... Mas que besteira, Alice. Eu não tenho a menor ideia do que você está falando.

E precisamente nesse momento Laylee apareceu em seu ângulo de visão.

Era uma menina realmente impressionante, mesmo toda suja, e Oliver Newbanks – que resmunga demais, se me dá licença de dizer – não conseguiu não notar.

Os olhos de Laylee eram de uma cor sensacionalmente bizarra e refletiam a luz como estanho líquido incendiado. Ela tirara o capacete e o enfiara debaixo do braço e esse processo a deixou um pouco desgrenhada; mechas de cabelo escaparam de seu lenço, que fora enrolado com tanto cuidado, e os fios soltos, ligeiramente acinzentados, traziam a seus traços uma delicadeza enganosa. A última coisa que Laylee se sentia era delicada enquanto carregava um carrinho longo e baixo. Franzia o rosto em virtude do esforço físico necessário para empurrar a pesada carga. Parou apenas por um instante para secar o suor na testa e, ao notar os cabelos desgrenhados, rapidamente enfiou as mechas parcialmente grisalhas de volta dentro do lenço. E foi somente quando Alice e Oliver – que tinham acabado de lembrar seus modos – correram para ajudar que se deram conta do que ela estava carregando: planos e tão altos quanto o céu eram as dezenas de caixões simples de madeira.

O coração de Alice deu um leve solavanco.

A barriga de Oliver afundou.

Mesmo assim – mesmo assim – ele decidiu ser cavalheiro. Agora, era verdade que Oliver Newbanks achava Laylee uma menina linda. Mas você precisa se lembrar de uma coisa: a beleza é logo esquecida diante de morte, decrepitude e dissabores em geral. Portanto, embora, *sim*, Oliver achasse Laylee muito bonita (quando ele podia se dar ao luxo de pensar esse tipo de coisa), não era isso que o movia agora. Não, havia *alguma* coisa em Laylee – alguma coisa nela que Oliver ainda não conseguia saber o quê – que o atraía e, embora ele ainda não conseguisse entender o que era, a explicação era muito simples.

Leitor, ele a admirava.

Porque, de algum jeito, mesmo com o estorvo de uma ocupação tão infeliz e isolada, ela andava pela escuridão com elegância, atravessava os corredores da vida e da morte com aquela confiança que Oliver sempre secretamente desejara ter. Laylee parecia tão segura de si, tão estável – tão inabalada pelas opiniões alheias – que inspirava naquele garoto algo que ele jamais experimentara antes. Oliver ficava nervoso só de vê-la. De repente, pegou-se ansioso por entendê-la. Acima de tudo, queria que Laylee fosse sua amiga.

– Por favor – ele pediu, olhando-a nos olhos. Encostou a mão sobre a dela enquanto assumia o controle daquela pesada carga. – Deixe que eu levo.

Laylee afastou a mão e fechou uma carranca, emitindo um leve protesto (ela realmente *não queria* continuar empurrando o carrinho, mas seu orgulho não lhe permitiria renunciar aquela carga sem resmungar). Mesmo assim, Oliver não se abalou. Laylee, que jamais esperaria uma conversa desse tipo, ficou tão surpresa com a insistência que, por um instante, ficou sem palavras. A essa altura, qualquer ajuda era mais do que ela esperava receber de seus hóspedes. Era um pequeno gesto, verdade seja dita, mas Laylee estava tão desacostumada com gentilezas que até o menor ato de consideração acalmava aquele coração cansado que dentro dela vivia.

Finalmente, com gratidão, ela entregou a carga.

Laylee e Alice permaneceram juntas em silêncio enquanto Oliver empurrava o carrinho pela imundície. A *mordeshoor* contemplou, ainda em silêncio, a imagem dele diminuindo no horizonte.

– Alice – ela de repente chamou.

A menina ficou tão espantada ao ouvir seu nome que quase deu um pulo.

– Si… Sim? – gaguejou.

– Qual é a dele?

– A de quem? – Alice falou rapidinho. – Oliver?

– Sim, qual é a desse menino? – Laylee apontou na direção do corpo de Oliver, que continuava se distanciando. – Ele é digno de confiança?

– *Confiança?* – Sobre isso, Alice tinha que pensar. Respondeu toda cuidadosa: – Sim, eu acho que é.

– Acha que é?

– Bem… tenho quase certeza. É que ele já foi o mais terrível dos mentirosos. – Alice deu risada. – Ele tem a magia da persuasão, entende? Isso complica um bocadinho as coisas.

Agora alarmada, Laylee virou-se para encará-la.

– Persuasão?

Alice assentiu.

– Oliver é capaz de fazer as pessoas pensarem e fazerem qualquer coisa que ele queira. E, veja bem… – Ela riu outra vez. – Ele já foi muito horrível por causa disso.

Mas, ao notar a expressão de terror no rosto de Laylee, Alice apressou-se em acrescentar:

– Ah, mas eu não me preocuparia com isso, de verdade! Ele está muito melhor agora.

Tarde demais.

Laylee havia ficado gelada. Seus olhos, sombrios; os lábios, paralisados. Ela desviou o olhar. De repente, pareceu inexplicavelmente furiosa e, ao respirar fundo, entrelaçou com força demais os dedos das mãos enluvadas.

Alice – que tinha dito precisamente a coisa errada – sentiu o inesperado momento de amizade de Laylee se desfazendo e começou a hesitar. Sabia que tinha de tirar vantagem de qualquer oportunidade para progredir com Laylee; afinal, Alice ainda não tinha ideia do que deveria estar fazendo aqui, e já começava a se desesperar. Infelizmente, o desespero a tornava imprudente.

– Laylee – falou baixinho. – Se você confiasse em mim, se pudesse me dizer o que há de errado…

A *mordeshoor* ficou toda rígida.

– Por que você sempre insiste que tem algo errado comigo?

– Não! Não! Não é algo errado com você – Alice apressou-se em corrigir. – Só estou dizendo que talvez tenha alguma coisa a *incomodando*. – Hesitou, cruzou os dedos e prosseguiu: – Tem alguma coisa incomodando você? Algo que gostaria de discutir?

Laylee olhou incrédula para a menina (ela já começava a pensar que Alice tinha algum probleminha na cabeça) antes de apontar para o campo infinito de terra e neve derretendo, com os defuntos e caixões vazios, e dizer:

– Alguma coisa me incomodando? O que você acha que está me incomodando? Pensa que gosto desse trabalho? Acha que fico feliz de ser a única *mordeshoor* em uma terra com oito mil pessoas?

– Nã-não – gaguejou Alice, que agora se sentia ainda mais aterrorizada. – É só que... pensei que talvez houvesse algo mais, algum motivo para eu ter sido enviada para este lugar. Entenda, tenho um tipo muito particular de magia – apressou-se em explicar. – E ela não serve exatamente para lavar corpos de defuntos. Então pensei que talvez...

– Deixe-me ser clara – interrompeu Laylee, agora com uma expressão tão gelada que Alice teve de resistir ao impulso de tremer. – Não pedi a vocês para virem aqui. Não pedi sua ajuda. Se não quiser trabalhar, se lavar os corpos dos mortos estiver além do seu *tipo muito particular de magia*, sinta-se à vontade para dar o fora.

Aliás... – agora a *mordeshoor* adotou um tom cuidadoso, uma voz afiada e ameaçadora: – Talvez fosse melhor vocês darem o fora agora mesmo.

E, com isso, ela saiu correndo em direção a Oliver e dos muitos caixões de madeira, deixando Alice sozinha e magoada em meio à lama.

Para Alice Alexis Queensmeadow, as coisas estavam acontecendo bem diferente do planejado.

Laylee não podia se importar com isso.

Era sensível demais às insinuações repetidas da recém-chegada de que talvez houvesse algo errado com ela, o que a tornava cruel e defensiva. Laylee criou novas muralhas de proteção, sentindo-se mais vulnerável a cada instante e esforçou-se para ignorar o tremor repentino e sem precedentes em suas mãos. Ainda assim, marchou adiante sobre o lodo, inspirando breves lufadas do ar fresco, punhos cerrados para se manter firme. Oliver estava pouco à frente, esperando pacientemente ao lado de uma pilha de caixões. Olhou-a nos olhos e sorriu, suas pupilas violetas estalando de alegria; Laylee ficou tão espantada com a imagem que sentiu alguma coisa dentro de si tremer. Era uma sensação tão estranha e inesperada que, por um instante – por um brevíssimo instante –, chegou a pensar que talvez pudesse chorar. É claro que não faria isso, mas solenemente desejou poder se dar ao luxo de ter um ataque de vez em quando.

De todo modo, não retribuiu o sorriso de Oliver.

Não tinha nenhum interesse em mentirosos manipuladores e desleais, independentemente de quanto alegassem não serem mais assim. Não, não existia a menor chance de ela se tornar amiga desse duas caras, nem daquela bobona desajeitada. Então, abriu um manto vermelho – pela primeira vez, Oliver pôde vislumbrar o brocado de seda antigo que ela usava por baixo – e puxou do cinto um pé de cabra velho e com entalhes elaborados. (No cinto ela também levava uma marreta velha de latão, o chicote de couro para lidar com fantasmas, a bolsa acolchoada cheia de Quicks, um alicate enferrujado, uma caixa de cobre cheia de unhas, um ferrete e um pequeno suporte para seus cartões de visita.) Silenciosamente, subiu no carrinho e começou a tirar as tampas de madeira.

Oliver foi ao lado do carrinho para ajudá-la.

De onde os dois estavam, Alice agora era ainda mais visível: pequena e solitária na neve ao longe, a jovem de Ferenwood parecia uma figura triste, meio corcunda. Mas, independentemente do que você possa pensar de Laylee, saiba desde já de uma coisa: sua consciência ainda não tinha se abatido, e isso talvez a atormentasse mais do que nunca. Em segredo, ela desejava ser uma criança normal – do tipo capaz de fazer amigos e as pazes, tudo no mesmo dia. Porém, carregava mágoas demais para saber desfazer essa dor. Palpitando dentro do corpo, seu coração já entrava em pânico com a ideia de pedir desculpas a Alice. Não, ela estava ferida demais, temia demais a rejeição para dizer que estava arrependida…

Afinal de contas, e se seu pedido de desculpas não fosse aceito?

E se ela se fizesse vulnerável só para depois ver seus defeitos sendo esfregados bem na sua cara?

Não, não, era mais seguro continuar nervosa, ela concluíra, pois assim nada jamais a abalaria.

Por sorte, Oliver não tinha tantos escrúpulos.

Ele raspou a garganta e, com todo cuidado possível, falou:

– Por que, hum... Por que Alice está parada lá longe?

Laylee já tinha tirado as tampas de vários caixões quando Oliver fez essa pergunta, então ela arfava e empurrava os caixões na neve quando respondeu:

– Eu disse a ela que, se não gostasse desse tipo de trabalho, deveria ir embora.

Espantado, Oliver congelou onde estava.

– Por que nos céus você faria isso?

Laylee deu de ombros.

– Ela disse que a magia dela não é adequada para banhar os corpos dos mortos.

– Mas... Laylee...

– Além do mais, ela pergunta insistentemente o que há de errado comigo, como se eu fosse uma louca. – Laylee puxou outro caixão para baixo, expirando duramente. – Mas eu não tenho nada que seja relevante.

Ergueu o rosto para encarar Oliver ao dizer isso, mas, quando parou de se movimentar, suas mãos – visivelmente trêmulas – desmentiram suas palavras.

A menina fingiu não notar e se movimentou rapidamente para pegar outro caixão, contudo, Oliver teve o bom senso de contê-la.

– Se não tem problema nenhum com você, então o que há de errado com as suas mãos?

– Nada – a menina esbravejou, fechando os dedos trêmulos. – Estou cansada, é só isso. Tivemos uma noite muito longa.

Oliver hesitou – pois não tinha como negar que a noite de fato havia sido super longa – e finalmente cedeu com um suspiro triste.

– Alice só quer ajudar você – garantiu.

– Então ela deveria estar aqui, *ajudando* – retrucou Laylee.

– Mas você acabou de falar para ela não vir.

– Quando alguém realmente quer uma coisa... – Laylee começou, arrastando mais um caixão para o chão – ... essa pessoa luta. Ela não parece estar muito a fim de lutar.

Oliver riu alto e desviou o olhar, balançando a cabeça na direção do sol.

– Só alguém que realmente não conhece Alice diria algo assim.

Laylee não respondeu.

– Minha nossa! – ele exclamou, agora apertando os olhos na direção da figura solitária de Alice. – Só consigo imaginar quão partido você deixou o coração dela.

Agora Laylee o encarou. Furiosamente. Irada, falou:

– Se o que eu falei partiu o coração dela, então ela tem um coraçãozinho frágil demais.

Oliver inclinou a cabeça, sorriu e respondeu:

– Sabe, nem todo mundo é tão forte quanto você.

Laylee ficou entorpecida com as palavras.

– Você entendeu tudo errado a meu respeito – ela retrucou baixinho. – Eu não sou forte, de forma alguma.

Oliver, que de imediato se deu conta de quão profunda era essa confissão, não teve a oportunidade de responder. Ele ainda buscava as palavras certas para se expressar quando Laylee ficou rígida de repente – suas costas mais pareciam uma tábua de passar – e inalou uma arfada curta e bruta, deixando o pé de cabra cair com uma forte pancada na lama. As pernas de Laylee cederam e ela cambaleou para o lado, colidindo com Oliver, que veio correndo para a frente para ajudar e, embora ele segurasse a menina em pé, medo e pânico se misturavam em seus olhos, e ele gritou por Alice enquanto Laylee tremia. Na fração de segundo em que Laylee cometeu o erro de fitá-lo nos olhos, Oliver viu demais – e descobriu demais.

Alguma coisa estava desesperadoramente errada.

•

Alice agora avançava na direção deles – o rosto estava tomado pelo terror, os cabelos longos e pálidos batiam com o vento – e Oliver afundava os joelhos enquanto buscava sinais de trauma no rosto de Laylee.

Para uma menina tão desacostumada a companhias, a sensação de ser segurada de uma maneira tão íntima era curiosa, aterrorizante. Mas essa questão de proximidade física era coisa pouca na longa lista de preocupações da garota. O problema era que ela não confiava nessas crianças esquisitas e não conseguia evitar a sensação de que o momento da chegada deles, essa insistência absurda em ajudá-la, e sua fragilidade repentina e não solicitada havia coincidido de uma maneira que era mais do que apenas ligeiramente suspeita. Como você deve imaginar, a *mordeshoor* não se abalava facilmente com rostos cheios de compaixão e não se permitiria romantizar um momento de fraqueza – não aqui e não agora e, em especial, não enquanto a companhia daqueles cujo coração e mente ainda lhe faziam ter dúvidas.

Laylee fez a única coisa sensata que lhe ocorreu: conforme suas habilidades motoras voltavam, reuniu toda a força que ainda lhe restava e se livrou das mãos de Oliver. Meio se arrastando, meio tropeçando, correu para casa – sem dar atenção aos gritos assustados do menino ou aos berros de surpresa da amiga dele. E, desabando ao cruzar a soleira, trancafiou a pesada porta de madeira, deixando a dupla de ferenwoodianos atormentados para trás.

Alice e Oliver bateram à porta de Laylee por pelo menos uma dúzia de minutos antes de suas gargantas incharem de tanto gritar e seus punhos se ferirem com o esforço. Por fim, fadiga e derrota se somaram em um complicado fracasso, e o silêncio preencheu os corredores da casa. Aliviada, com o peito arfando, Laylee finalmente fez um esforço para se movimentar. Contudo, no tempo que demorou para ficar em pé, a paz foi estilhaçada por uma série de gritos perfurantes.

Maman estava descompensada.

Seu desaparecimento na noite anterior deveu-se à covardia e nada mais; seu espírito frágil ficou assustado pelas perturbações dos desconhecidos, então escolheu se esconder em vez de ajudar. E agora havia ressurgido, mais irritada e impossível do que nunca. Permita-nos lembrar que Maman era visível apenas para Laylee, que não havia contado a nenhuma alma viva sobre sua capacidade de conversar com, bem, espíritos. Como resultado, ninguém conseguia *ver* ou *ouvir* o que lhe estava acontecendo agora – nem mesmo Alice e Oliver, que haviam encostado suas orelhas cansadas à porta, na espera de ouvirem algum sinal de vida.

Infelizmente, apenas os mortos faziam barulho agora, e Laylee se esforçava para não berrar. Maman a havia encurralado, guinchando e lamentando e ralhando sobre a situação das roupas imundas da filha.

Foi difícil ignorar essa última parte.

Todas as três crianças encontravam-se excepcionalmente sujas. Não tinham apenas passado a noite esfregando defuntos, mas logo em seguida caíram de sono na neve. Neve que havia derretido e sujado e, embora não tivesse como saber na hora em que aconteceu, Laylee havia dormido em cima de uma pequena família de aranhas, e agora as pernas quebradas dos animais ainda se prendiam a seus cílios. Foi uma pequena misericórdia, então, a *mordeshoor* estar ocupada demais para convidar os hóspedes para entrar e lhes oferecer algo para comer. Se ela fizesse isso, Alice (que havia acabado de puxar uma unha de dentro da orelha) talvez precisasse rearranjar os conteúdos de seu estômago bem ali, no chão da casa da pobre Laylee.

Porém, Alice e Oliver estavam exaustos demais ou amedrontados demais para continuar perseguindo Laylee. O menino não se atreveria a quebrar outra janela de outro quarto, tampouco se convenceria a usar sua magia contra a *mordeshoor*. Desolado, ele desistiu completamente e saiu coxeando pela área atrás da porta de Laylee sem dizer nada, apenas ocasionalmente lançando olhares abatidos e atormentados na direção de Alice, em vez de expor seus medos em voz alta. Não, ele não teria como saber quão péssima Laylee estava se sentindo ou quão terrivelmente Maman a torturava naquele momento.

– Menina imunda, inútil, fedorenta...

Laylee usou as mãos para cobrir as orelhas.

– ... mãos asquerosas, mãos asquerosas mesmo, com esses dedos cheios de bolhas e essa pele rachada...

Laylee fechou os olhos bem apertados.

– ... porque eu não criei a minha filha para ser assim, para viver como um animal, sempre imunda, sempre imunda...

Alice conseguiu espreitar por uma abertura em uma das cortinas, mas a testa franzida e os lábios apertados de Laylee eram impossíveis de decifrar. Aliás, Alice, uma menina claramente mais delicada, não conseguiu não se perguntar se talvez ela e Oliver fossem o problema...

– Fica aí, contratando estranhos para trabalhar à noite. É fraca demais para fazer o trabalho sozinha.

... e, embora eles de fato fossem uma pequena fração do sofrimento, eram também uma parte muito importante da solução. Só não sabiam ainda o tamanho de seu papel nisso tudo.

•

Laylee estava, em geral, bem preparada para os insultos de Maman. Enfrentava quase todo dia ataques de raiva, humilhação violenta e acusações de incompetência. Porém, ela não havia dormido mais do que uma piscadinha de olhos nas últimas trinta e seis horas e agora sofria um colapso que vinha de dentro para fora. Seu corpo estava cansado, a mente abalada e o espírito também já começava a se desfazer. Laylee Layla Fenjoon era mais forte do que muitos, mais inteligente do que alguns e sem a menor sombra de dúvida vivida para sua idade. Contudo, mesmo os fortes, os inteligentes e os vividos falham quando sem compaixão ou sem companhia e, enquanto Baba era afligido pela loucura e Maman só falava bobagens, Laylee, na ausência dos dois, havia dado as mãos à solidão, escuridão alimentando escuridão até toda luz se desfazer. Ela já não lembrava como era viver sem um coração partido.

Infelizmente, portanto, nossa *mordeshoor* via pouco valor na companhia de seus hóspedes esquisitos. Neles talvez devesse encontrar amizade; em vez disso, porém, neles ela encontrava defeitos e motivos para temer, então não pensou duas vezes antes de abandoná-los. Sem dizer nada, subiu as escadas do castelo, trancou-se no banheiro, abriu a água e caiu de lado na banheira – onde passaria algum tempo. Não dava a mínima para o que acontecesse com Alice e Oliver. Aliás, em segredo, esperava que eles sumissem antes que ela saísse dali.

•

Querido leitor: Laylee um dia refletiria sobre esses primeiros momentos da visita de Alice e Oliver. E sentiria um arrependimento de partir o coração – um remorso tão parasita que a seguiria para sempre. No entanto, ela não precisava ser tão dura consigo mesma. Afinal de contas, é uma coisa simples e trágica, mas ocasionalmente nossa falta de bondade com os outros é um esforço para sermos bons com nós mesmos. Eu a lembro disso ainda agora, enquanto escrevo para você, mas, ainda assim, Laylee tem dificuldades de aceitar o que aconteceu. Como é importante e irritante ter de lembrar uma pessoa inteligente de não ser tão besta a ponto de desistir dos outros.

Terrivelmente triste essa história

Alice e Oliver não sabiam direito o que fazer.

O menino estava certo de que havia alguma coisa muito errada com a jovem *mordeshoor*, mas não sabia direito qual era o problema. Para piorar, Alice sentia-se mais frustrada ainda do que Oliver – afinal, ajudar Laylee era um desafio que *ela* tinha de enfrentar, e estava se saindo muito mal nesse processo. Para piorar a situação, os dois apodreciam dentro de suas roupas ensopadas, a pele tão úmida que Oliver começava a se perguntar se seus membros não teriam sido servidos em uma sopa gelada de ervilha. Tudo doía: dedos, dentes, juntas e globos oculares. Estavam exaustos e sobrecarregados, cansados de andarem sobre excrementos de cadáveres, desesperados por uma troca de roupas e um bocado de alguma comida quentinha.

De todo modo, eles eram estranhos numa terra estranha – e havia muitas coisas para desorientá-los ali. O que fazer?

Alice fora enviada àquela terra de frio e morte como uma recompensa por sua Entrega bem executada. Era uma menina de talento singular, privilegiada com uma habilidade mágica que os Anciãos de Ferenwood jamais tinham visto antes e, embora tivessem precisado de algum tempo para chegar a uma conclusão sobre onde exatamente a enviariam para fazer bem ao mundo, no fim foi mandada com poucas explicações para encontrar Laylee. Essa falta de explicações era intencional – uma resposta direta à pontuação altíssima de Alice. Ela agora teria de ser habilidosa o suficiente para encontrar seu caminho, seu desafio e a solução – tudo isso sozinha. (Oliver, devemos apontar, não tinha autorização para acompanhá-la, mas a essa altura os dois confabulavam juntos há tanto tempo que prestavam pouca atenção às leis e suas consequências.)

No entanto, o otimismo de Alice rapidamente se desintegrava e, apesar das amplas evidências de que a *mordeshoor* estava em apuros, a menina de Ferenwood pegou-se tentando encontrar alguma lacuna capaz de levá-la de volta à sua terra natal – e Pai, que, conforme Oliver apontara, era um dos Anciãos e talvez capaz de amenizar um pouco as coisas para ela. Não era um momento de orgulho pra Alice, mas Laylee tinha se mostrado espinhosa e grosseira e, de forma alguma, o que Alice esperava.

Mesmo assim...

A verdade era que Alice tinha recebido uma nota 5 na Entrega – a maior pontuação possível – e, portanto, deveria ter previsto os níveis de dificuldade e nuances envolvidas em seu desafio. Mas a essa altura nada disso importava. Laylee havia insultado Alice e a deixado totalmente de lado, e agora a menina de Ferenwood sentia que já sofrera o suficiente. Ela e Oliver (que já estava ansioso demais para se afastar de toda essa loucura) pareciam dispostos a ceder à covardia, desistir e ir para casa.* Aliás, em uma aposta desesperada por encontrar uma saída abrupta, de repente ocorreu a Alice que fazia muito sentido Laylee tê-los abandonado. Talvez, pensou, eles já não fossem necessários aqui. Talvez esse fosse oficialmente o fim de sua tarefa. Talvez o desafio de Alice aqui não tivesse nada a ver com seus talentos – aliás, talvez esse tivesse sido o segredo o tempo todo.

Será? Será que seu desafio tinha terminado?

Talvez...

Talvez eles tivessem feito sua parte e agora devessem voltar para casa? O desafio claramente parecia simples demais para os padrões costumeiros de aventura de Alice, mas ela supunha que passar a noite esfregando nojeiras das dobras de cadáveres fosse agitação suficiente para toda uma

---

* Uma nota: O que se deu aqui foi um estranho distanciamento da protagonista destemida e incansável que conheci e adorei em *Além da Magia***, e não posso dizer que não me surpreendi quando me contaram o que havia acontecido. Contudo, temos de lembrar que Oliver tinha pouco a ganhar no início dessa aventura, e Alice, cujo pai agora estava em casa e seguro (isso fará mais sentido se você tiver lido *Além da Magia*), mostrava-se ansiosa para retomar sua vida nova e feliz. Aliás, nem Alice, nem Oliver sentiram uma grande inclinação a se colocarem em perigo (excessivo) por uma desconhecida e, quando seu desconforto se tornou grande demais, ambos se viram prontos para voltar para casa. Triste, é verdade – mas agora você entende que Laylee não estava errada ao duvidar deles. A verdade é que, embora as intenções de Oliver e de Alice fossem boas, elas não eram *puras*; não, a preocupação de Alice e de Oliver por Laylee era motivada pela promessa de glória e um pouco de diversão, respectivamente. E era precisamente esse tipo de motivo egoísta que os dois teriam de deixar para trás. Qualquer tipo de ajuda, afinal, funciona melhor quando oferecida incondicionalmente – sem a expectativa de um pagamento em troca.

**Desculpas: *Além da Magia* é uma história totalmente diferente, que acontece antes desta e na qual Alice e Oliver são os únicos protagonistas. É uma história bem legal, eu acho.

vida. Alice dividiu seus pensamentos desprezíveis com Oliver, que respondeu rapidamente e com grande convicção:

– Ah, francamente, eu duvido.

– Mas por quê? – ela indagou, tirando uma barata dos cabelos. – Foi horrível o bastante, não foi? Talvez isso seja tudo, não acha?

Oliver cruzou os braços.

– Veja bem, Alice: se você quiser desistir e voltar para casa, sabe que tem meu apoio sincero. Mas você não pode *também* fingir que fez o que veio aqui para fazer. Sabe muito bem que tem algum problema com Laylee, algo pior do que o trabalho dela como *mordeshoor*, e não fizemos nada para ajudá-la.

– Mas é claro que fizemos! – Alice tentou protestar. – Lavamos todos aqueles mortos e...

Oliver já estava negando com a cabeça.

– Você não está entendendo. Os desafios são sempre distribuídos com base no *talento*. E você não usou o seu, nem de longe.

Alice olhou para seus pés e abraçou a si mesma para se proteger do frio.

– E nunca existem exceções a essa regra...?

– Acho que você já conhece a resposta para essa pergunta.

Ela mordiscou o lábio. Era verdade. Suspirou e, com uma resignação triste, falou:

– Então o que devemos fazer?

– Bem, se formos ficar aqui e enfrentar a situação

até o fim, a primeira coisa a fazer – ele sacudiu o sapato, de onde algumas minhocas caíram – é encontrar um jeito de nos limparmos. Depois, precisaremos de roupas novas. – Oliver se aproximou, apontou para suas roupas e baixou a voz: – Eu pretendo queimar todas estas peças aqui assim que tirá-las do corpo. E sugiro que você faça a mesma coisa.

Alice assentiu com tanta força que um besouro saiu voando de seu nariz.

Agora, vamos a algumas explicações:

Alice e Oliver haviam viajado a Whichwood utilizando a magia, mas poderiam ser poupados da decadência caso tivessem optado por uma longa caminhada. Whichwood ficava a uma mera caminhada de trinta dias de Ferenwood, o que equivaleria – caso eles conhecessem invenções absurdas como os aviões – a um voo tranquilo de cinco horas. Da forma como as coisas eram, Alice e Oliver tiveram de viajar durante dias por elevadores subaquáticos (o pior meio de transporte imaginável), pois Whichwood era uma cidade mais antiga e mais lenta do que até mesmo Ferenwood, e eles não tinham atualizado seus meios de transporte para entrar e sair da cidade em quase um século.

Também devemos explicar que toda terra mágica (e existiam muitas) guardava suas próprias razões inventadas para a solidão burocrática, e o povo de Whichwood não era diferente: eles não deixavam seu território por medo de uma antiga superstição.

Os whichwoodianos acreditavam que povos não mágicos tinham perdido sua magia como resultado de uma doença muito contagiosa e que a única maneira de se protegerem desse terrível destino era permanecer em uma quarentena eterna, distantes da maioria infectada. Todas as terras mágicas impunham barreiras para evitar que os *fermos* (uma gíria para se referir aos "enfermos" sem magia) descobrissem seu mundo, mas os whichwoodianos levavam essa responsabilidade ainda mais a sério: não havia como entrar ou sair da cidade a não ser pela água, e essa era uma jornada árdua e longa que poucos (se é que alguém) estavam dispostos a enfrentar. Como resultado, Whichwood vivia quase totalmente esquecida, e seu povo preferia que fosse precisamente assim.

De todo modo, a cidade tinha tudo o que precisava e queria, então seus habitantes permaneciam dentro dos limites de sua própria criação, sem jamais se misturarem aos fermos por medo de serem infectados pela doença. E sempre desconfiavam, mesmo de outros povos mágicos. Essa forte suspeita os transformava em um grupo aparentemente nada acolhedor, mas isso era apenas parcialmente verdade. A realidade era que eles formavam um povo cheio de vida e cultura – quando você conseguia conhecê-los –, que sentia ter muito a temer. E era essa última característica – essa certeza do medo – que ajudava a justificar a paranoia que levava a esse isolamento.

Era uma ilógica que eles compartilhavam com Ferenwood.

O povo de Ferenwood, entenda, em um passado distante sofrera uma provação enorme e sangrenta nas mãos de uma terra mágica vizinha (provação que surgira como resultado de muitos negócios fechados com os não mágicos) e agora vivia protegido a ponto de asfixia. Os Anciãos de Ferenwood há muito haviam chegado à conclusão de que a precaução, e somente a precaução, evitaria catástrofes ainda piores, então os residentes de Ferenwood permaneciam, em sua maior parte, alegremente ignorantes de suas liberdades castradas, até que um dia a vila quebraria esse código de conduta banhado pela solidão ao enviar uma menina de treze anos por mar e neve para fazer uma magiazinha amigável.

Era uma decisão da qual logo se arrependeriam.

•

Agora, a embaixadora de Ferenwood em Whichwood vagava pelos campos nevados – ocasionalmente caindo, frequentemente tropeçando – enquanto, ao lado de seu companheiro ilegal, buscava uma saída para dentro da cidade. Alice havia sido enviada sem outras instruções além da de encontrar Laylee, fazer o possível para ajudá-la e voltar para casa antes de a neve no chão derreter. Porém, ela agora começava a pensar que os Anciãos haviam escondido deliberadamente vários detalhes críticos, afinal, ela não sabia o que fazer. Não tinha ideia de como ajudar Laylee; não tinha ideia de quanto tempo a neve permaneceria no chão; e, mais aterrorizante ainda, não tinha ideia de como encontrar o caminho de volta a Ferenwood.

A chegada da dupla pelo elevador fora, na melhor das hipóteses, um horror: a pequena caixa de vidro para viagens em momento algum se mostrou muito confiável, mas, ao chegar ao destino final, deu um último solavanco e se estilhaçou com a pressão. (Era um sistema muito, muito antigo.) Alice e Oliver foram lançados sem cerimônia pelos mares gelados que levavam à encosta do castelo de Laylee e saíram ensopados e escandalizados, gelados e quase mortos. Foi o fim doloroso de uma jornada longa e sem vida, e foi esse desespero congelante e exaustivo que levou Oliver a quebrar a janela de Laylee em busca de um lugar para se refugiar do frio.

Aquela fora uma semana dura para os dois amigos, que passaram os primeiros cinco dias viajando em um elevador molhado e os últimos dias esfregando a sujeira de corpos mortos. Estavam famintos, sujos e desesperados por dormir (os leitores mais cuidadosos notarão que as regras para comer e dormir eram as mesmas em Whichwood e em Ferenwood). No entanto, a dupla não havia visto nada da cidade ou do país além do castelo fantasmagórico de Laylee e seus cadáveres inchados. Não era a recepção ideal.

Porém, Alice e Oliver tinham acabado de se lembrar de uma coisa importante: eram jovens, habilidosos, inteligentes, fisicamente capazes e tinham enfrentado situações muito piores quando eram mais novos e menos informados e (com um deles) sem um braço.

(Aliás, qualquer um que se recordar das aventuras de Alice e Oliver em Furthermore não duvidaria desses dois agora!) E foi nesse momento, enquanto se arrastavam pela lateral da neve, ansiosos e delirantes, que avistaram uma estrada distante, ocasionalmente percorrida. E, arrebatados pelo alívio, avançaram cegamente a caminho da possibilidade.

Benyamin Felankasak não estava incomodando ninguém, de forma alguma – não estava sendo um entrave para ninguém, de verdade – quando sua vida estável foi empurrada de lado e seu conteúdo espalhado pela rua. Benyamin era um menino gentil e educado de exatamente treze anos e três quartos que dividia seu tempo entre a escola e as colheitas sazonais de açafrão e, no momento preciso em que seus problemas realmente começaram, estava empurrando um carrinho de mão de flores de açafrão por uma estrada deserta. Esse ano a colheita fora maravilhosa e, embora o menino só tivesse um pequeno campo no qual trabalhar, conseguiu colher muito mais do que conseguia carregar. As flores delicadas, macias e roxas formavam uma imagem impressionante contra o branco da neve e, embora Benyamin não tivesse sapatos nos pés ou luvas nas mãos, era uma dessas raras criaturas com uma tendência a sentir gratidão, então sorriu apesar do frio, grato pela colheita que sustentaria sua família.

Benyamin fazia esse caminho todos os domingos, precisamente na mesma hora. Fizesse neve ou fizesse açafrão, ia à estação de trem sempre depois do almoço, depois de colocar sua mãe de volta na cama – onde ela ficaria até ele retornar – e de arrumar a casa. Conhecia essa estrada e seus viajantes com perfeita familiaridade, ou seja, sabia exatamente quem e o que esperar, ou seja, sabia que era melhor não esperar nenhum tipo de estrangeiro na terra de Whichwood. Era essa força da convicção que viria a lhe provocar tamanha dificuldade hoje.

Nem momentos depois de palavras de gratidão saírem sussurradas dos lábios de Benyamin, seu carrinho e seu ser foram abalados por uma ocorrência estranha e inesperada. E, em choque, o garoto saiu de si. O fato de sua cabeça bater na pedra e sua energia lhe ser arrancada... Bem, nada disso importava para ele. Mas o carrinho de mão ser lançado para o lado e de cabeça para baixo na neve, destruindo metade de sua colheita no processo? Benyamin ficou desolado.

Ergueu o olhar – cabeça latejando, coração também – na direção dos olhos de sua assaltante e encontrou um rosto tão extraordinariamente diferente do seu que teve certeza de que tinha morrido. Sentou-se lentamente, sua visão ganhando e perdendo foco, e *sim* – teve certeza de que estava morto porque agora olhava nos olhos de um anjo.

Ela era tão branca quanto a própria neve. A pele, os cabelos, os cílios – tudo tão extraordinário. Um anjo, pensou Benyamin. *Definitivamente* um anjo. E começou a procurar as asas.

– Você está bem? – ela lhe perguntava, repetidas e repetidas vezes. – Está tudo bem? – E o sacudia, desviava o olhar, olhava para outra pessoa. – Ai, Oliver, o que foi que eu fiz?! – gritava. – Será que matei ele? Será que eu...?

– Onde estão as suas asas? – Benyamin ouviu-se perguntando a ela. Sua cabeça girava mais rapidamente agora, mas ele conseguiu se forçar a sentar. A morte era mais embaçada do que ele imaginara. – Pensei que vocês tivessem asas – arriscou outra vez.

Alice Alexis Queensmeadow sentiu-se ao mesmo tempo aliviada e confusa. Não tinha matado aquele menino inocente, mas aparentemente havia causado algum dano em seu cérebro. Qual das possibilidades era pior? Isso ela não sabia.

Foi Oliver quem ajudou Benyamin a se levantar e, nem um momento depois, foi Oliver quem soltou o braço do menino com um grito de espanto, derrubando-o no chão tão repentinamente que o pobrezinho bateu outra vez a cabeça. Por sorte, essa segunda pancada pareceu curá-lo. E, ainda enquanto a neblina se dissipava, Benyamin ouviu Oliver gritar:

– Ora, o que você queria que eu fizesse? Ele está coberto de aranhas! E... E... todo tipo de insetos! Insetos se arrastando pelas mangas da camisa e subindo pelas pernas! – Aterrorizado, Oliver esfregou as mãos no rosto. – Ora, pelo amor de Feren! Veja só onde viemos parar! Nessa cidade louca e detestável com todo tipo de gente estranha e asquerosa e...

– Sinto muito pelos insetos – Benyamin falou educadamente.

E Oliver finalmente fechou a matraca. Uma mancha vermelha e quente se espalhou por suas bochechas, então podemos deduzir que ele pelo menos teve a decência de parecer envergonhado.

Enquanto isso, Benyamin se levantava com uma dignidade enorme e solene, até estar diante deles, não tão alto quanto Oliver, mas quase, e processando toda a situação. Primeiro: uma olhadela deixou claro que não seria impossível salvar toda a sua colheita. Segundo: ele ainda não estava morto. E terceiro: Alice (embora naquele momento ele não soubesse o nome dela) não era um anjo, não, mas uma *menina,* e essa talvez fosse a alternativa mais milagrosa. Ela era, entenda, a menina mais linda que ele já vira. Era muito perfeita para os olhos dele, mais bela do que até mesmo as flores de açafrão, as quais ele tanto amava. Foi só por causa de Alice, que estava parada ali em silêncio, olhando para os próprios pés, que as palavras de Oliver não o deixaram injuriado. Benyamin sentia que o coração dela, batendo silenciosamente no frio, era bondoso. E não sabia explicar por quê.

De todo modo, havia muito a ser dito entre esses três, e Benyamin estava se preparando para falar; tinham não apenas a questão das flores de açafrão destruídas para discutir, mas também problemáticas do tipo "quem é você?" e "o que está fazendo aqui?" e, embora todos estivessem prontos para darem início a essas conversas produtivas, foram atrasados por mais um estranho inesperado.

Uma aranha-pavão macho havia discretamente subido pelas saias de Alice e se arrastado por seu casaco e pescoço até sentar-se toda cheia de luxos em seu nariz, onde se viu na melhor posição para inspecioná-la. Ostentou suas cores iridescentes enquanto dançava pelo rosto da menina, dando passos estranhamente elegantes que faziam seu corpinho colorido brilhar sob a luz do sol. A aranha era uma criaturazinha linda e inteligente, que sempre fora orgulhosa de sua boa aparência, então estava curiosa sobre Alice e sua falta de cores e, sendo um admirador de Benyamin, esperava investigar a situação ao lado do menino.

Enquanto isso, Alice reuniu toda a coragem que conseguia, paralisada e aterrorizada, esperando a aranha acabar com ela. Ainda não sabia qual era a ligação dessa criatura com Benyamin, mas sentia que devia haver uma ligação entre os dois, então não disse nada, pois não queria insultar Benyamin ainda mais. E, em silêncio, detestava Oliver por ter sido tão grosseiro com esse menino. Afinal, foi por culpa dele que toparam com o desconhecido.

Mesmo assim…

Tudo era muito, muito esquisito.

Cada habitante de Whichwood, assim como os de Ferenwood, tinha um talento mágico único, mas as diferenças entre as cidades (e existiam muitas!) começavam a ficar claras. Em Ferenwood, todos os cidadãos apresentavam seus talentos na Entrega; eles celebravam abertamente a magia e suas habilidades mágicas. Raramente escondiam seus destinos. Mas aqui, em Whichwood, Alice e Oliver haviam involuntariamente se deparado com um segundo guardião de segredos em poucos dias. Benyamin, como Laylee, mantinha escondida grande parte de sua magia, pois jamais falava de suas relações com o mundo entomológico, nem mesmo para afastar sua *entourage* de muitas patas. Ninguém – nem mesmo sua mãe – parecia saber por que ele estava sempre coberto por insetos, e o garoto não se importava em esclarecer.

A questão era que Benyamin achava os humanos estranhos. Não conseguia entender para que usar a pele para esconder nossos ossos e, consequentemente, tinha um grande respeito por aqueles que usavam com orgulho seus esqueletos. E, embora se identificasse como humano, buscava refúgio na pequena esperança de que pelo menos não era humano como o resto de nós. Essa fantasia peculiar talvez fosse resultado de um incidente em sua infância, quando ele coçou uma ferida até ela abrir, liberando centenas de aranhas recém-nascidas do interior de seu cotovelo. Não sabia, até aquele momento, que algo residia dentro de seu corpo, e foi somente então que entendeu o que ninguém jamais fora capaz de explicar.

Por anos, Benyamin sofrera com uma coceira interna leve e incessante e, apesar de frequentemente falar sobre o assunto, seu tormento jamais foi levado a sério. Nenhum médico vivo (mágico ou não) suspeitara que a coceira invisível fosse consequência das muitas pernas se arrastando pelas veias, algo que o incomodava muito. Benyamin tinha oito anos quando sua pele se abriu pela primeira vez e, enquanto ouvia os muitos adeuses regados a lágrimas – crianças órfãs deixando suas casas pela primeira vez –, sentiu um senso curioso de responsabilidade por essas criaturas esquisitas. A partir desse momento, sempre que uma nova família saía de sua pele, ele a entregava ao mundo com o cuidado de um pai cheio de amor.

Aos treze anos e três quartos de idade, Benyamin era o menino mais estranho que Alice já conhecera, e esse primeiro encontro foi o começo de tudo. Bastante consciente de sua estranheza, o garoto jamais soubera de ninguém que pudesse se igualar a ele em sua estranheza e encontrar Alice foi, em seu modo de ver, um ato do destino. O fato de alguém surpreendê-lo era completamente novo, e foi somente por esse motivo que ele não espantou suas ansiosas amigas, as aranhas. Estava curioso por ver a reação de Alice. E a calma forçada, a dignidade teimosa e, acima de tudo, o coração bondoso da menina – diante do que era tão obviamente um medo – deixaram uma impressão indelével nele. Embora Benyamin sentisse pouco interesse por Oliver – que via apenas como o companheiro mal-educado daquela garota –, ele agora tinha mais perguntas do que nunca. Quem era ela, essa menina prismática? Por que estava aqui? Ficaria para sempre? Mas não conseguia se forçar a ser tão corajoso. Por ora, só conseguia roubar olhares.

Finalmente cansada de ser encarada, Alice havia afastado a aranha de seu nariz e colocado a criaturazinha no chão. E a aranha ficou tão enormemente animada com a experiência que Benyamin se viu forçado a rir contra sua vontade. Oliver, ansioso por deixar para trás aquele seu momento de grosseria, aproveitou o momento e, com toda a sinceridade, deu um passo adiante, desculpou-se imediatamente e, embora nada eloquentes, suas intenções foram compreendidas. Benyamin sorriu mais seguro dessa vez, mas, mesmo não dizendo nada, balançou a cabeça de um modo que significava "não tem problema nenhum, afinal, você parece mesmo ser um idiota".

De qualquer modo, Oliver se sentiu grato.

E assim foi o início de uma amizade muito valiosa.

Agora voltemos à nossa mordeshoor.

Laylee, você deve se lembrar, continuava trancada no banheiro. Encontrava-se deitada de costas, flutuando totalmente vestida na banheira, suas roupas molhadas boiando como asas ensopadas. Havia enchido demais a banheira e a água se derrubava da pele de porcelana a cada movimento, inundando o cômodo que era seu pequeno refúgio.

Mas Laylee estava preocupada demais para notar.

Só ficava olhando para o teto, contando as mariposas para não chorar e respirando lufadas breves e agudas enquanto seu coração estalava no peito. Com mãos trêmulas, apalpou os ossos em busca de danos e deixou escapar um leve choramingo; seus pequenos ombros tinham marcas provocadas pelo peso do excesso de responsabilidades, e ela podia sentir a desfiguração mesmo através das roupas. Com dedos trêmulos, soltou as pulseiras e tornozeleiras douradas e a placa em seu peito e empurrou todas essas peças para fora da água, soltando--as no chão de mármore rachado, onde pousaram com uma forte pancada. A menina estremeceu com o barulho, mas não conseguiu se importar.

Esses antigos adereços... que utilidade tinham

agora? Eram de muito, muito tempo atrás, quando o sangue *mordeshoor* era tão real que respingava azul na neve. Não, esse castelo frio e desconfortável, essas roupas desbotadas? Ela esfregou os dedos nas safiras lascadas costuradas em seu vestido – tinham mais de um século. Não havia mais orgulho algum em ser uma *mordeshoor*. Nada de pompa e circunstância, nem decadência na morte. E agora, enquanto passava o dedo nas veias azuis sob a pele, Laylee ria do quanto de sua vida havia sacrificado pela morte.

Fechou os olhos e soltou uma risada árdua à medida que afundava na banheira, a água ricocheteando com sons alegres e ares estranhos e aterrorizantes, os movimentos peculiares da garota ecoando pelo teto arqueado. Ela tremeu descontroladamente, mesmo enquanto a água quente escaldava sua pele e, de repente congelou, seus olhos arregalados de terror, sentando-se com um movimento rápido e espalhafatoso, garganta fechando, corpo inclinado, tossindo, mãos de prata agarrando a banheira.

A noite longa e terrível cobrava seu preço.

Foi só depois de abandonar Alice e Oliver que a *mordeshoor* notou suas mãos completamente prateadas; aliás, ficou tão angustiada ao se dar conta daquilo que caiu de lado na banheira ainda cheia e permaneceu em posição de supino. Agora erguia os braços, horrorizada e fascinada, para observar as pequenas línguas acinzentadas subindo por seus punhos, tomando-a uma lambida de cada vez.

Laylee sempre pensou estar pronta para a morte. Ela, uma *mordeshoor* de sangue, sempre pensou ter vencido os medos da não existência. Mas só agora começava a entender: não era a morte que ela temia, mas o morrer; era essa sua impotência diante da mortalidade que libertava sua coragem.

Mesmo assim, era incomum...

Quanto mais tempo passava olhando para a doença que a tomava, mais calma se sentia. O momento da morte agora parecia mais iminente do que nunca, e a garota se pegou tranquilizada por uma certeza simples: a de que a dor, o sofrimento e a incessante solidão logo chegariam ao fim. A doença, entenda, parecia consumi-la em uma velocidade exponencial. Laylee estaria morta ao final da semana, e não havia nada que pudesse fazer para retardar ou evitar essa realidade.

Infelizmente, era somente isso – a horrível promessa de alívio – que podia acalmar seus membros trêmulos, e logo ela conseguiria relaxar e expirar para continuar existindo apenas tempo suficiente até se despir dessa última pele de humanidade.

Seus ajudantes indesejados haviam chegado um pouquinho tarde demais.

Laylee se levantou, ensopada e pesada, e começou a se despir das camadas de roupas. Tudo o que ela tinha neste mundo fora herdado de alguém já morto. Seus vestidos e mantos e botas e lenços vinham de Maman ou da Vovó – eram peças de outras épocas, que estiveram na moda muito antes de Laylee nascer. Tudo o que ela tinha – de maçanetas a louças – era pouco mais do que um símbolo de um mundo perdido. Deixou cada peça de roupa molhada cair pesadamente na banheira, tirou o fecho do ralo, envolveu o corpo com o tapete de banho, foi na ponta dos pés ao seu quarto e...

Ai.

Laylee quase se esquecera.

Oliver, que bom ele era, havia quebrado a janela de seu quarto.

•

Durante todas as horas que Laylee passara fora, o vento e a neve haviam açoitado seus aposentos com uma selvageria desesperada. Pingentes de gelo brotaram nas laterais de sua janela estilhaçada; dedos enormes de gelo curvaram-se delicadamente em volta de objetos mais altos. A neve se empilhava em montinhos fortuitos, os flocos já começando a derreter soltavam água, formando desenhos esqueléticos no chão. Laylee deslizou as unhas por uma camada de gelo que cobria seu único espelho e estremeceu. O frio não demonstrava qualquer misericórdia no quarto gelado; na ponta dos pés, a *mordeshoor* tremia, seus músculos se repuxando. Com mãos trêmulas, pegou no armário deformado e barulhento um conjunto de roupas limpas, comidas por traças. Em seguida, vestiu as infinitas camadas de tecido antigo.

Meias cinzas espessas e brilhantes, irreparavelmente rasgadas nos dois joelhos e mal remendadas na área dos dedos. Cacharréu enfiada em um par de calças turquesas desbotadas e forradas de lã. Um vestido pesado, encrustado com rubis, que tocava o chão, aguardava para ser usado por cima de tudo – as mangas cuidadosamente bordadas agora rasgadas na altura do ombro, manchas antigas de sangue no corpete, faltando seis botões de diamantes na parte traseira – e um colete de penas preso na cintura com uma corda de pérolas antigas. Laylee finalmente fechou no quadril o cinto de ferramentas encharcado e vestiu as botas roxas de trabalho, sujeira e sangue se espalhando pela seda delicada.

Laylee tentara vender as heranças da família infinitas vezes, mas ninguém nessa cidade supersticiosa compraria os pertences de uma *mordeshoor*, mesmo se tratando de peças cravejadas de ouro e safira. Então ela passava fome em silêncio, morria lentamente e chorava quando ninguém estava olhando – essa menina que não tinha escolha senão usar diamantes enquanto enterrava a própria cabeça.

Laylee respirou para se acalmar.

Prendeu um lenço limpo sobre a cabeça, ajeitou o vestido vermelho sobre os ombros e tomou uma decisão.

Tinha afogado seu orgulho na banheira e o deixado lá para morrer – e que alívio, porque estava prestes a fazer uma coisa que seu orgulho jamais permitiria.

Ela pediria ajuda.

Aqueles desconhecidos chegaram tarde demais para ajudá-la, disso estava certa, mas talvez não fosse tarde demais para ajudarem a cidade. Se Laylee pelo menos conseguisse convencer Alice e Oliver a voltar, talvez eles pudessem despachar o resto dos mortos antes que fosse tarde demais. A morte de Laylee, entenda, causaria mais devastação em Whichwood do que qualquer um poderia imaginar. Os cidadãos desinformados a haviam deixado cuidando sozinha de si mesma – ela era nova e mulher e totalmente solitária, então viria a se tornar um alvo fácil para os mesquinhos e sexistas e cruéis entre seu povo. E o povo daquela cidade havia subtraído de Laylee o que ela ganhara com seu trabalho honesto, muito cientes de que o sangue da menina a impedia de ter qualquer escolha que não fosse assumir o trabalho.

Nem sempre foi assim.

No passado, os *mordeshoors* eram uma classe importante em Whichwood. Tiveram significado. Mas as pessoas agora estavam acostumadas a abusar de Laylee e já tinham perdido de vista os riscos (e as consequências) envolvidos em defraudar uma *mordeshoor*.

Haviam se esquecido da velha cantiga.

Quer tentar enganar um mordeshoor?
E desonrar esse nobre título?
Qual é o resultado dessa perversidade?
Vigaristas imundos!
Prestem atenção:
Um breve aviso para lembrar
As coisas por vocês esquecidas
Sua pele mortal
Vai lentamente afinar
Seu coração vai falhar e apodrecer
Roube de um mordeshoor!
E só um dia de liberdade lhe restará
Roube de um mordeshoor!
E a morte o fará pagar.

Permita-me explicar:

O tempo entre uma morte e o despacho do espírito para Otherwhere jamais pode ser maior do que três meses. Qualquer período além disso faz as almas se apegarem demais a este mundo e forçarem o possível para ficar aqui.

Foi isso que aconteceu com Maman.

Baba (de quem Laylee havia herdado sua magia *mordeshoor*) ficou angustiado demais para lavar o corpo sem vida de Maman e, com a pretensão de encontrar (e brigar com) a própria Morte, saiu de casa e foi eternamente desviado do caminho pela dor. Laylee, à época com apenas onze anos, ficou sem saber o que fazer. Só havia passado um tempinho treinando com Baba antes de ele ir embora e ficou compreensivelmente horrorizada com a ideia de lavar o cadáver de sua mãe – isso sem falar que Laylee mal conseguia erguer o corpo da mulher para colocá-lo na banheira. Então ela fez o que qualquer um em seu lugar teria feito: ignorou o problema e ficou esperando que ele se resolvesse sozinho.

Mas a campainha continuava tocando.

Cadáveres empilhavam-se mais rápido do que ela podia contá-los, e tudo o que restava a Laylee era arrastá-los para o galpão e mantê-los protegidos até Baba voltar para casa. Num primeiro momento, a menina não fez nada além de esperar – mas, depois de um mês, ela se viu sem comida e sem opções, e logo começou a lavar tantos mortos quanto podia, levando para casa todo o dinheiro que lhe ofereciam. Mergulhou de cabeça no trabalho, lavando cadáveres até seus dedos sangrarem, decidida a transformar sua crescente fúria em algo produtivo. Toda noite, independentemente do frio, ela se escondia do fantasma furioso de Maman e dormia lá fora, ao ar livre. Seu coração de jovem ainda era delicado a ponto de ter esperança. Laylee pensava que talvez Baba tivesse se esquecido de que ela estava ali, então orava para que ele a visse esperando caso passasse por ali. Alimentou essa esperança por seis meses antes de, certo dia, encontrá-lo na cidade, contando os dentes no meio da rua.

Estava tentando trocá-los por comida.

Foi somente então que Laylee desistiu do mundo que antes amara. Foi ali – com onze anos e meio de idade – que finalmente lavou o corpo putrefato de sua mãe e, pronta para se despedir, descobriu que o espírito de Maman se recusava a sair. O fantasma havia se apegado demais a esse mundo e agora não se convencia a deixar a filha, não importando quantas lágrimas Laylee derramasse.*

O problema era que havia regras regendo a situação dos fantasmas que desejavam ficar para trás. Vida e morte eram reguladas por uma burocracia infinita e nenhuma exceção podia ser aberta sem o processo adequado. Os espíritos eram, para começar, fortemente desaconselhados a permanecer na terra dos mortos

* Para deixar claro: O fato de Maman não ser nada amigável com Laylee não era, no fundo, culpa dela. Maman não tinha nenhuma consciência de seu temperamento ruim ou de sua língua afiada. Ela simplesmente era feita de um tipo diferente de poeira estelar agora, o tipo que a tornava, por padrão, uma criatura sombria, pessimista e bocuda. Mesmo assim, Maman amava a filha ao extremo.

(por uma longa lista de motivos com os quais não vou aborrecê-lo agora, querido leitor), mas aqueles que insistissem em viver com os mortais teriam de encontrar uma pele de mortal para vestir. Sem ela, o espírito em algum momento se desintegrava, perdendo vida e morte para sempre, o pior destino imaginável.

Qualquer pele funcionava, na verdade, mas pele humana era a favorita dos espíritos, pois cabia melhor e tinha um *je ne sais quoi* – saudade, talvez? – que os fazia lembrar de tempos melhores.** Se tudo isso soa aterrorizante, não se preocupe: era o trabalho de Laylee (e de pessoas como ela) evitar que esse cenário se materializasse. E precisamente por isso era muito importante se pagar um salário decente a um *mordeshoor*. Como você pode imaginar, um *mordeshoor* morto não podia fazer muita coisa para ajudar.

E tudo tinha um cronograma.

Depois de três meses, a magia que ligava fantasmas a seus *mordeshoors* se desfazia, e eles então estavam livres para deixar o solo sagrado, vagar pela terra e roubar as peles da primeira pessoa que encontrassem.

Tique-taque.

Estavam chegando os dias oitenta e sete, oitenta e oito e oitenta e nove para todos os mortos de Laylee, o que significava que o tempo estava acabando para o povo de Whichwood.

** Maman, você vai perceber, foi protegida dessa condição infeliz pela relação de sangue com sua filha, uma *mordeshoor* viva. *Mordeshoors* sempre cruzavam o limite entre os vivos e os mortos, e sempre eram bem-vindos nos dois mundos, em qualquer forma, em qualquer momento.

Talvez você não se surpreenda ao descobrir que, por motivos práticos, uma parte da vasta propriedade de Laylee fora adaptada para acomodar um cemitério antigo e superpopuloso. Porém, talvez você se surpreenda ao descobrir que os cidadãos de Whichwood se importavam pouquíssimo com esse cemitério e que eram um povo que não visitava seus mortos. Os cidadãos de luto raramente iam aos túmulos recém-criados por Laylee para deixar flores ou conversar emocionados com as memórias de seus entes queridos. Isso porque aos whichwoodianos eram, conforme falei antes, um povo extremamente supersticioso, que acreditava que ser gentil com os mortos só encorajava os cadáveres a voltar à vida. Então, como não tinham o menor desejo de ver suas vidas sendo alvoroçadas por zumbis apodrecidos, sentiam-se tranquilos em deixar os mortos em paz. Isso significava que os espíritos que viviam nas terras de Laylee tinham poucas distrações em suas agendas tediosas de fantasmas e, conforme as horas do dia se arrastavam demoradas e maçantes, ver Laylee sempre os deixava alegres. Para os fantasmas por ela atendidos, a menina era um *deleite*.

Porém, enquanto seguia seu caminho para recolher o capacete e o pé de cabra que haviam ficado para trás, a garota se lembrou do que quase havia esquecido: deixara o trabalho da manhã incompleto. E os fantasmas não tinham problema algum em lembrá-la disso. Em um instante, um grupo cheio de gaze começou a guinchar seu nome.

Laylee ergueu o rosto com um sorriso relutante enquanto quinze espíritos se aproximavam. Acenou sem muito ânimo para seus fantasmas.

– Oi – cumprimentou enquanto pegava o capacete. – Como vocês todos estão?

Enfiou a cabeça no capacete e sufocou um suspiro quando um bocado de lama fria escorreu por sua testa.

– Bem – os fantasmas responderam em um coro monótono e sem vida.

– Estávamos outra vez contando as histórias de como morremos – relatou Zahra com um semblante pesaroso.

– E Roksana estava contando suas teorias sobre Otherwhere – comentou Hamid, um homem mais velho. – São muito tristes.

– Interessante – falou Laylee toda distraída, tateando para tentar encontrar o trinco que prendia o pé de cabra em seu cinto de ferramentas.

Roksana se alongou e deu meia-volta enquanto raios de sol a faziam brilhar ainda mais.

– E você? – quis saber. – *Khodet chetori, azizam?*

Roksana sempre misturava línguas ao falar. Nunca se lembrava de usar apenas uma.

– Eu também estou bem – Laylee mentiu enquanto marchava pela lama.

Parou para proteger os olhos da luz do sol e analisar o horizonte. Seus caixões estavam dispostos em pilhas altas e precárias, e ela ainda tinha de colocar os corpos ali dentro e prender as tampas e enterrá-los.

– Mas desculpa, pessoal, tenho muito trabalho a fazer hoje – prosseguiu Laylee. – Então é melhor começar a...

Os fantasmas bufaram.

–Você sempre tem muito trabalho a fazer! – resmungou Deen, um menino morto com mais ou menos a mesma idade dela.

– Sim, é verdade, e estou me sentindo tão triste – falou um homem mais velho, enorme, pesado. – Queria muito conversar com você sobre minhas aflições.

– *Komak nadari?* – indagou Roksana. – Humm? Por que ninguém nunca ajuda você? *Baba't kojast?* Quem eram aquelas crianças que estavam aqui ontem à noite? Será que elas não podem ajudar?

Roksana sempre fazia perguntas difíceis. Morreu ainda nova – tinha quarenta e poucos anos –, mas, em comparação com os outros fantasmas aqui, era a mais velha. Ademais, estava com Laylee há pouco menos de três meses, e isso não apenas a tornava a líder natural da trupe fantasmagórica como também a levara a sentir um carinho especial pela *mordeshoor*. Essa afeição não era nada característica da espécie – os fantasmas costumavam ser muito austeros, imagine só! –, mas

Roksana tinha uma vivacidade que nem a morte fora capaz de curar.

Enfim... Laylee estava ajeitando corpos parcialmente descongelados nos caixões abertos e prestes a responder à pergunta de Roksana quando três outros fantasmas apareceram.

– Oi, Laylee.

– Oiiiêêê, Laylee.

– E aí, Layl?

– Olá – ela cumprimentou com mais um suspiro.

Sentou-se na lama e puxou um caixão no colo, contando os dedos das mãos e dos pés do defunto. Satisfeita, empurrou a caixa de madeira de volta na neve, puxou um cartão de visitas do cinto e enfiou uma ponta do cartão triangular na boca encharcada do cadáver.

ESTE CORPO

FOI BANHADO E PREPARADO

PARA OTHERWHERE POR LAYLEE LAYLA FENJOON

– Você parece cansada – comentou Deen. – Não é justo ter que fazer tudo isso sozinha.

– Eu ajudaria se pudesse, *azizam* – garantiu Roksana. – Você sabe que todos nós ajudaríamos.

Laylee sorriu enquanto se esforçava para ajoelhar. Ela tinha uma relação especial com seus fantasmas, mas também uma relação curiosa. Com frequência, sentia-se como a mãe deles, dando tudo de si para mantê-

-los bem quando chegavam e partiam, sempre receosa do dia em que ficariam entediados demais e pudessem causar problemas para os vivos. Normalmente, a garota fazia mais do que um esforço para mantê-los calmos, contudo hoje ela estava simplesmente exausta demais para atender qualquer coisa que fosse além das necessidades mais básicas.

Ainda havia tanto trabalho a fazer.

Ela se esforçava para manter-se de cabeça erguida enquanto se movimentava, afastando uma névoa mental tão espessa que mal conseguia se lembrar do que ainda tinha por fazer. Foi necessário muito empenho, mas, por fim, todos os quinze cadáveres encontravam-se deitados em seus caixões, com os cartões de visitas entre os lábios, e agora Laylee estava quase pronta para bater as unhas nas tampas. A *mordeshoor* se deu ao luxo de soltar um suspiro breve antes de estender a mão para pegar o alicate.

– Ai, que nojo – comentou Shireen, uma das meninas mais velhas. – Eu detesto essa parte. É tão, tão nojenta, Laylee, *eca*.

– Feche os olhos, então – sugeriu Laylee pacientemente. – Não precisa ficar assistindo.

E aí, com eficiência e prática, a *mordeshoor* passou os próximos vários minutos seguintes arrancando as unhas dos cadáveres. Quando terminou, acrescentou as garras humanas à crescente coleção que carregava na caixa de cobre presa ao cinto. Deu uma sacudida firme e rápida na caixa fechada e abriu a tampa, fechou os olhos e escolheu seis unhas aleatórias. Esse era um passo fundamental no processo de enterro, pois as unhas humanas eram o único tipo de tranca capaz de manter um caixão permanentemente fechado.

Laylee soltou a marreta de bronze do cinto de ferramentas e, com as mãos ainda trêmulas, martelou cuidadosamente as unhas sujas na madeira. Sentiu-se grata por seus membros deixarem de tremer por um instante; os tremores mais fortes vinham em ondas, ela agora percebia, e ficou satisfeita por estar livre deles.

Quando todas as tampas estavam perfeitamente presas com as unhas, a garota tirou da bainha seu ferrete e assoprou o metal; em um instante o ferro estava alaranjado, soltando vapor no ar frio. Com uma proficiência robótica, marcou os caixões fechados com o selo *mordeshoor* e finalmente arrastou as pesadas caixas de madeira até o cemitério onde, uma a uma, ela as derreteu direto no chão.

Essa última parte possivelmente era a mais fascinante do processo porque envolvia uma faceta simples, mas ao mesmo tempo intrincada, da magia *mordeshoor*. Assim que os mortos estavam prontos para serem enviados a Otherwhere, Laylee ajoelhava-se diante de cada caixão e cuidadosamente pressionava a carga contra a terra. Assim que estavam em trânsito, os corpos deixavam de ser um problema seu.

Exceto que…

Bem, tinha uma coisinha mais.

O último ato de um *mordeshoor* era a parte preferida dos fantasmas, e eles agora se reuniam em volta dela, ansiosos e orgulhosos e gratos, para vê-la fazer seu último passe de mágica.

A *mordeshoor* caía de joelhos onde o morto fora enterrado e, para cada pessoa que se despedia, Laylee tirava uma pétala de rosa vermelha dos lábios. Essas pétalas eram, em seguida, plantadas no chão.

Em instantes, as pétalas invadiam a terra e desabrochavam como flores completamente formadas. Parecia um truque de mágica, mas as rosas plantadas por um *mordeshoor* viviam para sempre, vencendo até mesmo as mais duras estações. E elas representavam uma verdade única e inabalável:

Que uma pessoa tinha vivido.

O cemitério de Laylee era um mar triste e impressionante de infinitas rosas vermelhas – dezenas de dúzias de milhares delas – marcando a memória de cada alma que ela e sua família haviam tocado.

E quando Laylee finalmente caiu desmaiada na neve – exausta além do que palavras comuns seriam capazes de descrever, mãos e braços acinzentados e tremendo além do imaginável – seus quarenta fantasmas se reuniram à sua volta, sussurraram palavras de agradecimento e aí, bem, fizeram o que sempre faziam quando Laylee dormia em serviço. Pediram ajuda aos pássaros que se encontravam por perto.

Nem instantes depois, uma dúzia de amigos emplumados desceram, prenderam as roupas de Laylee em suas garras e a levaram de volta ao castelo.

Laylee acordou assustada.

O sol havia se movimentado um pouquinho para a direita e a neve caído nas colinas em flocos enormes e finos. Laylee estava sentada com o corpo curvado à frente da porta do castelo e não tinha ideia de quanto tempo passara dormindo. Os primeiros raios de calor do dia já haviam ficado há muito para trás e, enquanto sufocava o impulso de tremer, percebeu que tinha perdido uma hora do dia.

Cambaleando, levantou-se.

Ainda restavam quarenta cadáveres em seu balcão, e ela teria de se apressar para encontrar Alice e Oliver antes que fosse tarde demais. Não tinha ideia de quão distantes os dois estavam ou de quanto tempo precisaria para encontrá-los, mas restava-lhe a certeza de que teria de deixar a propriedade para caçá-los.

Porém, deixar sua casa significava ter de levar seus ossos.

Todo *mordeshoor* nascia com dois esqueletos: um para usar por debaixo da pele e outro para usar nas costas. Era um símbolo de sua vida dupla e da morte que carregavam. O esqueleto extra ficava cuidadosamente guardado em um saco cerimonial, no qual os ossos cresciam e envelheciam no mesmo ritmo do *mordeshoor*; o segundo esqueleto era tão parte do corpo dessas pessoas quanto o nariz, e eles nunca podiam sair de casa sem ele.

Laylee correu para dentro do castelo para pegar o esqueleto, deixando para trás seu pesado capacete. Depois de içar o saco de ossos sobre os ombros caídos, puxou o capuz escarlate sobre a cabeça e respirou fundo. A cada passo que dava, o *cloc-cloc* do bater dos ossos a lembrava de seu mundo.

Receio que essa história não vá terminar bem

Apesar de todo o planejamento cuidadoso, Laylee não precisou ir muito longe para encontrar o que estava procurando. Ouviu vozes assim que se aproximou da estrada principal e bastou seguir esses sons para logo se deparar com quem procurava. Alice e Oliver estavam sentados na neve – o que, por si só, já seria curioso, mas, ainda mais curioso era que os dois não estavam sozinhos.

Laylee ficou impressionada.

Na verdade, não esperava que Alice e Oliver lamentassem sua ausência, mas ainda assim ficou surpresa por eles terem seguido a vida tão rapidamente. Aliás, de todas as pessoas de Whichwood com quem poderiam ter seguido a vida, tinha que ser justamente com Benyamin Felankasak?!

Para dizer a verdade, Laylee não odiava Benyamin, mas nesse momento sentia que precisava defender seu território, então *fingiu* que o odiava. Quando se sentia mais bondosa, ela dizia a qualquer um que Benyamin era um garoto legal; aliás, ele era o único vizinho de Laylee na península e os dois no passado haviam estudado juntos. Mas a *mordeshoor* sempre o achou um jovem bobão, sem graça, que falava da vida com um otimismo que a deixava segura de que ele era muito ingênuo. Laylee achava os sorrisos excessivos e a simpatia ansiosa repugnantes, e não conseguia entender como alguém poderia pensar algo diferente daquele menino.

Mesmo assim: Alice, Oliver e Benyamin estavam envolvidos no que parecia ser uma conversa alegre, então Laylee franziu a testa, repuxou as sobrancelhas e sentiu aquele formigamento conhecido da inveja. Não era uma reação justa, afinal, Benyamin era um garoto com sua própria lista enorme de problemas; e, embora ela não devesse culpá-lo por essa bondade inesperada para com os desconhecidos, não conseguia, nesse momento, lembrar-se de ser generosa. Em vez disso, pegou-se paralisada, os olhos queimando marcas na cabeça de Benyamin Felankasak, quando ele – parado a alguns passos de distância – finalmente ergueu os olhos, claramente consciente do olhar de Laylee.

O menino deu um salto de vários centímetros de altura.

Laylee formava uma imagem formidável parada ali na neve e Benyamin estava certo em se espantar. Ela era uma visão escarlate: seu manto longo e pesado criava um contraste impressionante com o branco puro da neve empilhada à sua volta. A garota estava pálida, coberta com um capuz e, no tempo necessário para Alice e Oliver darem meia-volta, já corria na direção deles, seu manto voando como uma cortina de sangue ao vento.

Quando estava perto o suficiente para ver os rostos do grupo, Laylee foi incomodada por uma pontada de remorso. Em um instante os sorrisos e a conversa alegre do grupo se desfizeram. Agora Alice estava em pânico; Oliver, pálido; Benyamin, grudado ao chão.

A menina cumprimentou o trio mexendo despreocupadamente a cabeça e até conseguiu disfarçar a vergonha quando Benyamin a fitou direto nos olhos. (Veja bem, Benyamin era a única pessoa presente que sabia que os olhos de Laylee não deveriam estar cinzas.)

A *mordeshoor* virou o rosto e rapidamente puxou o capuz para a frente, escondendo ainda mais os olhos, mas não conseguiria apagar o que ele tinha visto. Benyamin continuava a encará-la quando ela voltou a erguer a cabeça, mas agora ele não demonstrava sentir medo. Seu olhar era delicado e triste e, embora vê-lo sentir pena fosse infinitamente pior, Laylee não conseguiu não notar a sinceridade na compaixão dele, e logo ali percebeu que Benyamin guardaria seu segredo.

Ela tocou a mão na testa e assentiu.

Benyamin fechou os olhos, levou as costas da mão à testa e fez uma reverência.

Era o mais grandioso gesto de respeito.

Alice e Oliver não tinham como saber o que acabara de acontecer entre Laylee e Benyamin, mas a *mordeshoor* pelo menos havia desfeito sua carranca, o que, para Alice, só podia ser bom sinal. Era a única garantia de que ela e Oliver precisavam para voltar a se concentrar naquilo que lhe importava:

– Certo, está bem, então – começou Oliver, direcionando suas palavras a Laylee. – Fico contente por você estar se sentindo melhor.

Laylee o encarou, mas não falou nada.

Oliver raspou a garganta antes de prosseguir:

–Você está... se sentindo melhor? Não está?

Laylee resistiu ao impulso de virar os olhos.

Agora que estava em meio aos vivos, notava que preferia a companhia dos mortos. Não conseguia acreditar que pediria ajuda àquelas pessoas.

– Eu estou bem – afirmou friamente.

E aí, ao lembrar-se de que estava interessada em finalmente parar de odiar todo mundo, limpou a garganta e pronunciou com grande dificuldade.

– Eu queria... Eu queria me desculpar... por ter saído correndo daquele jeito mais cedo. É que eu... acho que minha reação foi exagerada.

Silêncio.

E aí, de repente...

– De modo algum – falou Oliver, que tinha uma mancha rosada inexplicavelmente se espalhando em volta das orelhas. – Foi... é... sim... foi uma noite muito complicada...

– É claro que foi! – exclamou uma Alice toda sorridente. – E a gente acabou de... Ah, é tão bom ter você de novo com a gente!

Laylee lançou um olhar sombrio para a menina, que enrubesceu fortemente.

A *mordeshoor* estremeceu e virou o rosto, esquecendo-se outra vez de ser gentil com a estrangeira. Precisava que eles a ajudassem e sabia que, se ela não aprendesse a pelo menos *fingir* ser dócil, talvez não a acompanhassem de volta para encontrar os cadáveres.

Animado, Oliver voltou a falar:

– De qualquer maneira, estávamos prestes a ir à cidade. Quer nos acompanhar?

Impressionada, Laylee arqueou as sobrancelhas e focou o olhar em Benyamin; o menino dos insetos sorriu como quem endossava o convite de Oliver, contudo, Laylee fez que não com a cabeça. Lançou um olhar cuidadoso na direção de Alice e Oliver e falou:

– O que exatamente eles disseram para você? – Era uma pergunta para Benyamin. – Já sabe por que estão aqui?

– Ah, sim – respondeu Benyamin, cujos olhos pareciam brilhar com uma alegria quase indisfarçável.

– Uma dupla bem peculiar, não é? Disseram ter vindo de Ferenwood. Que fizeram todo o caminho até aqui para ajudá-la a banhar seus mortos. – Benyamin inclinou a cabeça. – Por sinal, Alice estava nos contando sobre suas escapadas à noite.

Laylee sentiu seus ombros congelados derreterem. Seu rosto foi tomado por um ar de surpresa. Em seguida, quando fitou Alice nos olhos, falou com um tom de extrema urgência:

– Por que você confia esse tipo de coisa a um desconhecido?

Alice sentiu seus dedos contraírem; não sabia ao certo por que, mas tinha a sensação de que essa era uma pergunta ardilosa. Benyamin era um dos estrangeiros mais interessantes que ela já conhecera e, ademais, ele parecia muito digno de confiança. Seja como for, a *mordeshoor* continuava à espera de uma resposta. Olhava ansiosa para Alice, que chegou a vacilar.

– Bem... – ela enfim respondeu. – Eu falei a verdade, não foi?

– Mas por que arriscar sua segurança pela verdade?

– *Segurança?* O que você...?

– Você não sabe nada sobre essa terra ou o povo daqui ou o que suas confissões podem lhe custar! – Laylee berrou. E prosseguiu com um tom sombrio: – Não se deve confiar no povo de Whichwood.

– Mas por que não?

– Isso não é da sua conta.

Benyamin interrompeu:

– Peço perdão, mas acho que posso falar por mim quando digo que sou perfeitamente digno de confiança.

Laylee rangeu os dentes.

– Bem, isso é o que veremos – desafiou. – Não é mesmo?

Oliver uniu as mãos.

– Escutem! – exclamou um tiquinho alto demais. – Agora que já terminamos essa conversa, será que podemos ir à cidade? Hein?

– Não – Laylee rebateu, olhando-o nos olhos. – Você e sua amiga pálida disseram que me ajudariam. – E olhou para Alice. – Agora estou aqui, pedindo a sua ajuda. Tenho mais quarenta mortos precisando ser banhados e peço que me ajudem o quanto antes.

Oliver piscou os olhos.

Alice ficou de queixo caído.

Benyamin estava apoiado em seu carrinho de mão, observando com grande interesse a cena se desenrolar.

– O que foi? – perguntou Laylee irritada. – Qual é o problema?

Alice foi a primeira a falar.

– Você tem... Você tem *quarenta* outros mortos para lavar? *Quarenta* outros cadáveres para cuidar?

Laylee sentiu um nó se formando em sua garganta. Não tinha imaginado que eles pudessem recusar seu pedido.

– E temos que lavar todos ainda hoje? – Oliver indagou, o terror escapando em seus sussurros. – Todos os quarenta?

Laylee sentiu algo se partir dentro dela.

– Podem ignorar o meu pedido – falou, cambaleando para trás. – Deixem pra lá. Vou ficar bem. É que... vocês... vocês tinham oferecido, então eu... é... eu... hum... pensei que... mas não se preocupem. Tenho de voltar ao trabalho. Adeus.

Oliver segurou o braço de Laylee enquanto ela dava meia-volta para ir embora.

– Por favor – ele pediu com sinceridade. – Não me entenda mal. Ficamos felizes por poder ajudar. Mas será que existe alguma possibilidade de fazermos uma pequena pausa antes de voltarmos para lá?

– Uma pausa? – Laylee piscou ferozmente os olhos.

– Sim – respondeu Oliver, tentando esconder um sorriso, sem sucesso. – Sabe... talvez pudéssemos almoçar? Ou tomar um banho? Ou talvez encontrar roupas limpas em algum lugar?

– Eu não faço pausas.

– Ora, pelo amor dos céus! – exclamou Benyamin, rindo alto. Olhou para Laylee de canto de olho. – De todos os dias para começar, tinha que ser justamente esta noite?! As festividades da Yalda começam hoje e sem dúvida serão espetaculares.

Yalda.

Laylee tinha quase esquecido.

– Eu voto para levarmos nossos novos amigos à cidade

e aproveitar um pouquinho a noite – propôs Benyamin.

– Que ideia maravilhosa! – gritou Alice. – Eu realmente queria...

– Não – recusou Laylee com olhos ferozes. – Não, eu não posso. Tenho que voltar ao trabalho...

– O seu trabalho não pode esperar algumas horas? – Oliver questionou.

Os lábios de Laylee se apertaram em meio à confusão.

– Não – respondeu, mas, pela primeira vez, parecia incerta.

Algumas horas? Será que ela poderia desperdiçar algumas horas? Ah, seus ossos estavam tão cansados.

– O que acha dessa ideia: se você for à cidade com a gente e aproveitar um pouquinho as festividades, eu pessoalmente a acompanharei ao castelo e darei uma mãozinha para lavar os corpos – propôs Benyamin. E sorriu ao prosseguir: – Aí você terá *três* ajudantes. O que lhe parece?

A garota estava confusa. A *mordeshoor* cansada dentro dela entrava em guerra com a menina de treze anos que ainda existia em seu coração. Ela queria desesperadamente ser normal, ter amigos com quem pudesse ir a uma celebração da cidade, só que não podia se distanciar do trabalho ao qual estava presa.

Enfim.

A promessa de um terceiro ajudante era mais forte do que ela poderia resistir. E então, lenta e relutantemente, cedeu.

– Fico muito feliz de ouvir isso! – Oliver apoiou um braço ansioso no ombro da *mordeshoor* (que imediatamente o afastou) e continuou: – Porque, pelo que percebo, você tomou um banho demorado e tem roupas limpas, mas nós... – e apontou para si mesmo e para Alice – Bem, nós estamos emporcalhados e, sendo muito franco, se eu não fizer algo para resolver isso logo, vou rasgar essas roupas aqui mesmo e aí, deixe-me ser muito claro, vocês todos vão se arrepender.

Alice caiu na risada e ofereceu um consentimento ansioso, e Benyamin sorriu para a garota como se ela fosse uma maluca, Oliver arrancou as meias sujas e as jogou para cima, e Laylee...

Laylee se pegou tão abrupta e inesperadamente entretida que, pela primeira vez em muitíssimo tempo, precisou fingir *só um bocadinho* para ser gentil. Muitos anos haviam se passado desde que ela conversara com tantas pessoas ao mesmo tempo, e agora mal conseguia acreditar que ainda sabia fazer isso. Seus braços estavam em decadência; seus olhos cada vez mais cinzas; seus cabelos tinham perdido o viço e os ossos estavam curvados em todos os lugares errados. Entretanto, de alguma maneira, a menina jamais se sentira tão aliviada por estar viva.

Outra dose de esperança se espalhou pelas rachaduras de seu coração e o repentino golpe de sensações a deixou com vertigem – e um pouquinho descuidada também. Então, adiou seu trabalho (mesmo contra sua voz da razão) e decidiu aceitar o convite para ir à cidade e se divertir um pouco com crianças da sua idade. Divertir-se era uma decadência da qual ela havia se desprendido há muito tempo, mas que agora parecia interessante demais para recusar.

Só algumas horinhas, prometeu a si mesma.

Afinal de contas, era a Yalda – a maior celebração do ano – e Laylee não se importaria em comer uma última romã antes de morrer.

A estação de trem era uma construção magenta de muitos telhados, pontuada por centenas de janelas octogonais. Era uma relíquia de madeira que envelhecera com elegância ao passar das estações, e seus painéis de madeira ornamentados e molduras intrincadas deixavam claro que muito custo e cuidado haviam sido despendidos na criação desse pequeno centro de transporte. O prédio sustentava-se forte e sombrio em meio à neve – decidido a ranger com dignidade toda vez que o vento sacudia suas antigas vigas – enquanto esqueletos de árvores se erguiam em cada lateral, os galhos nus tomados ora por pingentes de gelo recém-formados, ora por corujas piando. Quanto ao trem, chegaria em breve.

As crianças marcharam a caminho da estação. O coração de Alice acelerava; os dentes de Oliver batiam; os ossos de Laylee estalavam; a testa de Benyamin franzia enquanto ele empurrava seu carrinho de mão pela via ligeiramente íngreme. Portas douradas enormes se abriram quando o grupo se aproximou, e os quatro correram para dentro da construção para encontrar um refúgio do frio.

Laylee ainda se ajustava à companhia humana.

A experiência não era totalmente desagradável, mas ela agora sentia como se em seu corpo tivessem nascido três membros indesejados, os quais ainda não havia aprendido a manejar. Alice, Oliver e mesmo Benyamin (que entendeu que, pelo menos por enquanto, seria melhor concordar com tudo o que Laylee dizia) buscavam nela resposta para todas as necessidades e perguntas, o que a fazia sentir-se ao mesmo tempo lisonjeada e revoltada. Ainda agora, Laylee sequer tivera tempo para limpar o casaco antes de Alice tocá-la e perguntar se teria tempo de usar o banheiro antes de o trem chegar. Era um questionamento inocente, mas uma pergunta pesada se feita a Laylee, que havia passado os últimos dois anos de sua vida em quase total isolamento. A *mordeshoor* não se sentia qualificada para responder a tal pergunta. Como alguém poderia esperar que ela especulasse os hábitos de usar o banheiro de outra pessoa?

Benyamin foi gentil o suficiente para encaminhar Alice antes que qualquer problema surgisse, deixando Oliver sozinho com Laylee – e por tempo suficiente para deixar os dois constrangidos.

Sentaram-se em um dos muitos bancos compridos, que se estendiam por toda a estação, e Laylee finalmente pôde se livrar de seus ossos. Soltou o pesado saco no espaço ao seu lado e os ruídos perturbadores de um esqueleto se desmanchando ecoaram pelo prédio.

– Então – falou Oliver, raspando a garganta. – O que, hum... O que tem aí nesse saco?

Laylee, que não estava o olhando, fez um grande espetáculo ao se virar. Tirou o capuz e o encarou cuidadosamente, sondando – um olhar tão desconfortável que ele se levantou num salto, imediatamente sentou-se e logo cambaleou em pé outra vez. Oliver respirava pesadamente enquanto andava, murmurando algo como "perdão" e "me desculpe" e dizendo que precisava falar imediatamente com Alice.

Laylee cobriu o rosto com uma das mãos e sorriu.

Estava começando a gostar de Oliver.

•

A estação de trem estava vazia, exceto pela trupe de quatro pessoas e uma mulher na bilheteria. Chamava-se Sana Suleiman e trabalhava naquela bilheteria desde que Laylee se conhecia por gente. Porém, Sana não vivia na península com Laylee e Benyamin e, mais importante: odiava seu trabalho. Achava Laylee aterrorizante e Benyamin horripilante. Embora tivesse pedido à administração – em pelo menos dezessete ocasiões distintas – para ser transferida para outra estação, todos os seus pedidos foram respondidos com silêncio.

(Uma breve nota aqui: as passagens de trem não são pagas com dinheiro. Em Whichwood, o transporte era considerado um serviço público e, portanto, subsidiado pela cidade; as passagens tinham a única função de registro.)

Laylee foi até a bilheteria enquanto Sana mascava uma mecha considerável de seu próprio cabelo. Alarmada, a mulher cuspiu os fios, recobrou a atenção e falou sem em momento algum encarar Laylee.

– Olá, meu nome é Sana e terei o prazer de atendê-la hoje. Aqui, na estação de trem de Whichwood, divisão Península, trabalhamos para transformar seus sonhos turísticos em realidade. Posso ajudá-la a realizar um sonho hoje?

Laylee, que não apenas conhecia Sana desde sempre, mas, mais criticamente, sabia que só faltavam dez minutos para o trem chegar (e ele passava a cada duas horas em ponto), mostrou-se ainda mais seca do que o de costume.

– Quatro passagens para a cidade, por favor – foi tudo o que falou.

Mas quatro passagens eram três além do normal, e Sana não conseguiu ignorar essa anomalia. Ela se virou para fitar Laylee pela primeira vez em mais de dois anos e ficou encarando-a, sem piscar, por cinco sólidos segundos.

Laylee bateu um dedo enluvado na janela e repetiu:

– Quatro passagens, Sana.

Sana deu um salto ao se lembrar do que tinha de fazer e assentiu várias vezes antes de se abaixar e desaparecer do ângulo de visão de Laylee. Ressurgiu com quatro tíquetes verdes e sedosos, os quais deslizou por baixo do guichê e, com uma voz estranha e desconfortavelmente sincera, falou:

– Posso ajudá-la com algo mais hoje?

Laylee estreitou os olhos, pegou as passagens e foi embora.

•

Alice, Oliver e Benyamin estavam outra vez juntos. Encontravam-se em volta do carrinho de mão com as flores de açafrão de Benyamin; Alice cutucava uma das pétalas ao passo que Oliver falava rápido e baixinho. Benyamin franzia a testa ao ouvir e estava prestes a responder quando Laylee chegou. Ao vê-la, forçou um sorriso alegre e mudou de assunto.

– Enfim – falou bem alto. – Vamos fazer vocês dois ficarem limpos rapidinho e aí arrumaremos algumas roupas adequadas para o inverno, não vamos? – E sorriu para Laylee. – O que você me diz? Não acha que podemos ajudá-los a ficar quentinhos? Vão precisar de, no mínimo, um bom par de botas.

Mas foi Alice quem respondeu. Ela apontava solenemente para os pés descalços de Benyamin quando falou:

– Escreva o que eu digo, Benyamin: se alguém vai ganhar um par de botas novas hoje, esse alguém vai ser você.

O menino enrubesceu até as raízes dos cabelos. Estava ao mesmo tempo emocionado e envergonhado, e não tinha a menor ideia de como responder. Ele apenas a encarou – e um bocadinho demais.

Pelo menos para Alice.

Eram olhares desajeitados e idiotas, desconfortáveis, e só aumentavam com o passar do tempo. Logo Alice ficou indescritivelmente furiosa. Aliás, ficou horrorizada.

Ela tinha toda uma vida de experiências lidando com pessoas que a encaravam tempo demais. Sempre soube que tinha uma aparência diferente de todos os demais; estava ciente de que sua palidez extrema costumava assustar e confundir as pessoas, e isso as tornava cruel para com ela. Porém, depois de lutar durante tanto tempo para aceitar suas diferenças, jurou nunca mais permitir que ninguém a fizesse se sentir mal com quem era ou com sua aparência. Nunca mais. Agora tinha orgulho demais para desperdiçar sua paciência com a ignorância de pessoas insensíveis.

Lembrando disso, lançou um olhar duro para Benyamin e se virou. Alice havia acreditado que Benyamin era um menino supergentil, com um rosto digno de confiança e um comportamento agradável, e logo ficou à vontade perto dele. Agora se sentia mal por ter julgado de forma tão errada.

Oliver, que continuava perdido em pensamentos após a discussão rápida e calorosa do grupo, ergueu o olhar apenas tempo suficiente para perceber a tensão se contraindo bem à sua frente. Era, conforme mencionei algumas páginas atrás, um menino esperto de quatorze anos, e logo notou o olhar de Benyamin. Compreendendo a troca silenciosa, não conseguiu não ficar espantado com o que viu.

Oliver nunca antes notara ninguém sentindo um interesse romântico por Alice. De todo modo, ocasionalmente se perguntava como seria algo do tipo – afinal, pensar em Alice como qualquer coisa além de uma amiga fazia tanto sentido quanto vestir um suéter para nadar.

(Quem sai perdendo é ele. Porque eu acho Alice adorável.)

De todo modo, de repente tudo ficou em silêncio, e Laylee não entendeu o que estava rolando. Havia acabado de se reunir a eles e todos logo ficaram em silêncio. Alice franzia a testa para o chão, mantinha os braços cruzados. Benyamin, por sua vez, pareceu repentinamente atordoado e perplexo. Oliver, que havia levado trinta segundos para deixar de se importar com Alice e Benyamin, estava outra vez tão perdido em pensamentos sobre uma complicada verdade a ponto de descobrir que não conseguia se concentrar em mais nada.

Enquanto isso, Laylee continuava totalmente ignorada.

Ao perceber isso, a jovem *mordeshoor* escolheu esse momento para entregar as passagens de trem – na esperança de que o gesto inspirasse outro assunto –, mas a camaradagem de mais cedo não seria reavivada. Em qualquer outra situação, Laylee não teria dado a mínima (pois não tinha nenhuma grande paixão por conversas casuais), mas havia algo em sua presença que parecia instilar um terror silencioso nos outros, então a jovem começou a se perguntar se *ela* seria o problema; se, de fato, eles simplesmente não se sentiam à vontade para falar na companhia dela. E ficou surpresa ao se dar conta de que isso a chateava.

O que a tornou um bocado malvada.

– Eu não sou *a mãe* de vocês – falou duramente, a propósito de nada. – Podem continuar conversando sobre o que conversam normalmente, sem dar a mínima se vou desaprovar.

Nesse momento surgiu um assobio alto e alegre, e Alice, Oliver e Benyamin foram poupados do incômodo de ter de responder. Os sinos ecoaram pela estação, e o frenesi apressado (que sempre precede a chegada de um trem) fez seus corações voltarem a bater. Era isso – essa era a deixa. Benyamin segurou seu carrinho de mão, Laylee ajeitou o saco de ossos nos ombros, Oliver segurou a mão de Alice e os quatro avançaram pelas portas e rumo ao frio, a caminho de uma noite da qual jamais conseguiriam se desprender.

O trem era alarmantemente familiar.

Alice e Oliver haviam chegado a Whichwood em uma engenhoca espantosamente parecida; a única diferença, óbvio, era que o meio de transporte que eles usaram para chegar à cidade funcionava debaixo d'água.

A máquina diante deles mais parecia uma infinita fila de prismas pentagonais construídos totalmente de painéis de vidro presos por dobradiças de bronze. Cada prisma era ligado ao outro também por dobradiças de bronze, e o conjunto instalado sobre enormes rodas de bronze seguramente posicionadas sobre os trilhos no chão. Parecia uma versão moderna e confiável do aparato antigo no qual haviam chegado – o que inspirou só um tiquinho de confiança em nossos viajantes. Infelizmente, eles teriam que se virar com esse bocadinho de confiança mesmo. Alice e Oliver ficaram tensos e encolheram os ombros (e alimentaram a esperança de que esses vagões de vidro não estilhaçariam) enquanto seguiam Laylee e Benyamin em busca de assentos vazios.

A locomotiva havia chegado à península depois de passageiros já terem embarcado em várias outras estações, então Benyamin demorou alguns minutos para encontrar dois vagões vazios. Ele e seu carrinho de mão tomaram metade do espaço de um dos vagões, então se ajeitou ali e avisou que poderia viajar sozinho. Contudo, Oliver e Alice trocaram um olhar cheio de significado e, um instante depois, anunciaram que viajariam separados: Alice iria com Benyamin e Oliver com Laylee. Era um arranjo peculiar – que exigiria esclarecimentos que ainda estavam por vir –, mas agora não havia tempo para debater e chegar a conclusão alguma. Laylee ficou perplexa e Benyamin (silenciosamente) contente, e logo Alice e Oliver se despediram em tom amigável e os quatro tomaram seus assentos, preparando-se para o longo caminho até a cidade.

Era um lindo dia, apesar do frio.

As cenas vistas pela janela pareciam criadas para um conto de fadas: a neve caía rapidamente nos galhos curvados, a luz dourada do sol refletia-se no branco dos campos, os pássaros cantarolavam suas insatisfações com o dia tempestuoso e, mesmo que fosse um momento agradável e estranho e atordoador, seria a noite mais fria já registrada.

Por sorte, os prismas de vidro abrigavam poltronas aveludadas e uma magia que enchia o interior com um calor aconchegante. Oliver havia acabado de se sentar à frente de Laylee quando o vagão deu o primeiro solavanco para a frente e ela achou que não conseguiria olhar para ele enquanto ajeitava seus ossos no chão. Laylee não estava ignorando Oliver – não, agora ela estava além disso –, mas havia alguma coisa naquele garoto que de repente pareceu diferente e, fosse lá o que fosse, a deixava nervosa. *Será que ele usaria seu dom da persuasão com ela?* E, ainda mais incômodo: havia sido *ele* quem escolhera viajar com ela. Aliás, Oliver parecia bastante ansioso por ter privacidade, estando ela prestes a descobrir o motivo disso, não sabia se realmente queria saber.

Mas ele não seria o primeiro a falar.

Laylee finalmente se forçou a olhá-lo, sentindo timidez pela primeira vez em anos. Hoje suas írises pareciam mais prateadas do que o de costume – febris e iluminadas por sentimentos.

Mesmo assim, Oliver não disse nada.

Em vez de falar, apoiou os cotovelos nos joelhos, levou o corpo para a frente e olhou nos olhos de Laylee com uma seriedade que ela não esperava.

Ah, que impressionante é o poder da solenidade!

Oliver, em sua intensa preocupação, teve a aparência e o comportamento transformados; parecia agora mais severo do que Laylee jamais o vira e, de algum modo, ao mesmo tempo mais afetuoso do que ela pensava que ele pudesse ser. Essa transformação combinava com ele (e a encantava) de uma maneira bastante inconveniente, considerando as circunstâncias, mas não havia nada a fazer para melhorar a situação: existia uma dignidade enorme e silenciosa no rosto de uma pessoa compassiva, e esse lado de Oliver não apenas surpreendia Laylee, mas também a amedrontava.

Alguma coisa estava terrivelmente errada.

– O que foi? – ela enfim perguntou. – O que aconteceu?

Oliver ergueu o olhar, desviou o olhar, colocou a mão diante da boca. Somente quando fechou os olhos, baixou a mão e a voz, falou – e muito calmamente:

– Por favor, me diga por que você acha que vai morrer.

Aquele estava se mostrando um dia agitado, frenético, de inverno. Os trilhos diagonais cruzavam a neve no horizonte, a luz do sol se inclinava para desaparecer no gelo que descansava nos galhos delgados das árvores e o rugir apressado das cachoeiras parcialmente congeladas ecoava ao longe. A tarde lentamente se derretia, abrindo espaço para o anoitecer e, em um esforço para mudar a hora, o sol descia para deixar a lua subir. Renas espreitavam de trás dos troncos, cavalos negros galopavam alegremente na lateral do trem e as montanhas com seus picos cobertos de neve apareciam solenemente ao longe, reinando calmas e com uma força silenciosa.

E ainda assim…

Havia um silêncio impossível no pequeno vagão de vidro.

O vento sussurrava contra as dobradiças em um esforço para conversar, mas ninguém falava. Laylee levou os dedos aos lábios trêmulos, morrendo de medo de pronunciar em voz alta qualquer palavra que pudesse levá-la a um colapso. Mesmo que a *mordeshoor* tentasse esconder o pânico que abalava o mundo tremendo dentro de si, os ossos na bagagem ao seu lado se recusavam a parar de chacoalhar.

Mesmo assim, não estava pronta para responder.

De todas as coisas que imaginara que Oliver pudesse lhe dizer, essa não era uma delas. Estava tão despreparada para a clarividência do garoto que lhe faltavam meios para mentir – ou para fingir que ele estivesse errado.

Tudo bem, Oliver Newbanks estava disposto a esperar. Sentia-se perfeitamente confortável no assento lavanda macio – afinal, as imagens bucólicas do lado de fora de suas muitas janelas eram diferentes de qualquer coisa que ele já havia testemunhado –, mas o belo inverno de Whichwood só podia ajudar até certo ponto.

Em silêncio, ele não conseguia evitar a preocupação.

Era verdade que Oliver Newbanks gostava de Laylee. Aliás, gostava tanto quanto alguém poderia gostar de alguém que não conhecia. Havia alguma coisa naquela garota – algo que ele seria incapaz de explicar, algo que o mantinha pensando nela. Era essa mesma coisa que o convencia além de qualquer lógica que Laylee não tinha que morrer – nem agora, nem nunca, e especialmente não antes de ela ter uma chance de vê-lo como além de um desconhecido. Porque, embora fosse impossível identificar a magia química que unia dois corações, Oliver Newbanks não podia negar que alguma coisa havia acontecido quando ele batera os olhos em Laylee Layla Fenjoon. Ele havia sido marcado por uma magia que não conseguia ver, e era impossível livrar-se de suas emoções.

E aqui está o que há de mais estranho nos sentimentos:

Às vezes, eles crescem lentamente, um tijolinho cuidadosamente colocado sobre o outro ao longo de anos de trabalho e dedicação; uma vez construídas, essas bases tornam-se inabaláveis. Porém, em outras ocasiões, os sentimentos surgem descuidadosamente de uma só vez bem em cima de você, empilhando tijolos no coração e nos pulmões, enterrando-nos vivos no processo, se necessário.

Oliver até agora só conhecia a afeição suave.

Tinha construído, pouco a pouco, cada grama de seu carinho por Alice. Ela era cansativa e frustrante e adorável e inteligente – era a melhor amiga que ele tinha em todo o mundo. Mesmo que Alice o tivesse tocado, ela jamais possuíra o coração de Oliver, e era isso – o pulso acelerado, as mãos trêmulas, o revirar estimulante e perturbador do estômago – que o destruía e reconstruía ao mesmo tempo.

Oliver não estava apenas incomodado com a revelação de que Laylee morreria; estava profundamente horrorizado.

E sabia que jamais poderia permitir que isso acontecesse.

•

Meu querido leitor, perdoe-me. O tempo todo esqueço que você talvez não tenha lido (ou pode ser que simplesmente não lembre) as aventuras de Alice e Oliver em *Além da Magia,* e continuo supondo que você sabe de coisas que talvez desconheça. Permita-me explicar como Oliver descobriu o segredo de Laylee:

Oliver Newbanks tinha uma habilidade mágica muito peculiar.

Como já mencionei, era um menino conhecido por seu dom da persuasão. Mas seu talento tinha camadas; em suas explorações das mentes alheias, ele há muito tempo descobrira também ser capaz de encontrar aquilo que ficava mais bem guardado: o segredo mais precioso de cada pessoa.

Quando Oliver encontrou Laylee pela primeira vez, foi impossível decifrar seu maior segredo. O problema era que Laylee era toda cheia de segredos – seus desejos e medos estavam tão igualmente entrelaçados que o garoto não conseguiu navegar direito naquela mente. E, embora ele tivesse vislumbrado alguma coisa muito errada quando ela de repente teve um colapso no quintal, foi só quando a *mordeshoor* o olhou profunda e diretamente nos olhos, na estação de trem, que ele a enxergou com clareza. Algo mudara em Laylee, entenda, porque agora ela valorizava um segredo – um medo – mais do que todos os outros, e Oliver ficou tão impressionado com a confissão involuntária dela que teve de correr para imediatamente transmitir a informação a Alice.

Eles também dividiram a informação com Benyamin – afinal, não encontraram um único bom motivo para manter essa terrível informação em segredo. E Benyamin, que já andava desconfiado depois de ver os olhos acinzentados de Laylee, rapidamente compartilhou suas teorias. Era isso que eles estavam discutindo quando Laylee os encontrou novamente na estação de trem: esboçavam um plano para ajudá-la.

•

Enquanto isso, Laylee havia ido à guerra e voltado, observando o mundo girar do lado de fora de sua janela enquanto se agarrava desesperadamente à raiva que a mantinha em segurança, longe de conversas difíceis e necessárias. Só que, dessa vez, a raiva não veio. No passado, ela encontrava proteção atrás das máscaras de gesso da indiferença, mas agora se sentia sobrecarregada e fraca demais para carregar essa armadura extra. Uma impotência violenta havia finalmente esmagado seu espírito e ela sentia a força de sua determinação se dissolvendo em seu interior.

Em segredo, sentia-se grata.

Na verdade, havia uma parte dela que se sentia aliviada por ter sido descoberta – por enfim ser forçada a falar de seu sofrimento. Ela não queria morrer sozinha, e talvez agora não precisasse.

Então, finalmente virou-se para fitar Oliver.

Decidiu falar da maneira mais firme que conseguisse, não transmitir emoções, não entregar nenhuma das fraquezas que sentia, mas estava tão visivelmente abalada – nervosa, para dizer a verdade – quando os olhares se encontraram que chegou a vacilar. Não esperava tamanha sinceridade nos gestos gentis e cuidadosos de Oliver e, apesar de seu enorme esforço para não se abalar, Laylee não conseguia acalmar seu coração. Chegou a formar uma palavra, mas ela se desfez em seus lábios. E mais uma, mas os sons se desfizeram em silêncio. E mais outra, e sua voz saiu em ruídos que não faziam sentido.

Oliver se movimentou como se quisesse falar alguma coisa, mas Laylee fez que não, decidida a se esforçar até conseguir se expressar.

Por fim, lágrimas brotavam em seus olhos enquanto ela tentava sorrir.

– Vou estar morta até o fim da semana – ela anunciou. – Como é que você descobriu?

Demora exatamente noventa minutos para percorrer de trem o caminho entre o castelo gelado de Laylee e o centro da cidade e, nesse tempo, duas conversas separadas e importantes aconteceram em dois vagões de vidro, envolvendo duas duplas de pessoas, centenas de insetos e um esqueleto extra. Você já conhece um pouco de uma dessas conversas; quanto à outra, eu lhe contarei isso:

Alice, que não tinha medo de confrontos, aproveitou muito bem seu momento de privacidade com Benyamin para dizer exatamente como se sentia com o fato de ele a encarar tanto. Deixou claro que não tinha interesse em deixar ninguém boquiaberto e que, se ele tinha algum problema com ela, deveria resolver agorinha mesmo, pois ela não iria a lugar nenhum e, ademais, não se desculparia por ser quem era ou por sua aparência. E aí Alice cruzou os braços e olhou para o lado, decidida a nunca mais sorrir para ele.

Benyamin, como você pode imaginar, ficou todo confuso com a sugestão de que achava Alice qualquer coisa que não perfeitamente maravilhosa, e passou um tempão corrigindo as suposições dela. Aliás, ele ficou tão perdido nos muitos argumentos para desfazer o mal-entendido que, ao final, Alice estava tão rosadinha quanto um porquinho e preocupada com a possibilidade de mudar de cor. Horrorizada, envergonhada, encantada e surpresa – ela jamais imaginara ser capaz de sentir tudo isso ao mesmo tempo.

Foi uma conversa muito interessante.

Não vou entrar em detalhes aqui das duas trocas separadas – pois recontar todos os gestos e olhares que pontuaram discussões transformadoras seria desperdiçar nosso tempo –, mas é o bastante dizer que os noventa minutos foram gastos de forma inteligente, cuidadosa e cheia de compaixão, e que Alice, Oliver, Laylee e Benyamin desembarcaram com seus corações tão leves que de forma alguma se sentiam prontos para as catástrofes que encontrariam.

Mesmo que seja legal da minha parte não estragar um momento como esse com a promessa de más notícias, receio que eu deva oferecer aqui, meu querido leitor, um breve aviso. As próximas partes da história são terrivelmente sombrias e perturbadoras. Vou entender se você preferir não as acompanhar. Entretanto, se estiver disposto a se aventurar um pouco mais, sinto-me na obrigação de dar pelo menos um alerta: uma loucura estranha e sangrenta aguarda.

Mas vamos a um pouquinho de diversão antes de o sangue escorrer

Laylee enrubesceu quando ela e Oliver encontraram os outros na plataforma. Sabia que todos estavam cientes de sua morte iminente, mas não sabia como abordar o assunto.

Por sorte, não precisou falar sobre isso.

A questão era que ninguém além dela acreditava *realmente* que ela estava prestes a morrer. Aliás, ao descobrir a doença peculiar da colega, Alice se pegou bastante aliviada. Ela não tinha como ter certeza absoluta – para saber, precisaria agir –, mas pensou talvez enfim ter descoberto o que precisava fazer naquele lugar.

E, embora eu tenha falado de maneira muito fugaz sobre o talento mágico de Alice, acho que agora pode ser um bom momento para contar mais sobre esse assunto.

Para os leitores que ainda não sabem: Alice Alexis Queensmeadow tinha o dom único e incrível de manipular cores. Nasceu com um exterior pálido que desmentia seu interior vívido e, uma vez lançada, sua magia era capaz de pintar até os céus. Mesmo assim, ela jamais tentara trazer, com cores, a vida de volta para uma pessoa. Porém, agora que sabia mais sobre os olhos cinza e as lutas de Laylee, Alice se perguntava se lhe restava alguma escolha senão tentar.

Contudo, teria de ser cuidadosa.

Alice jamais usara cores para reavivar uma pessoa. Sua magia nunca havia sido usada para motivos sérios, e ela agora começava a entender por que os Anciãos a haviam mandado para Whichwood – e por que uma tarefa tão delicada lhe havia sido atribuída. Eles suspeitavam mais do que a própria Alice do que sua magia era capaz, então confiaram que ela teria a força necessária para revigorar uma pessoa que havia perdido o que a tornava plena. Para os habitantes das muitas terras mágicas – entre as quais estavam Ferenwood, Furthermore e Whichwood –, perder a cor significava perder a magia, e perder a magia significava perder a vida.

Meu querido leitor, agora você entende?

Entende o que Laylee havia feito?

Ela vinha esgotando seus estoques de magia *mordeshoor* com uma frequência enorme e incessante. A doença que a abatia era específica de sua linha de trabalho, a qual, na forma de uma ocupação extremamente exigente (física e emocionalmente) enfim lhe arrancara toda a força mágica. Se Laylee tivesse trabalhado lentamente, com cuidados e pausas e feriados e férias, não teria se deteriorado a esse ponto; não, seu corpo teria contado com tempo para se recuperar – e seu repositório de magia teria tido tempo de se reabastecer.

Mas Laylee nunca pode se dar ao luxo de parar. Não havia ninguém para intervir em seu lugar, ninguém com quem dividir seu fardo. Era nova demais e delicada demais para ver a magia que ainda se cristalizava dentro de si lhe ser arrancada e, tendo se esforçado demais em tão pouco tempo, acabou se envenenando de dentro para fora.

Alice, que só agora se dava conta de como sua magia poderia ser forçada a funcionar desse modo novo e estranho, silenciosamente preparava a tarefa que talvez tivesse de realizar. Pediu a si mesma para manter-se calma e ter coragem – mas, em um momento de sinceridade, admitiria que o peso do desafio a assustava. Revigorar uma menina que estava morrendo não era um feito pequeno. Não, não, era o tipo de trabalho meticuloso e pesado que tiraria *dela* para dar a Laylee; afinal, a magia que salvaria Laylee tinha de se originar em algum lugar, e Alice precisaria usar estoques de seu próprio espírito para reavivar a jovem *mordeshoor*. Em teoria, essas reservas pessoais ajudariam a *mordeshoor* a se recuperar, contudo Alice teria de garantir que não destruiria *a si mesma* no processo.

Contudo, já estou divagando.

O que quero aqui é apenas deixar claro que a cada instante Alice ficava mais certa do motivo pelo qual havia sido enviada a Whichwood e agora esperava poder acertar as coisas para Laylee. As duas ainda não haviam tido chance de conversar sobre esse assunto, é claro, pois tinham acabado de sair do trem, mas Alice estava ansiosa por livrar a colega de seus medos e realizar rapidamente sua tarefa em Whichwood. (Em segredo, todavia, ela esperava ter tempo para desfrutar da companhia de seus novos amigos.) Porém, havia tanto para ver e fazer agora que o grupo estava no centro da cidade que quase não sobrava um único momento de calma, menos ainda para conversar. Aliás, mesmo que ela quisesse abordar esse assunto, não sei se conseguiriam, uma vez que a estação estava tomada por whichwoodianos indo de um lado a outro, formando um verdadeiro caos, e Alice e Oliver se esforçavam para não se perderem um do outro. Nunca antes tinham visto uma multidão tão grande – certamente não em Ferenwood, uma cidade muito menor – e agora, cercados por aquela loucura toda, agarravam-se desesperadamente um ao outro enquanto as massas os empurravam para a frente.

Benyamin e Laylee não se surpreenderam, de forma alguma, com toda aquela comoção; aliás, já esperavam que fosse assim. O garoto tinha vindo à cidade com o propósito claro de fazer negócios (você deve lembrar que Benyamin pretendia vender suas flores de açafrão) e, bem, hoje era o início da Yalda, o feriado mais importante do ano, e as pessoas lotavam o centro da cidade, vindas de todos os cantos para celebrar.

As festividades estavam agendadas para começar ao pôr do sol – ou seja, teriam início em poucas horas – e Benyamin esperava vender suas flores rapidamente para poder aproveitar a noite com seus novos companheiros. Não poderia virar a noite (como era a tradição) porque sua mãe estava acordada esperando seu retorno, mas algumas horas de diversão eram muito mais do que ele tivera em um bom tempo.

Laylee também, apesar de toda a sua relutância em celebrar o solstício de inverno, sentia-se inspirada a se divertir. Sua longa conversa com Oliver a deixara animada, e a simples garantia de existir um coração solidário ao seu lado era suficiente para revigorar sua coragem por um bocadinho mais de tempo. Pensando em Oliver, ela olhou em sua direção com uma curiosidade inocente – só para descobrir que ele já estava focado nela. Quando os olhares se encontraram, Oliver sorriu. Era o tipo de sorriso que iluminava todo o rosto, aquecia seus olhos violeta e fazia um choque de pânico brotar no coração de Laylee.

Ela virou o rosto, horrorizada, e tentou se recompor.

•

Os quatro empurravam e empurravam em meio à multidão enquanto o carrinho de mão de Benyamin abria caminho, forçando uma linha reta em meio a pessoas que pulavam para o lado para evitar serem atropeladas pela roda frontal; os três outros seguiam logo atrás, permanecendo unidos para não se perderem.

A estação estava barulhenta, com conversas altas e assobios agudos. Nuvens translúcidas de fumaça dependuravam-se ao acaso no ar, filtrando a luz do sol cujas faixas leves e fantasmagóricas pintavam as pessoas em golpes binários: luz e escuridão, bem e mal. Casacos e vestidos passavam aos montes; capas e bengalas chutavam a brisa; chapéus e cartolas eram baixados em gestos de despedida. As pessoas usavam casacos de pele e botas; as mulheres vinham cobertas com seus lenços coloridos, as crianças eram aquecidas com cachecóis; os bebês, envoltos em camadas de casimira. Whichwood era uma cidade de habitantes surpreendentemente elegantes, cujos véus de renda e chapéus inclinados transformavam a onda de frio em um desfile de moda.

Apenas quatro pessoas usavam roupas menos refinadas e davam o que falar – em especial Laylee.

Era impossível ignorá-la.

Diferentemente da maioria dos whichwoodianos, a garota nunca sorria; nunca cumprimentava nem se desculpava ao chocar-se com desconhecidos; nunca se comunicava, exceto com os olhos – aterrorizando os outros cidadãos com um olhar de prata, duro e inquisidor e estranho. Ainda pior: suas roupas, além de antiquadas, estavam manchadas de sangue seco, e seu manto escarlate balançava conforme ela se movimentava, apartado pelo vento para revelar as ferramentas ameaçadoras e ancestrais em sua cintura. Tudo em Laylee era uma imagem perturbadora, mas tudo talvez passasse despercebido não fosse o *barulho* – deus, o barulho – que a tornava tão conspícua. Os ossos em suas costas batiam como um segundo coração – *cloc cloc, cloc,*

cloc – em um eco assustador, de outro mundo, bastante conhecido pelos cidadãos de Whichwood. Esse som deixava claro que a *mordeshoor* estava entre eles – em outras palavras, que a própria Morte estava entre eles. E as pessoas se afastavam, com medo e horror e asco. Cada passada, acompanhada pelo barulho dos ossos, gerava olhares tortos e lábios repuxados e sussurros. Crianças ficavam de queixo caído e apontavam; seus pais as afastavam apressadamente; ninguém se atrevia a atrapalhar a *mordeshoor* ou seu trabalho; tampouco, porém, alguém se esforçava para tratá-la com um pingo de gentileza. Mesmo ali, em meio a seu próprio povo, Laylee era uma impura, e somente suas muitas pretensões podiam protegê-la da crueldade daquelas pessoas.

Para a sorte do orgulho de Laylee, Alice e Oliver estavam congelados demais para perceber o que estava acontecendo.

O frio penetrava em tudo. Agora que haviam deixado o calor dos vagões de vidro para trás, eles eram novamente açoitados pelo frio de bater os dentes do dia de inverno. Todos os quatro estavam com pressa para encontrar abrigo e seu único foco era sair daquela estação lotada. Mas assim que deixaram a multidão para trás e pisaram na rua principal, Alice e Oliver ficaram descontrolados – e espantados e admirados.

Na loucura para escapar da estação, os dois não tinham notado um detalhe muito importante: estavam andando no gelo, e não na terra. O coração de Whichwood, entenda, tinha pouquíssimas ruas como as conhecemos; a cidade era ligada não por terra, mas por uma série de rios e canais. No verão, navegava-se por quase toda a cidade de barco. Já no inverno de Whichwood – sem dúvida a época mais espetacular do ano –, andava-se com trenós puxados a cavalos, pois as águas congelavam tão esplendidamente que se transformavam em uma superfície concreta e contínua.

A água sólida debaixo dos pés tinha dezesseis gradações de azul – ondas e bolhas fossilizadas em seus momentos mais coloridos – e a própria cidade era um mundo antigo e sensacional de domos majestosos e cúspides aterrorizantes, vividamente reunidas sob a neve que continuava caindo. O povo de Whichwood com frequência ficava impressionado e grato pela magnificência de sua própria arquitetura, e o mesmo aconteceu com Alice e Oliver. Ferenwood sem dúvida era uma cidade linda, mas nem de longe comparável à grandiosidade do mundo de Laylee.

Havia mais prédios aqui do que Alice poderia contar, mais lojas, mais tendas, mais vendas e feiras ao ar livre do que ela jamais vira. Crianças patinavam no gelo pela via principal enquanto os comerciantes sacudiam os punhos para censurar a falta de cuidado delas; trenós puxados por cavalos levavam as famílias de uma butique a outra enquanto os lojistas recolhiam em pilhas a neve recentemente caída. Um corajoso pastor guiava suas ovelhas pela multidão, floquinhos de neve caíam sobre a lã, e ele só parou para comprar uma xícara de chá e laranjas doces para comer pela estrada.

O ar era cheio de vida e do aroma de canela mentolada, e ecos de felicidade podiam ser ouvidos por toda a praça: adultos rindo, crianças vibrando, trovadores marchando com música e cítara. Adolescentes ansiosos se reuniam em volta de tubos de vidro repletos de doces de gelo açucarado com framboesas e mirtilos com bocadinhos de lavanda congelados. Dezenas de dúzias de carrinhos de comida enfileiravam-se nas ruas, ostentando torres de beterrabas cozidas, pilhas infinitas de castanhas quentes e apimentadas, terrinas inebriantes de sopa e caldos, cordas de nogado com pétalas de rosa, bandejas douradas de halvas amanteigadas, espigas e mais espigas de milho recém-grelhado, fatias de pão maiores do que portas. Havia também carriolas transbordando de romãs recentemente colhidas, marmelos e caquis.

Existiam infinitas imagens e infinitos sons para desorientar. A cidade tinha um palpitar capaz de fazer Alice dançar, tão impressionada a ponto de temer até mesmo piscar os olhos e deixar alguma coisa passar despercebida. Alice tinha visitado muitos lugares estranhos em seus poucos anos de vida, mas mesmo Furthermore, com suas incontáveis vilas e peculiaridades não a impressionava tanto quanto Whichwood. Ela só conseguia observar, boquiaberta, maravilhada, e absorver tudo aquilo.

Benyamin e Laylee dividiram um instante de bom--humor.

– Gostou da nossa cidade? – indagou Benyamin sem o menor esforço para esconder seu orgulho.

De olhos arregalados e bochechas rosadas, Alice balançou a cabeça e gritou:

– Nunca vi nada tão lindo em toda a minha vida! – E então, virando-se para Oliver, prosseguiu: – Minha nossa, Oliver, o que faremos primeiro?

Oliver riu, entrelaçou seu braço ao dela e respondeu:

– Seja lá o que formos fazer, será que pode ser depois que eu tomar um banho?

Bom, pelo menos nisso eles conseguiram concordar.

Laylee guiou o caminho até o hamame – a casa de banho local –, onde meninos e meninas seguiriam caminhos separados. Os muitos hamames da cidade eram outro serviço público (ou seja, gratuito para o povo de Whichwood), e Laylee prometera a Alice e Oliver que a experiência valeria cada segundo de seu tempo. As casas de banho eram famosas por seu esplendor e, ao entrar, Alice pôde entender o porquê.

Assim que cruzou a soleira, viu-se sob uma luz dourada, quente, brumosa. Nuvens de vapor ofegavam pelos corredores, onde toalhas perfumadas empilhavam-se em raques aquecidos e os funcionários em seus roupões passavam com jarras de água gelada. As paredes e o chão de mármore eram interrompidos apenas por piscinas preenchidas com água turquesa tentadora e Alice, tão congelada ainda instantes atrás, agora derretia. E em questão de segundos já sentia calor.

Laylee acompanhou-a até o vestiário, onde Alice surpreendeu-se ao notar gotículas de suor brotando em sua testa. Rapidamente tirou as roupas arruinadas, pegando um roupão e chinelos no armário que lhe fora atribuído. Agora, felizmente livre do excesso de roupas, finalmente conseguia desfrutar do cheiro de água de rosas que se espalhava pelo ar. Fechou os olhos e inspirou profundamente, perguntando-se em silêncio por onde começar, mas, assim que abriu os olhos para indagar, surpreendeu-se ao perceber que Laylee ainda usava seu manto.

– Algum problema? – Alice, que já estendia a mão para pegar suas roupas, questionou. – Precisamos sair?

Laylee negou com a cabeça e suspirou. Lentamente tirou o manto e, ainda mais devagar, as luvas.

Só havia uma luz fraca no hamame, possibilitando que as mulheres presentes desfrutassem de um pouco de privacidade. Apesar da penumbra, entretanto, Alice só conseguiu ficar boquiaberta ao ver as mãos e os braços sem vigor de Laylee. A *mordeshoor* estava acinzentada dos cotovelos para baixo, e seus membros, que se tornavam mais fracos a cada instante, agora tremiam incontrolavelmente.

Laylee, todavia, não permitiria mais que suas emoções a controlassem. Levou as mãos trêmulas para trás do corpo, olhou Alice diretamente nos olhos, e anunciou:

– Sei que você já sabe, mas achei que devia explicar com minhas próprias palavras: vou morrer em breve, e não há nada a fazer para evitar esse destino.

Alice apressou-se para falar, para contradizer a colega, mas Laylee não a deixaria. Agora com a mão cinza erguida, ela prosseguiu:

– Só queria que soubesse que não há nada a temer. Minha doença não é contagiosa. Você não corre nenhum perigo por ficar perto de mim.

– Laylee, por favor – Alice apressou-se em responder. – Eu jamais...

– Não – Laylee a interrompeu outra vez. – Eu não quero falar disso. Só queria que você não se sentisse incomodada na minha presença. – E hesitou antes de prosseguir: – Embora eu deva lhe pedir um pouquinho de privacidade enquanto me troco.

Alice imediatamente deu um salto.

– Claro – respondeu com pressa. – Sem dúvida.

E correu para longe da vista.

•

Alice soltou o corpo contra um pilar de mármore e levou uma das mãos ao peito enquanto se perguntava qual seria a melhor maneira de enfrentar essa complicada situação. A verdade era que ela não fora bem preparada para encontrar Laylee; Alice sentia-se profundamente intimidada pela bela e aterrorizante *mordeshoor*, e não tinha ideia do que dizer àquela menina para ganhar sua confiança. Alice, que tinha mais coisas em comum com Laylee do que qualquer uma delas imaginava, passara grande parte de sua infância distante de seu povo e sendo rejeitada por sua palidez. Só tinha ganhado o primeiro amigo de verdade em anos recentes e, de todas as pessoas existentes no mundo, havia sido um menino.

Contudo, ela queria muito ter uma menina como amiga e, mesmo que enxergasse muito a admirar em Laylee, não sabia se o sentimento era mútuo. Temia que Laylee sentisse um desgosto profundo por ela, ainda mais depois de não conseguir estabelecer uma boa ligação com a garota logo de início; agora tinha medo de colocar em ação o que se tornaria um desastre inevitável: sua tarefa neste lugar. Mesmo Oliver (que, permita-nos lembrar, tecnicamente não tinha autorização para estar aqui) havia se aproximado mais de Laylee. Alice notava a camaradagem entre os dois e invejava aquela reação – o que só a fazia sentir-se um fracasso maior a cada instante. Todavia, Alice e Laylee eram como duas metades de um mesmo dia, luz e escuridão convergindo e divergindo, só ocasionalmente existindo ao mesmo tempo.

Alice teria de esperar um eclipse.

O hamame era grande e escuro o suficiente para Alice e Laylee não voltarem a se ver até terminarem de se banhar. E, mesmo que a *mordeshoor* secretamente se sentisse aliviada, Alice agora estava mais preocupada do que nunca. Precisava encontrar um jeito de passar tempo a sós com Laylee – e rápido. Não tinha se dado conta de que a doença da menina havia progredido tanto em tão pouco tempo, e temia o que poderia acontecer se nenhuma atitude fosse tomada logo.

Depois de terminarem seus banhos, as quatro crianças se reuniram na entrada, onde Alice e Oliver se sentiam renovados – embora ainda ligeiramente desconfortáveis com suas roupas imundas. Agora só faltava comprar peças em um alfaiate, e Benyamin aproveitou a deixa para rapidamente se despedir, prometendo voltar assim que vendesse todas as flores de açafrão. Ninguém, nem mesmo a própria Alice, percebeu quando ele enfiou uma das flores roxas no bolso dela, e todos concordaram em se reencontrar pouco antes do pôr do sol para se divertirem juntos durante as festividades.

Laylee, que vinha lutando valentemente contra a ansiedade constante que lhe dizia que ela não estava em posição de se divertir quando havia corpos esperando por serem banhados, seguiu firme, decidida a se permitir tirar essas horas para relaxar antes de sucumbir à desolação que era sua vida. Com sua experiência, guiou Alice e Oliver pelas multidões – seu subconsciente sempre em busca do rosto de Baba em meio a todas aquelas faces – e levou-os às suas lojas favoritas na rua principal. Laylee, que jamais havia comprado uma única peça de roupa nova em todos os seus trezes anos de vida, sempre admirara esses muitos estabelecimentos de longe. E, não fosse por seus novos amigos, jamais teria ido atrás dos proprietários ou das belas peças que partiam seu coração. Os dois estavam realmente imundos – constrangedoramente imundos – e ajudá-los era um presente não só para eles, mas para todo o povo de Whichwood.

Laylee ficou de lado enquanto eles examinavam as muitas estantes de peles e capas, oferecendo opiniões somente quando lhe pediam, deixando Alice e Oliver se divertirem com as peças finas. Ela não tinha como saber que os dois estavam aproveitando seu tempo sozinhos para bolar um plano. Eles se empoleiravam sobre araras de roupas enquanto Laylee silenciosamente se aproximou por trás e, depois que Alice descreveu detalhadamente a Oliver a decadência acinzentada nos membros da menina, os dois sussurraram rápida e nervosamente sobre qual seria a melhor forma de ajudá-la. Por fim, decidiram que o melhor a fazer pela jovem *mordeshoor* seria mantê-la longe de casa o máximo de tempo possível. Pensaram que mantê-la longe do trabalho seria a terapia mais eficaz – e a melhor maneira de começar a curá-la. Era uma lógica bem-intencionada: se Laylee não usasse sua magia para banhar os mortos, sua doença não se agravaria. Uma teoria interessante.

Enquanto isso, Laylee acreditava ser bom passar tempo com pessoas que pensavam em outras coisas além da morte, mas ao mesmo tempo sentia que isso não seria nada prático. Só conseguiria enganar a si mesma por algum tempo. E sentia fortemente que estava desperdiçando tempo na cidade, fingindo ser descompromissada quando sabia muito bem que as demandas de sua ocupação jamais a abandonariam. E, quanto mais tempo passava sozinha com seus pensamentos, mais difícil ficava pensar em qualquer outra coisa – mesmo com os muitos prazeres que a Yalda oferecia para alegrar e distrair.

Os minutos logo se multiplicaram.

Uma hora se passou e Laylee, que não tinha feito nada além de ficar com o corpo apoiado no batente de uma porta e ocasionalmente dar de ombros para responder a alguma pergunta – mal se deu conta de que Alice lhe perguntava sua opinião sobre um chapéu ou um casaco ou de que Oliver franzia o cenho em sua direção, perguntando a si mesmo em que ela estaria pensando. Mas a menina não conseguia mais fingir interesse nas preocupações deles. Agora havia passado um total de três horas e meia (não nos esqueçamos de que só a viagem de trem levou noventa minutos) fazendo absolutamente nada de produtivo, sendo que as duas últimas horas foram desperdiçadas tomando um segundo (e redundante) banho, seguidas por esta – *esta* – futilidade. Cada minuto perdido parecia feri-la, cada centímetro que o sol descia parecia aumentar sua ansiedade. Quanto mais ansiosa ela ficava, mais se convencia de um simples fato: estava cometendo um erro enorme ao fazer o papel de guia turística daqueles estrangeiros.

O povo de Whichwood tinha relações amigáveis com as criaturas que viviam entre eles, e a legislação da cidade cuidava não apenas das questões humanas, mas também dos assuntos ligados aos animais. Isso incluía regulações comerciais que permitiam aos whichwoodianos trocarem bens e serviços por fornecimento constante de raposas, visons, coelhos e pelo de lobo para serem usados em roupas de inverno. Era uma grande jogada para o povo de Whichwood e também para Alice e Oliver, que agora estavam totalmente preparados para a estação.

Suas escolhas haviam sido ao mesmo tempo práticas e de bom gosto, e a composição final de cores e tecidos lhes caía muito bem. Oliver usava um chapéu de pele tradicional – com abas para proteger as orelhas, um lenço de casimira carmim, luvas de pele, um sobretudo até os joelhos feito de lã preta, calças cinza e botas pretas e brilhantes. Formava uma bela imagem com suas novas roupas – tanto que todos os que passavam por ele, jovens e velhos, diminuíam o passo para observá-lo.

Alice também estava deslumbrante. Seus cabelos brancos como a neve estavam envolvidos em um xale de lã estampado e a mistura de azuis, verdes e vermelhos apresentava um contraste forte com seus traços pálidos, fazendo-a parecer mais etérea do que nunca. Usava um chapéu alto de pele para prender o xale e uma pesada capa violeta sobre um vestido de seda dourada forrado de casimira. Suas botas eram obras de arte, mas ao mesmo tempo confortáveis, e a flor de açafrão que ela encontrara em seu casaco arruinado agora estava seguramente presa no bolso da blusa. Ela e Oliver formavam uma dupla estonteante, apesar de seus esforços para se misturarem na multidão e, mesmo que Laylee estivesse de sentinela atrás de Alice – o capuz vermelho escondendo seu rosto –, não comentou nada sobre o novo figurino. Apenas olhou-os de cima a baixo e, entendendo que os dois tinham concluído suas compras, deu meia-volta e saiu.

•

Laylee Layla Fenjoon não estava mais presente.

Finalmente se desligou dos problemas que a mantinham ancorada no mundo à sua volta, e agora simplesmente andava distraída, apática, sem pressa, alheia às tentativas de seus companheiros de atentarem-se novamente às suas emoções.

Ela estava, em uma única palavra, morrendo.

Estava realmente chegando ao fim da vida e podia sentir a transformação acontecendo dentro de si. Podia praticamente ouvir a doença furiosa em seu interior, estraçalhando seus nervos e esmagando seus órgãos. Suas mãos tremiam descontroladas; as pernas ameaçavam ceder. Sua coordenação motora desmoronava rápida e, ainda que visse os rostos de seus companheiros e ouvisse os sons das vozes, tinha perdido a energia necessária para forçar suas palavras na direção deles. Então, deixou o corpo no piloto automático, confiando em alguém para guiar.

Laylee estava confinada em seu interior e havia se arrastado para um canto de sua mente, refugiando-se no tamborilar firme dentro de si enquanto esperava, com a respiração suspensa, tudo terminar. As dores da morte vinham em intervalos: às vezes, em ondas fortes; em outras ocasiões, em sussurros leves. Apenas instintos remotos continuavam movimentando os pés de Laylee, um depois do outro, enquanto o grupo caminhava pelas ruas congeladas; alguma coisa em algum lugar dentro dela a lembrava de ser humana, apesar de seus enormes esforços para se esquecer disso.

Laylee pensava que teria mais tempo do que isso.

Sabia que a doença se espalhava rapidamente, mas acreditava ter alguns dias antes de se dissolver por completo. Alguma coisa havia acontecido na última hora, alguma coisa capaz de agravar sua condição, e ela não sabia ao certo o quê. Exaustão mental? Frustração inescapável? Uma ansiedade esmagadora que tragava suas últimas reservas de energia? Laylee não sabia a resposta, mas eu, eu sei e vou contar agora para você: sim, era tudo isso, mas também algo maior. Laylee estava doente de várias maneiras; vinha sofrendo uma soma de demolições físicas e mentais, cujas consequências eram pesadas demais para seu jovem corpo.

Aliás, nada disso importava agora.

Laylee havia abandonado por completo a ideia de voltar correndo para cuidar de seus cadáveres; aliás, ela nem se lembrava mais de por que queria voltar para cuidar deles. Aquilo que ela chamava de casa era um lugar gelado e cheio de ódio, onde nada além de restos apodrecidos de uma vida infeliz a aguardava. Laylee não queria morrer lá – não entre os mortos e decadentes.

Não, pensou.

Ela morreria *aqui*, entre os vivos, onde alguém pudesse segurar seu corpo quando ele caísse.

Eu realmente não dou a mínima para esta parte

Alice e Oliver não sabiam o que fazer.

Algo terrível havia acontecido com Laylee – disso tinham certeza –, mas o quê? Isso não sabiam ao certo, afinal, a *mordeshoor* havia parado de falar. Em pânico, os dois concluíram que o melhor a fazer era levá-la para casa, para a segurança de seu abrigo familiar. Porém, quando Alice tocou o braço de Laylee na esperança de chamar sua atenção, a *mordeshoor* se distanciou, as mãos violentamente trêmulas esforçando-se para se recompor. Alarmado, Oliver correu para perto para ajudar, mas a garota se afastou também dele, febril e desequilibrada. Alice tentou encontrar ajuda nos desconhecidos que passavam, mas as pessoas gritavam e se afastavam, rostos repuxados com nojo, impregnados demais de medo e superstição para socorrer uma *mordeshoor* perto da morte.

Alice e Oliver ficaram desolados.

Os dois amigos de Ferenwood não tinham como saber o que se passava pela cabeça de Laylee naquele momento estranho e aterrorizante. Só podiam tentar supor: a menina estava doente, sim, disso sabiam. Contudo, não aceitavam (e não conseguiriam aceitar) que ela estivesse morrendo *agora*; não aqui, neste momento. Mas...

... e se fosse verdade?

E se Laylee estivesse de fato morrendo, como eles ajudariam se ela se recusava a receber ajuda? Como podiam salvá-la quando ela se recusava a ser abraçada?

Ah, aqui, prezado leitor, estava a verdadeira complicação: Alice e Oliver não sabiam como ajudar porque ainda não entendiam um fator fundamental...

O grande adversário de Laylee era a própria Laylee.

Alice e Oliver estavam familiarizados com tristeza e sofrimento, mas eram alheios ao tipo de escuridão sufocante capaz de corroer uma pessoa – o tipo de tristeza que era de fato uma doença, aquela dor no coração capaz de se espalhar pelos pulmões e esmagar os ossos. *Não,* eles não entendiam esse tipo de dor, então não podiam ser culpados por não saber o que fazer. Os dois haviam deixado Laylee ligada à dor de sua própria mente por tempo demais e, sozinha, a *mordeshoor* entrara em uma espiral de desespero. As crianças tinham boas intenções, de verdade, entretanto, desconheciam a profundidade do problema.

E Laylee, agora engolida por completo pela inquietação que a devorara membro a membro, não enxergava a preocupação nos rostos e olhares ansiosos que seus colegas trocavam. O coração de Laylee fora hermeticamente selado em um esforço descuidado para protegê-lo; ela se via sozinha e impenetrável, um corpo afundando no mar, e permitiu-se mergulhar direto na escuridão, cega e alheia aos muitos braços estendidos para salvá-la.

•

Alice e Oliver só conseguiam fazê-la se apressar até certo ponto, embora fizessem seu melhor.

O sol estava prestes a se pôr agora, e o grupo encontraria Benyamin a qualquer momento, alimentando a esperança de que ele talvez tivesse alguma ideia melhor do que fazer.

Toda essa maravilha de Whichwood, tão encantadora logo que eles chegaram, agora era enlouquecedora e ridícula. As multidões eram tão densas que Alice e Oliver mal conseguiam dar um passo para o lado sem pisar em alguém, e faziam o possível para abrir caminho em meio à aglomeração sem perder Laylee no processo. A cada instante ficava mais difícil enxergar; a luz do dia havia se decantado, abrindo espaço para a penumbra, e a realidade esfumaçada e sombria só significava que o ar gelado da noite logo os encobriria. Agora andando mais rápido, eles voltavam pelo caminho de onde vieram, aproximando-se do hamame, onde prometeram reencontrar Benyamin antes do escurecer.

Avistar o rosto amigável do garoto esperando-os na penumbra foi um grande reconforto para os corações de Alice e Oliver, agora tomados por preocupação. Laylee ficava mais insensata a cada instante, e a essa altura se recusava até mesmo a olhá-los, e eles sabiam que era melhor nem tentar tocar na *mordeshoor*, que era uma pilha de nervos, elétrica com a dor que não tinha como expressar. Oliver, que (como os outros) não conseguia entender o que havia acontecido com ela, fazia todo o possível para se manter em pé. Não permitiria a si mesmo focar na menina em colapso ao seu lado porque, se ele tivesse de enfrentar a verdade por um momento sequer, certamente explodiria em lágrimas. De repente a morte de Laylee, horrivelmente, tornara-se real para ele e, mesmo que Oliver não tivesse palavras para explicar por que sentia algum tipo de responsabilidade pela menina, ele simplesmente não podia deixá-la morrer.

Enquanto isso, Alice decidira culpar-se totalmente pela situação. A dor de Oliver, a dor de Laylee – tudo isso estava acontecendo, concluía Alice, porque ela falhara. Afinal, era sua responsabilidade ter ajudado Laylee (essa era, no fim das contas, sua única tarefa) e, ainda assim, ela falhara e não sabia como ou por que ou mesmo como consertar isso. E, quando finalmente avistou o rosto amável de Benyamin, Alice apenas balançou a cabeça, lágrimas silenciosas deslizando por seu rosto, e falou:

– Não sei o que eu fiz.

O garoto não teve a oportunidade de responder. Exatamente no momento em que ele deu um passo adiante para fazer perguntas e oferecer palavras de conforto, o sol desapareceu no horizonte e o mundo foi roubado de todo e qualquer sinal de luz.

A Yalda enfim realmente começava.

Refletores ateavam fogo no céu. Luzes alaranjadas

leitosas cavavam buracos na escuridão, consumindo os espaços na penumbra até tudo ser tomado por um brilho nebuloso. Pessoas e lugares se transformaram em silhuetas borradas por essas luzes. Houve um momento de absoluto silêncio antes de o chão rugir rápida e profundamente – um som tão forte a ponto de conseguir ecoar pelos céus, subindo em tom até os próprios céus serem rasgados com um estalo sísmico –, e a cidade se viu banhada em vermelho.

Milhões de pequenas sementes de romã choveram do céu e as pessoas – milhares e milhares delas – permaneceram paradas e solenes, com copos e jarros e potes e baldes erguidos sobre as cabeças, enquanto a percussão constante da chuva rubi tomava o ar. Era um momento de reverência e reflexão. Ninguém falava, nenhuma alma se movia enquanto a neve cobria as colinas e as árvores sempre verdes tingiam-se de escarlate. Mas o volume de tanta abundância se espalhando por toda a terra tornava impossível ouvir, e ainda mais impossível falar.

Então Benyamin tocou o ombro de Alice em uma demonstração silenciosa de apoio. Ela segurou a mão dele à sua esquerda e a de Oliver à sua direita e os três olharam para o céu, silenciosamente desejando um mundo onde o lindo e o terrível deixassem de acontecer ao mesmo tempo.

Foi então – ainda enquanto o som da chuva de romãs se forçava a parar, ainda enquanto a vibração da multidão se estilhaçava em um ruído leve – que o mundo parou de uma maneira completamente diferente.

Alice e Oliver e Benyamin tinham acabado de se virar para Laylee quando os olhos vidrados dela de repente retomaram o foco. Ela respirou duramente, ficou rígida e falou:

– Por favor, não me deixem cair.

Oliver Newbanks segurou o corpo de Laylee e se recusava a soltá-la. Embalou seus membros enternecidos, cansados, apoiou a cabeça dela em seu peito e correu, insanidade e desespero dizendo-lhe para continuar em movimento ou morrer. Enquanto o barulho dos passos ecoava, o capuz da menina caiu para trás, seu lenço com motivos florais deslizou, o nó soltando-se no pescoço. Algumas mechas rebeldes de cabelo pousaram elegantemente em sua testa.

Os fios de Laylee estavam acinzentados até as raízes.

Benyamin verificou o pulso da garota enquanto o grupo avançava a caminho da estação de trem. Alice gritava para os estranhos saírem do caminho. Embora Benyamin tivesse que se esforçar, finalmente detectou um batimento leve, fraco e, com um arfar de alívio, anunciou que a *mordeshoor* ainda não estava morta. Oliver, que não fora capaz de evitar as lágrimas silenciosas, sentiu um choque repentino revigorando seu coração.

Benyamin estava convencido de que o melhor lugar para a garota se recuperar era na segurança da casa dele, onde o grupo poderia passar a noite cuidando dela. Levar a *mordeshoor* de volta para o castelo, ele imaginava, impossibilitaria o grupo de continuar com ela; eles não tinham banhado nenhum cadáver esta noite, então não podiam colocar suas próprias peles em risco ao dormir.*

Em um momento de clareza, Oliver perguntou se eles não deveriam procurar imediatamente algum médico da cidade, mas Benyamin rejeitou a ideia – esse não era trabalho para um médico; Laylee precisava de um *mago* para curar suas feridas, pois estava sofrendo de uma doença que afligia unicamente os *mordeshoors*. Tudo isso, porém, estava além da razão. Permita-nos recordar: ninguém podia fazer o que Alice havia sido enviada para fazer. Nem médico, nem mago, nem Oliver ou Benyamin seriam capazes de lançar mão do tipo de magia de Alice, e ela sozinha seria responsável pelo que acontecesse a Laylee. O destino da *mordeshoor* estava preso ao de Alice, e era seu trabalho salvar a vida da garota. Ela só esperava não ter demorado demais.

---

* Talvez você esteja se perguntando como Benyamin tão de repente se tornou um especialista em tudo o que dizia respeito a Laylee. Mas deve se lembrar de que ele estava em uma posição única, na qual sabia mais do que a maioria das pessoas sobre os *mordeshoors*, afinal, era parte da única família vizinha. Ninguém mais em Whichwood sabia tanto sobre a vida ou o sofrimento de Laylee e, embora Benyamin se culpasse muito por não ser um amigo mais próximo dela, sua culpa não fazia muito sentido. O jovem Benyamin tinha, por si só, uma lista tão longa de preocupações que só conseguia cobrir as despesas e manter sua família viva. (Afinal, não vivia tão perto dos mortos por escolha, mas por necessidade.) Não era culpa dele o fato de Laylee ter adoecido (por mais que dissesse o contrário), e espero que Benyamin, se ele estiver lendo agora, guarde essas palavras – e, mais importante, acredite nelas.

Assim que o grupo chegou à estação de trem, Benyamin foi correndo à bilheteria. Alice e Oliver ficaram para trás verificando o pulso de Laylee e tentando acalmar seu coração. Quando terminou de comprar as passagens para todos, Benyamin encontrou um vagão vazio e acenou para que seus colegas o seguissem. Alice, Oliver e Laylee (ainda nos braços de Oliver) rapidamente entraram em um dos prismas de vidro, onde, sem o carrinho de mão de Benyamin tomando tanto espaço (o pobrezinho havia deixado a carriola em um guarda-volumes público na expectativa de uma noite de diversão), os quatro conseguiam se sentar confortavelmente; havia, portanto, espaço suficiente para Oliver deitar o corpo de Laylee no banco de veludo. Os braços dele tremiam por terem carregado o corpo da *mordeshoor* durante tanto tempo, mas era o semblante de Oliver, desesperado e tomado pelo medo, que mais preocupava Alice.

Em silêncio, com os rostos cheios de ansiedade, Benyamin e Oliver viraram-se para Alice. Os três tinham discutido a possibilidade de chegarem a essa situação ainda horas antes, e era difícil acreditar que o momento já tinha chegado. Ninguém se atreveria a imaginar que tudo daria tão horrivelmente errado em tão pouco tempo.

Não importa.

Era isso, aqui estava o momento para o qual Alice fora enviada. Era um trabalho árduo, exaustivo – dar vida a Laylee seria um processo lento e constante, do tipo que podia levar horas ou dias, pois dependia exclusivamente da profundidade da ferida –, e a Alice só restava a esperança de fazer as coisas do modo certo. Então, sem dizer uma só palavra, caiu de joelhos, respirou profunda, cuidadosa, nervosamente, segurou as mãos frias e cinza da *mordeshoor* e começou a empurrar cor para dentro de seu corpo.

•

Enquanto isso, toda Whichwood celebrava nas ruas, dividindo alimentos e bebidas e dançando com a música que encontravam em seus corações. Aquelas pessoas não tinham ideia de quais sensações as aguardavam ou de quais quatro crianças seriam culpadas pelos problemas iminentes. Ninguém – nem mesmo Benyamin – conhecia o estado de desespero dos mortos que Laylee deixara para trás. E, embora os três amigos pudessem ter se importado com isso, estavam tão preocupados com salvar a vida da garota que não sobrava tempo para pensar em salvar também os cadáveres dela.

Naquele momento, as tais crianças davam as mãos em um vagão de trem, a janela de vidro refletindo a luz da lua enquanto os fortes ventos de inverno batiam nas portas. Mesmo de seu vagão, as crianças conseguiam ouvir os gritos de milhares de vozes felizes: era uma multidão alegre, cheia de energia, ainda celebrando a vida e toda a sua glória – mas o que realmente importava era o que elas *não* conseguiam ouvir naquela noite. Na península, caro leitor, em um galpão escuro e negligenciado, os espíritos de um grupo deixado para trás fervia com a injustiça de suas mortes esquecidas.

Laylee tinha confundido os dias, imagine só.

Aliás, sua mente andava tão perdida nos últimos tempos que havia confundido dias e meses. A verdade era que seus mortos haviam chegado à data de validade várias semanas atrás – o que significava que podiam ter saído furiosos em busca de pele humana semanas atrás. Foi apenas por respeito a Laylee que os espíritos se mantiveram amigáveis. Mas agora ela tinha passado dia e noite fora, e suas tristes almas, sentindo-se totalmente esquecidas (e você deve se lembrar que os fantasmas são criaturas terrivelmente sensíveis), não podiam mais ser obedientes. Puxaram suas correntes até os grilhões quebrarem. As árvores se inclinaram para o lado, dando passagem aos espíritos. Eles tinham grandes planos para esta noite. Rugiriam e se revoltariam contra as maquinações que os mantinham presos à sua pele purulenta e juraram nos sepulcros daqueles que se foram antes que estariam de rosto novo ao amanhecer.

Os problemas da noite haviam acabado de começar.

Alice fazia o seu melhor, mas Oliver não estava satisfeito.

Ele tentou ser educado – expressar-se com delicadeza e consideração pelos sentimentos da amiga –, mas não conseguia falar sem dar ferroadas. Não entendia o processo necessário para salvar Laylee neste momento e não conseguia notar o nível de concentração e esforço cuidadoso necessários a Alice para ajudar a *mordeshoor*.

Era uma dança delicada, entenda, recuperar Laylee sem que Alice se desgastasse demais no processo. E reavivar Laylee também podia ter efeitos colaterais, a saber: Alice precisava ser cuidadosa para não se entregar demais (seu coração, seu próprio espírito) à amiga doente. Tentou explicar isso a Oliver, mas ele estava tomado demais por emoções para se convencer a pensar racionalmente. Embora o respeito por sua amiga o estimulasse a ser paciente, em segredo Oliver esperava que ela curasse Laylee de imediato. Em vez disso, para desânimo dele, pelo menos meia hora se passou e Laylee continuava basicamente com a mesma aparência.

As chagas, Alice agora percebia, eram realmente profundas.

Apesar da infusão cuidadosa de cores, as mãos de Laylee continuavam cinza – mesmo que Alice estivesse convencida de que um tom mais vivo do que antes.

Ainda assim, não havia motivos para pânico! Pelo menos não ainda.

Alice não desistiria de Laylee (não enquanto o coração da *mordeshoor* continuasse batendo) e, durante a primeira metade do caminho para casa, sua perseverança firme e implacável e o coração da *mordeshoor* palpitando levemente eram os únicos confortos aos quais os amigos podiam se apegar. Benyamin, que verificava os sinais vitais a cada poucos minutos, celebrava cada afirmação com um suspiro de alívio e um anúncio triunfante de que o coração de Laylee estava se fortalecendo.

•

E assim as coisas seguiram – Alice trabalhando, Oliver se preocupando e Benyamin fazendo seu melhor para entregar boas notícias nesse ínterim – por uma hora do caminho transcorrido (faltavam trinta minutos para chegarem ao destino). Benyamin abruptamente deixou de checar o pulso de Laylee.

Seus amigos de muitas patas estavam preocupados em sua orelha já há algum tempo, mas ele fazia seu melhor para ignorá-los, decidido a concentrar-se na tarefa em mãos. O problema era que os insetos costumavam se preocupar *demais* com ele – e Benyamin aprendera a ocasionalmente ignorar os instintos superprotetores das criaturas. Esta noite, ele suspeitava que seus amiguinhos estivessem incomodados com seu comportamento incomum. (Afinal, *era* diferente Benyamin passar tanto tempo com dois estranhos e uma menina à beira da morte, então os animais se davam o direito de se sentirem preocupados.) Mas ele não teve tempo de explicar a situação, então relegou os barulhos das criaturas ao fundo de sua mente até que, por fim, os ruídos cessaram.

Num primeiro momento, Benyamin entendeu o silêncio como um sinal de progresso. Porém, outra parte dele – bem parecida com um pai desconfiado com a obediência inesperada de um filho – de repente se viu preocupada sobre se tudo estava bem.

Leitor, as coisas não estavam bem.

O exército entomológico de Benyamin tinha seu próprio coronel principal, uma aranha chamada Haftpa. (Você já viu Haftpa uma vez antes, a aranha grandona que subiu no nariz de Alice.) Alguns anos atrás, Haftpa se envolvera em um acidente trágico envolvendo um gato doméstico que planejava devorá-lo. A aranha, que na ocasião era filhote, lutou valentemente para salvar a própria vida e, para grande surpresa de todos, escapou com sua dignidade e sete de suas oito pernas. Seu triunfo foi comentado em tom de reverência, e ele rapidamente progrediu para se tornar a sentinela principal na ninhada de insetos de Benyamin. Mas Haftpa não era apenas uma aranha extremamente respeitada – era também a mais admirada. Fora uma das primeiras criaturas a sair da pele de Benyamin e, diferentemente das muitas outras, que se apressaram em fugir para encontrar abrigo em outros lugares, ficou para trás e se tornou um dos primeiros amigos verdadeiros de Benyamin. Então, quando Haftpa surgiu em busca de um momento a sós, Benyamin, tão sensível aos desejos de seu coronel, não pôde negar o pedido – sobretudo porque começou a se preocupar com a possibilidade de haver de fato algo com que se preocupar.

Haftpa ouvira os ruídos.

Vários de seus amigos tinham construído suas teias nas dobradiças do trem, e quando a sentinela parou para cumprimentar (como tinha o hábito de fazer), encontrou-os com histórias curiosas para contar. Em homenagem às festividades da noite, o trem fazias mais paradas do que de costume – e esta noite, enquanto passavam de vila em vila, eles viram coisas estranhas aparecerem à luz da lua. Ouviram sons e agitações incomuns.

– Que tipo de coisa? – Benyamin, que tentava manter a calma, perguntou baixinho.

Haftpa ergueu uma de suas perninhas na direção de Laylee, respondendo também em voz baixa:

– Eles enviaram uma mensagem para você, amigo Benyamin, para ser cuidadoso ao lidar com a *mordeshoor*.

Benyamin sentiu seu estômago revirar.

– Mas por quê? – sussurrou, com medo de que Alice e Oliver pudessem ouvir. – Você não está falando dos... dos espíritos...?

Haftpa piscou seus oito olhos.

– Não podemos saber ao certo o que aconteceu, amigo Benyamin, porque nossa espécie não conversa muito com eles. Não tememos a escuridão da mesma maneira que os seus mortos temem. Só sei de uma coisa: os espíritos deixaram o solo sagrado. Esta noite, estão em busca de peles, e não haverá muito a fazer se a *mordeshoor* morrer. Seus humanos devem ser avisados.

Benyamin ficou horrorizado.

Sabia que Haftpa não mentiria para ele – aliás, sabia que seu amigo faria o que fosse necessário para protegê-lo –, mas não entendia como nada disso tinha acontecido. Como os espíritos haviam conseguido escapar?

Benyamin conhecia um pouco do trabalho dos *mordeshoors*, mas não sabia de tudo, então não tinha como entender, naquele momento, o que havia acontecido para tornar algo desse tipo possível. Todavia, entendia que *alguma coisa* precisava ser feita. E logo.

Entretanto, quando ergueu o olhar, analisando o rosto pálido de Oliver e os lábios repuxados de Alice – os dois concentrados unicamente em trazer Laylee de volta à vida –, Benyamin concluiu que era melhor esperar até levarem a garota a um lugar seguro antes de comentar qualquer coisa sobre o que havia descoberto. Convenceu-se a si mesmo de que não haveria mal algum em esconder essa informação só um tempinho mais. *Afinal,* pensou, *os espíritos devem ter escapado como resultado de um simples mal-entendido.* Essa era a única explicação que fazia sentido para ele, que ainda trabalhava com a hipótese de que ainda restava tempo para Laylee banhar os mortos. Aliás, quanto mais dizia a si mesmo essa verdade imaginada, mais acreditava nela. Logo ele se livraria de quaisquer preocupações persistentes.

Você precisa entender: em toda a história de Whichwood, os espíritos *jamais* tinham escapado do solo sagrado da casa de um *mordeshoor.* Parecia improvável que uma coisa tão horrível assim pudesse acontecer agora.

Com o passar do tempo, Benyamin descobriria toda a verdade.

Por um momento, tudo o que pôde fazer foi se preocupar em silêncio e apoiar seus novos amigos nesse momento difícil. Para ele, parecia totalmente inacreditável ter conhecido esses estrangeiros há poucas horas, pois já se sentia mais próximo deles do que de qualquer outra pessoa de Whichwood. Os três sabiam, sem dizer nada, que podiam contar um com o outro e que, de alguma forma, suas vidas importavam um para o outro. Esse era um presente que pouquíssimas pessoas tinham recebido em suas vidas. E era um presente que, embora não soubesse, Laylee também havia ganhado.

•

Assim que a locomotiva parou na silenciosa estação da península, Oliver ergueu Laylee nos braços e saiu do trem em disparada. Não sabia aonde estava indo, mas avançava com tanta convicção que Alice e Benyamin tiveram de se esforçar para alcançá-lo. Benyamin gritava para os outros segui-lo, mas havia poucas lâmpadas acesas nessa área abandonada de Whichwood, e estava escuro demais para enxergar. Benyamin, que não tinha magia sobrando para acender o caminho, fez o que sempre fazia quando lhe faltavam opções: pediu ajuda aos insetos.

Imediatamente um enxame de besouros e abelhas apressou-se pelas pernas e por debaixo das calças de Benyamin, marchando orgulhosos e determinados a levar seu amigo humano (e os amigos de seu amigo humano) a um lugar seguro. O enxame era iluminado apenas por uma lanterna esporádica, a luz da lua e quatorze vagalumes, então, na ausência de uma iluminação mais forte, o som das tesourinhas ajudava as crianças a navegarem pelas vias. Haftpa permanecia no ombro de Benyamin, traduzindo as direções na orelha do amigo humano. Era um caminho lento e perigoso. A principal faixa de rua levando à estação estava consideravelmente sem neve, mas até mesmo as ocasionais poças, os gravetos caídos e as pedrinhas espalhadas eram objetos traiçoeiros para o enxame de muitas pernas. Então eles seguiram seu caminho, esforçando-se com elegância para superar cada obstáculo.

•

Algum tempo se passou antes de eles finalmente chegarem à via esquecida que atravessava colinas e vales cobertos de neve profunda e levava ao chalé onde Benyamin vivia. Oliver, que levava o maior peso, não reclamou, apesar de ter de erguer Laylee acima de sua cabeça. Os insetos – que sabiam que seu direcionamento não seria útil se eles se enterrassem na neve – subiram outra vez pelas pernas de Benyamin, e seus corpinhos frios e duros se refugiaram na pele do menino. Em seu trabalho, as moscas e abelhas e mariposas (que dormiam atrás dos joelhos do garoto) começaram a voar, chiando adiante para se unirem aos quatorze vagalumes, liderando o caminho com toda a confiança de docentes profissionais. Os amigos insetos de Benyamin conheciam o caminho para casa melhor do que ele próprio, e Alice, que prestava muita atenção durante todo o tempo, ficou silenciosamente impressionada com toda a camaradagem existente entre o menino estranho e aquelas criaturazinhas.

Por fim, uma luz brilhava ao longe, piscando como um farol em uma noite sem estrelas. As mariposas avançavam ainda com mais ansiedade do que antes – entorpecidas de amor pela luz amarelada – enquanto as moscas e abelhas zumbiam de volta à parte de trás dos joelhos de Benyamin. Agora seguro dentro das roupas do garoto, o restante do exército de insetos permanecia parado como se estivesse morto, observando qualquer sinal de um possível novo perigo. Protegeria Benyamin mais do que protegeria qualquer outra coisa – mesmo que para isso tivesse de se colocar em risco –, permanecendo vigilante até a alvorada para ter certeza de que seu amigo humano não corria nenhum perigo.

Foi somente ao entrar na casa simples de Benyamin que Alice e Oliver se deram conta de quão humilde era a vida dele. O imóvel era composto por apenas um cômodo grande informalmente dividido em algumas seções menores (para jantar, cozinhar, dormir, passar tempo – e é claro, uma pequena área reservada como toalete), mas era um espaço caloroso e confortável, com o interior rústico aconchegante e vigas de madeira, piso caiado, tapetes grossos, uma pequena lareira de pedra (na qual havia uma grande chaleira de metal dependurada) e as muitas luminárias banhando alegremente o cômodo em uma luz alaranjada suave. Tinha cheiro de chocolate quente e cardamomo e o perfume delicado de açafrão. E, embora a casa fosse espartanamente mobiliada, as poucas peças eram claras e muito, muito limpas.

Isso, a limpeza de tudo, foi o que mais impressionou Alice. Era um espaço simples, verdade seja dita, mas espetacularmente arrumado. E, embora parecesse uma casa pequena para uma família dividir, ficava claro que mãos capazes a mantinham com todo o cuidado. Alice e Oliver foram abraçados pelas paredes acolhedoras e logo se sentiram bem – tão perfeitamente em casa, mesmo na casa de um estrangeiro.

Quer dizer, de dois estrangeiros.

Benyamin, que só conhecia um de seus pais, vivia com a mãe, que, naquele instante, encontrava-se deitada na cama, olhando para eles com fascinação e compreensível surpresa.

A mãe estava doente há dois anos, entenda, e jamais, em todo esse tempo, vira Benyamin trazer alguém para casa. Mas claro, ele jamais tivera uma ocasião apropriada para isso. Uma coisa que ninguém sabia (nem mesmo nossa nada amigável *mordeshoor*) era que os problemas de Benyamin haviam começado mais ou menos na mesma época dos de Laylee. Foi tão simplesmente uma questão de falta de sorte.

Em uma noite terrível de inverno, a casa dele fora atingida por um raio e o telhado de sapê pegou fogo. Benyamin e sua mãe dormiam profundamente e teriam morrido em seus leitos não fossem os insetos – que não abandonam o amigo –, que fizeram seu melhor para acordá-lo, mesmo correndo grande risco para isso. Ainda assim, Benyamin e sua mãe tinham acordado tarde demais – haviam inalado muita fumaça e pouco a pouco sufocavam, olhos cegados e ardendo por causa do incêndio feroz. Em delírio, os dois caíram no chão.

Muitos dos amigos de oito pernas de Benyamin perderam suas vidas naquela noite, enquanto se uniam para levar os corpos dele e da mãe para fora da casa. Foi com o amor e o sacrifício daqueles animaizinhos que o garoto e sua mãe conseguiram sobreviver e, quando o menino abriu os olhos e percebeu que estava aquecido e inteiro, mesmo de cara na neve, ficou em choque. Benyamin e sua mãe teriam sido devorados pelo frio mortal da noite, mas seus insetos haviam salvado a família duas vezes ao enterrarem-se debaixo deles e à sua volta, de patas dadas, usando sua própria armadura para proteger a frágil pele humana. O menino nunca mais seria o mesmo.

O amor por seus amigos de muitas pernas, embora sempre constante, naquele momento se tornou uma instituição sólida, inabalável, e ele ficou tão emocionado com a bondade dos insetos que passou dias em prantos. A enorme e incrível afeição das criaturazinhas por ele era um apoio do qual Benyamin não sabia que precisava – e ele se apegou mais do que nunca a essa amizade, especialmente *naquele* momento, quando mais precisava. Veja bem, caro leitor: ele e a mãe haviam sobrevivido ao incêndio, é verdade, mas ainda havia muita devastação a enfrentar, e seus maiores problemas eram dois:

Primeiro: apesar dos enormes esforços, a mãe de Benyamin tinha se queimado seriamente, e suas pernas, a parte do corpo que mais sofreu, precisaria de uma quantidade enorme de tempo – e magia – para se curar.

E segundo: sua linda casa (que a mãe havia construído à mão) agora não passava de uma pilha de cinzas, e das cinzas teria de ser reconstruída com o que lhes havia restado. Agora Benyamin teria de sustentar aos dois.

•

Então, quando Benyamin entrou com seus três amigos em casa, sua mãe, que esperava o filho na cama, ficou mais do que um bocado espantada. O filho jamais havia feito algo tão peculiar antes, portanto, precisou explicar muita coisa não apenas para justificar a presença de seus novos amigos, mas também o fato de dois deles serem de Ferenwood e de a terceira estar à beira da morte.

Sua mãe (a quem ele chamava de Madarjoon) continuava insatisfeita com as respostas. Ela queria saber tudo:

Onde eles haviam se conhecido;
há quanto tempo se conheciam;
quem eram os pais daquelas crianças;
se os pais não tinham nenhum problema com eles terem saído de casa;
afinal, o que estavam fazendo ali;
oras bolas, o que era uma Entrega;
por falar nisso, por que Laylee estava morrendo;
e por falar em Laylee morrendo, quando Benyamin tinha se tornado amigo da *mordeshoor*;
ah, sim, e por que Alice era tão pálida (ao ouvir isso, Alice enrubesceu e Benyamin quase desmaiou de constrangimento);
por que o menino alto estava carregando Laylee nos braços;
por que Benyamin não havia comprado um par

novo de botas ainda (e, ah, em nome dos céus, se era porque ele estava gastando o dinheiro com o remédio dela, então ela preferiria simplesmente morrer, e se ele gostaria de receber *isso* como agradecimento);
por que ele não havia contado a ela antes que a *mordeshoor* estava doente;
há quanto tempo a *mordeshoor* estava doente;
há quanto tempo Benyamin sabia que a *mordeshoor* estava doente;
por que Benyamin andava escondendo informações;
ele não sabia que ela era uma mulher adulta;
ele estava mesmo fazendo o papel da mãe de Laylee;
ele se lembrava de quando ela lhe contara que *ela* era a mãe nessa relação;
a propósito, onde ele havia deixado a bengala dela?
e, oras bolas, por que aquele menino alto não soltava Laylee?

Benyamin, que estava claramente acostumado com esse tipo de interrogatório, pareceu não se incomodar. Pacientemente respondeu cada uma das perguntas de sua mãe enquanto preparava um espaço para Alice e Oliver se sentarem, depois enquanto limpava a mesa da cozinha. Quando o tampo enfim estava pronto, ele o cobriu com um lençol limpo e apontou para Oliver finalmente colocar Laylee ali.

Alice, impressionada com a mulher barulhenta e curiosa que era a mãe de Benyamin, viu-se aterrorizada demais para dizer uma palavra sequer. (Nem se lembrava de ter cumprimentado a mulher, embora Benyamin afirme que elas se cumprimentaram.) Oliver, que só estava ligeiramente consciente do que acontecia, não conseguiu dizer nada além de um solene "olá" antes de colapsar no chão.

Apenas quando sua curiosidade finalmente estava saciada, Madarjoon deixou-os em paz, mas mesmo assim não permaneceu totalmente em silêncio e, meus amigos, eu realmente não posso culpá-la. Madarjoon fora uma mulher alegre e vivaz antes de o incêndio ferir suas pernas, e isso fora o que de mais interessante lhe acontecera em quase dois anos. Era uma mulher que trabalhava pesado, amava intensamente e tinha opiniões fortes sobre tudo. Portanto, ficar de cama não combinava com ela, nem um pouquinho. Madarjoon gostava de deixar absolutamente claro em vários momentos do dia que, se tivesse opção – aliás, caso alguém tivesse tido a decência de lhe perguntar o que ela achava de tudo aquilo –, teria escolhido jamais ficar deitada, nunca mesmo. (E, se isso era a Providência lhe dizendo para deixar de ficar em pé um pouco... Bem, ela não sabia o que fazer com isso, porque em pé é o único jeito de se estar.)

Alice, que não conseguia pensar em uma única palavra para dizer a Benyamin ou à mãe dele (permita-nos lembrar que ela só tinha treze anos e ainda desconhecia as maneiras de encantar adultos), decidiu voltar logo ao trabalho. Oliver vinha lançando olhares angustiados para ela desde que chegaram à casa e, embora Alice tentasse acalmar os nervos dele com um sorriso ou outro, o gesto só parecia causar mais dor. Então ela rapidamente sentou-se na mesa da cozinha e segurou a mão fria e cinza de Laylee. Contudo, quando estava prestes a dar início ao trabalho exaustivo, sentiu Benyamin sentar-se ao seu lado. Agora ele e Oliver estavam um de cada lado e a força silenciosa deles a fazia sentir-se reconfortada. E assim foi, os três juntos, à espera de um milagre.

•

Conforme a noite se arrastava, Alice ficava mais cansada. Oliver, embora decidido a permanecer acordado a noite toda, começava a cochilar. Ainda restavam muitas horas, e a mãe de Benyamin, que assistia em silêncio aos eventos impressionantes se desenrolando bem diante de seus olhos, mostrava-se cada vez mais agitada com a falta de hospitalidade do filho. Esbravejou para que ele preparasse um bocado de chá, e ele rapidamente obedeceu. Em seguida, pediu ao menino para arrumar uma almofada para Alice se sentar, e ele logo saiu em busca de uma. Nem um instante depois, a mãe ordenou que Benyamin colocasse um pedaço de lenha na lareira, e ele obedeceu. Totalmente à vontade, Madarjoon assumiu o controle dos dois meninos debaixo de seu teto, e logo encontrou a cura para os olhos fúnebres de Oliver: ordenou que ele lavasse uma pilha de louças. Benyamin, que havia começado a observar por sobre o ombro de Alice, foi mais uma vez convocado, dessa vez para preparar um jantar leve. ("Nada com muito sal, menino, ou acabo inchada que nem um balão", alertou a mãe, batendo a bengala no chão.) E, a não ser quando estritamente necessário, os dois meninos estavam proibidos de interromper Alice, que seguia fazendo sua magia.

A mãe do garoto controlava todos os acontecimentos daquela noite, pensando em tudo o que precisava ser feito para confortar e distrair, buscando tornar esses momentos complicados mais suportáveis. Muitos momentos sombrios e desanimadores viriam nessa longa Yalda, mas eram os olhos afiados e atentos da mãe de Benyamin que os manteriam focados a noite toda.

Alice já havia passado quase duas horas com Laylee quando viu os primeiros sinais reais de mudança. A mão da *mordeshoor*, antes totalmente acinzentada, agora começava a emanar calor e a mudar de cor. Laylee estava ganhando vida novamente, um dedo de cada vez, e, agora que via o progresso, Alice pôde estimar quanto tempo mais levaria – e quanto de sua energia seria subtraída – para trazer Laylee de volta à vida. Os cálculos não eram nada animadores.

Mesmo assim, Alice sentia-se grata pelos resultados.

Fez um rápido anúncio sobre as mudanças que percebera e, com os olhos tomados pelo alívio, Benyamin deu tapinhas no braço dela. Oliver estava demasiadamente feliz.

Laylee não morreria.

Não ficaria exatamente cheia de vida – pelo menos, não por enquanto –, mas tampouco morreria, ainda não, e a notícia foi um bálsamo para todos. A noite começava a se mostrar promissora, e os três amigos sentiram seu espírito voar… junto a trinta outros.

Os ventos haviam mudado.

O vento fez as janelas baterem. As luzes piscaram. O que poucos segundos atrás era uma brisa suave assobiando se transformou em um uivo violento, trazendo consigo o arrepio estranho e aterrorizante de algo além do frio do inverno.

•

Os mortos, queridos amigos, batiam à porta.

Tudo isso é terrivelmente emocionante, não é?

Na verdade, devo esclarecer: fantasmas não conseguem bater à porta. Eles não têm mais articulações nos dedos nem pele (nem carne de nenhum tipo), então só conseguem chacoalhar e derrubar coisas e fazer barulhos altos e assustadores. Gostariam de ter batido, mas o simples fato de serem fantasmas impossibilitava essas cortesias humanas. Então, apesar de seus enormes esforços para serem educados, tiveram que arrancar a porta das dobradiças.

Agora vamos reservar um minutinho para lembrar uma coisa importante: pessoas normais não conseguem ver fantasmas. Laylee (e Baba, onde quer que ele estivesse) eram os únicos capazes de ver os espíritos, então, quando a porta principal simplesmente caiu do batente por (aparentemente) nenhum motivo, Benyamin e seus companheiros não tinham como saber o que estava acontecendo. Suas cabecinhas se ergueram, espantadas e com medo, buscando o culpado, mas sem encontrar nenhum.

Os fantasmas se ofenderem terrivelmente com isso.

Andavam cansados de serem tão claramente ignorados por humanos e *mordeshoors* e, muito embora soubessem que não deviam esperar que humanos comuns os reconhecessem, ultimamente vinham se sentindo muito sensíveis, então levaram essa situação para o lado pessoal. O que de forma alguma tornava o problema todo menos grave.

Conforme você deve recordar, a última notícia que tivemos dos fantasmas era a de que estavam furiosos por Laylee tê-los abandonado, e agora que haviam se livrado de suas amarras, saíram em disparada em busca de novas peles. Mas você também deve se lembrar de que citei que era seu respeito por Laylee que os mantivera tão obedientes até momentos antes. Bem, isso era verdade. E, assim que enfim se libertaram da casa sagrada da *mordeshoor* e passaram a rondar a terra (algo que os fantasmas jamais haviam feito em toda a história de Whichwood), começaram a pensar melhor em seu plano de roubar as peles de humanos. Afinal, os fantasmas conheciam muitos desses humanos – alguns dos humanos eram seus parentes vivos, vale lembrar – e haviam criado uma consciência nas últimas poucas horas. Então, reuniram-se outra vez.

Decidiram que fariam seu melhor para, antes de tomar qualquer atitude, conversar com Laylee – para entender o que a havia levado a abandoná-los tão completamente –, e só tomariam a decisão final depois de ela ter a chance de conversar com eles. Os fantasmas acreditavam que assim seria razoável; a *mordeshoor* havia cuidado deles – talvez com imperfeições, é verdade, mas sabiam que ela trabalhava sozinha e, mesmo que às vezes gostassem de se divertir às custas dela, no fundo respeitavam a garota por sua dedicação inabalável a uma ocupação ingrata. Afinal, muitos deles *queriam* cruzar a ponte para Otherwhere, mas não tinham como fazer isso sem a ajuda da menina.

Se tivessem como encontrar a *mordeshoor* – e se as palavras dela fossem suficientemente convincentes –, concordariam em voltar para o castelo e serem imediatamente mandados para Otherwhere (com a ajuda de Laylee). Porém, se a resposta dela fosse de alguma maneira inaceitável, não teriam escolha senão encontrar uma carne para habitar, pois não lhes restavam muitas opções no mundo dos mortais. Restava-lhes pouco tempo de seu período de graça antes de seus espíritos simplesmente se desintegrarem, e esse, obviamente, era o menos favorável de todos os resultados.

Então, tinham feito sua parte, buscando em todos os cantos, em trens e terrenos, para encontrar a jovem *mordeshoor*, tudo em vao. Podiam garantir que ela estaria nas festividades esta noite, mas ainda assim não conseguiram encontrá-la. Frustrados, com a paciência já prestes a acabar, voltaram ao castelo para uma última busca quando um dos fantasmas, um menino que percebera a luz na casinha de Benyamin, apontou que o chalé solitário era o único lugar onde ainda não haviam feito suas buscas.

Foi assim que todos os quarenta fantasmas se viram apertados dentro da casa de Benyamin Felankasak, onde finalmente encontraram sua *mordeshoor*. Se Laylee estivesse *acordada*, ela talvez pudesse contar a alguém que a casinha de Benyamin havia sido invadia por um enorme grupo de fantasmas furiosos, mas, na hora em que tudo aconteceu, ela não estava acordada. Então, simplesmente não havia ninguém para explicar a queda repentina de temperatura ou o fato de a porta ter subitamente se desprendido do batente.

Os humanos na casa de Benyamin só podiam se perguntar o que havia acontecido, e foi somente quando Haftpa falou baixinho ao ouvido do menino que todos puderam entender o bastante para sentirem medo.

•

Os fantasmas esperavam há pelo menos cinco minutos, gritando suas frustrações para quem quisesse (ou pudesse) ouvir (e não entendiam por que Laylee não olhava para eles) quando a sentinela de Benyamin finalmente se ofereceu para fazer a ligação entre mortos e vivos.

Animais e insetos não tinham problemas para interagir com o oculto; falavam a língua comum da qual os humanos eram privados, pois seus mundos aconteciam com mais ordem e compaixão do que o nosso: em outras palavras, o mundo não humano não caçava as criaturas que temia, mas apenas mantinha distância delas. E agora, embora jamais tivesse passado muito tempo conversando com um fantasma, Haftpa estava disposto a se portar como um agente neutro para facilitar o surgimento de algum tipo de boa vontade. Rapidamente reconheceu a chefe do grupo – uma mulher-fantasma alta, de cara fechada, chamada Roksana – e explicou a situação: Laylee estava morrendo; as outras crianças tentavam ressuscitá-la; não sabiam quanto tempo se passaria até ela acordar.

Enquanto isso, Benyamin explicava (apressadamente) aos humanos o que tinha acontecido.

– *Como é que é?!* – As palavras vinham da mãe de Benyamin. – Que história é essa de os fantasmas terem escapado do solo sagrado? Como algo assim é possível? – berrou toda amedrontada, quase caindo da cama.

– Eles estão aqui agora? – um Oliver empalidecido quis saber. – Aq... Aqui? Agora?

– O que eles querem? – indagou Alice, já em pé. – Estão nervosos?

Haftpa contou que sim, eles estavam muito furiosos. Queriam saber o que acontecera à sua *mordeshoor*. Queriam saber por que ela os havia deixado tanto tempo sozinhos. E queriam saber se ela voltaria.

Benyamin apressou-se em explicar exatamente o que havia acontecido com Laylee, mas, em vez de acalmar os ânimos, aparentemente a explicação só piorou as coisas.

Roksana gritou tão furiosa que Haftpa pulou assustado e criou uma teia inesperada no processo. Ela ficou fora de si ao ouvir que a *mordeshoor* havia sido deixada para morrer daquele jeito. Os mortos não eram nada além de criaturas cheias de alma, que sentiam muita dor e pena da *mordeshoor* que eles, os fantasmas, não haviam valorizado o bastante. Laylee fora maltratada por seu povo e toda uma outra civilização de seres sofreria como resultado. O que aconteceria com os mortos se a única *mordeshoor* restante morresse? (*Nem vamos contar o pai de Laylee, que está bem louco,* falou Roksana). O que o povo de Whichwood pensava que aconteceria? Achavam que podiam simplesmente se livrar daquela menina e de sua posição sem qualquer cuidado ou sem pensar no bem-estar dela? Será que não enxergavam as consequências de longo prazo de suas próprias ações?

Aquela menina de treze anos fora deixada para sofrer totalmente sozinha, sem ninguém na cidade agitada e cheia de gente em momento algum visitá-la para mostrar que se importava. Os fantasmas, entendendo tudo isso, não estavam mais simplesmente nervosos – estavam espumando de raiva a ponto de asfixia. Roksana mal conseguia falar, tamanha era a sua fúria. Ela e os fantasmas amontoaram-se em volta do corpo de Laylee, de repente arrependidos por dificultar tanto a vida de sua *mordeshoor*. Sabiam que podiam ser irritantes, intrometidos e ocasionalmente absurdos e grosseiros – mas estavam desesperadamente desesperados por uma conversa e Laylee era a única humana com quem podiam interagir. Ela guardava os segredos deles e ajudava a diminuir a dor da morte. Era a única pessoa viva que se importava com o que acontecia com seu povo após a morte, e os fantasmas perceberam o valor da dedicação de Laylee.

E isso?

Isso não seria suficiente.

Haftpa logo explicou o ataque repentino de Roksana, e Benyamin, que se apressou em interpretar a mensagem para os outros, havia começado a sussurrar, tamanho era seu terror diante do que o amigo-inseto havia lhe contado. Os fantasmas vieram encontrar Laylee na esperança de melhorar a situação, mas agora, depois de descobrir como ela havia sido maltratada, queriam vingança.

E sairiam de consciência limpa esta noite.

Estava claro para eles que, ao tratarem Laylee mal, os whichwoodianos não respeitavam os ritos e rituais que afetavam seus mortos (membros da família ou não), e os espíritos não defenderiam aqueles que ficaram em silêncio enquanto o mundo oculto era afetado por injustiças.

– Espere! – gritou Benyamin, agora suplicando cegamente aos fantasmas. – Por favor, estamos fazendo tudo o que podemos para ajudá-la. Só não sabemos quanto tempo vai demorar...

– Reconhecemos os seus esforços – Roksana anunciou, e Haftpa apressou-se em traduzir. – Como forma de agradecer sua lealdade à *mordeshoor*, não faremos mal algum a vocês quatro que aqui estão esta noite. Porém, não concederemos a mesma bondade às pessoas celebrando nas ruas. Eles dançam e fazem banquetes enquanto a *mordeshoor* morre! – Roksana berrou, sacudindo o punho. – Isso, isso jamais perdoaremos.

No tempo que Haftpa levou para interpretar o restante da mensagem os fantasmas já tinham desaparecido, avançando tomados de ódio noite adentro…

Que os céus ajudassem os humanos que cruzassem o caminho deles.

– O que a gente vai fazer? – gritou Alice, que deslizava o olhar de Laylee para Benyamin para sua mãe para Oliver e de volta outra vez. Não podia abandonar Laylee, não agora, não nessa situação crítica, mas também era verdade que eles não podiam simplesmente ficar ali esperando enquanto os fantasmas avançavam pela cidade para arrancar a pele de pessoas inocentes. – O que a gente vai fazer? – insistiu ao perceber que ninguém havia respondido.

Oliver abriu a boca em uma tentativa de falar, mas nenhuma palavra saiu. Benyamin olhou para Haftpa em busca de conselhos, mas a pequena aranha não sabia direito o que dizer. Madarjoon era a única que parecia não estar abalada o suficiente para conseguir falar. Estava espantada, é verdade, mas não tinha perdido o controle, e foi sua autoridade adulta e silenciosa que empurrou verdade e esclarecimento para dentro dos ossos das crianças. Ela simplesmente falou:

– Vocês têm que ir. Imediatamente.

– Mas e a...? – Alice começou.

– Precisam levá-la também.

– Levá-la com a gente? – Oliver indagou de olhos arregalados. – Como?

– Coloquem-na no trem e levem-na com vocês – ordenou Madarjoon. – Vocês vão fazer dar certo. Não podem deixar a *mordeshoor* para trás. Alice vai ficar com ela, curando-a pelo caminho, e espero que, antes do fim da noite, tenha conseguido ajudar a menina o suficiente para fazê-la abrir os olhos.

– Mas por quê? – questionou Benyamin, percebendo algo nos olhos da mãe que somente ele, seu filho, era capaz de reconhecer. – Por que precisamos levá-la conosco?

– Porque sim – respondeu Madarjoon. – Assim que ela abrir os olhos, vocês vão conseguir enxergar melhor o que está acontecendo.

– Como assim? – indagou Oliver.

– Laylee consegue ver os fantasmas – veio a resposta. – Ela os conhece pessoalmente. Ficou claro esta noite.

Surpreso, Benyamin piscou os olhos. Oliver não sabia o que dizer. Alice fitou a menina desacordada e falou:

– Sim, faz sentido. Mas me pergunto por que ela nunca contou nada para a gente antes.

– Porque é uma menina inteligente – explicou Madarjoon. – Sabe que é melhor não tornar pública uma informação desse tipo. Cuidar de corpos mortos já é difícil o suficiente, mas ter que agir como uma ligação entre humanos e espíritos? Você consegue imaginar quantas pessoas de luto a amolariam para estabelecer algum tipo de comunicação com os espíritos de seus entes queridos? – Madarjoon acenou uma negação com a cabeça. – Não, é melhor manter algo desse tipo em segredo. Mas os fantasmas deixaram claro esta noite que a conhecem pessoalmente, que já conversaram antes, que cuidavam dela. Esse tipo de relacionamento não surge do nada. Escreva o que eu digo: essa menina consegue ver os mortos e também conversar com eles. E, se vocês quiserem ter um pingo de sorte esta noite, vão precisar dela de olhos abertos, portanto, é hora de irem. E rápido. Não resta muito tempo.

Benyamin olhou o relógio e, tomado pela ansiedade, arriscou:

– Mas os trens só passam daqui a uma hora… O que a gente…

E aí Madarjoon pegou suas duas bengalas – apoiando-as na lateral da cama – e, com grande esforço, colocou-se em pé, apoiando-se em suas pernas fracas. Usava uma camisola rosa longa com rufo e bainha festonada, os cabelos presos com uma pequena bandana de seda. Com o movimento inesperado, Benyamin, alarmado, avançou para a frente, mas Madarjoon ergueu a mão para contê-lo.

– Venham cá, crianças – ela anunciou cuidadosamente. – Deixem-me fazer o único tipo de magia para o qual ainda sirvo.

– Mas Madarjoon… – gritou Benyamin, correndo para perto dela. – Você não está tão forte assim…

Ela usou a bengala para interrompê-lo.

– Um breve conselho, meu filho querido: nunca, nunca mesmo, diga a uma mulher que ela não é forte o suficiente.

– Mas eu não quis... Eu em momento algum...

– Eu sei. – Ela sorriu. – Agora venham comigo. – E olhou para Oliver e Alice. – Todos vocês.

– Aonde estamos indo? – Alice quis saber enquanto se apressava na direção da mulher.

– Você vai saber em um instante. Apressem-se, vamos! – ela respondeu, avançando para cutucar Oliver com a bengala. – Vamos, não temos a noite inteira. – Assustado, ele deu um salto e estendeu a mão na direção de Laylee, preparando-se para segurá-la outra vez, quando a mãe de Benyamin gritou: – Pegue um carrinho de mão, menino! Não precisa perder tempo flexionando seus músculos.

Oliver enrubesceu, constrangido por algum motivo que não sabia explicar, enquanto Benyamin corria para pegar mais uma das carriolas que usava para colher açafrão. As crianças forraram o carrinho com travesseiros e lençóis e, em seguida, com todo o cuidado, ajeitaram Laylee ali dentro, atentando-se para manter o saco de ossos ao lado dela. De repente, só por um segundinho, a *mordeshoor* mexeu as pálpebras.

Alice se pegou de queixo caído.

Os quatro ficaram olhando à espera de mais um sinal de vida, mas agora Laylee permaneceu parada.

– Todos pegaram seus casacos? – Madarjoon perguntou bem alto, olhando por sobre a cabeça das crianças. – Todos usaram o banheiro, certo? Bem, é melhor nos apressarmos. Vamos, então. Vamos fazer o que tem de ser feito.

E aí o grupo saiu na noite gelada e andou em um silêncio nervoso, tenso, por pelo menos quinze minutos, passando por colinas e vales com neve acumulada até a altura da coxa (embora Benyamin não tivesse ideia de como sua mãe conseguia acompanhá-los) até chegarem ao limite da península silenciosa e ouvirem as ferozes ondas estourando contra os penhascos.

Alice e Oliver estavam quase aterrorizados. Não tinham interesse algum em embarcar no que havia restado de seu elevador de vidro e não tinham a menor ideia do que Madarjoon esperava encontrar ali. Aliás, esperavam sinceramente não ser aquele elevador, porque, se fosse, não saberiam como explicar o fato de o terem quebrado.

Por sorte, Madarjoon não tinha nada disso em mente.

Ela foi até a borda do precipício, a um ponto quase invisível na escuridão da noite. As crianças sentiam medo demais para acompanhá-la e, quando Alice sussurrou suas preocupações para Benyamin, ele garantiu que tudo daria certo. Madarjoon de fato havia feito aquilo muitas outras vezes antes.

Acredite: existia um motivo para Benyamin em momento algum ter explicado sua relação com o mundo de muitas patas – sua mãe nunca precisou de nenhuma explicação. Ela também tinha uma relação especial com o mundo dos não humanos e apelava a essas amizades quando mais precisava.

Alguns instantes depois, quando Madarjoon deu um passo para trás, em questão de segundos, o mar – já agitado com uma turbulência enorme – começou a ficar ainda mais feroz. Conforme as águas iam e vinham com a força impressionante de um trovão, das profundezas mais profundas saiu uma repentina e inconfundível expulsão de ar, e um barulho que mais parecia o de um foguete – *crack!* – estalou, abrindo as águas.

Uma baleia tão grande quanto um navio pirata deu pancadas na superfície da água, sua enorme nadadeira cumprimentando a velha amiga. Madarjoon falou rápido e baixinho com sua camarada, e as crianças, ainda impressionadas, permaneceram em silêncio, esperando receberem ordens do que fazer. Havia pouco tempo a perder, então as formalidades podiam ficar de lado. A amiga baleia só precisou de um momento para bater suas nadadeiras, sinalizando que entendia o segredo que a mãe de Benyamin havia comunicado (fosse lá qual fosse esse segredo) e, um instante depois, abriu a boca para permitir que o grupo entrasse.

Benyamin acalmou seus amigos espantados explicando que já tinha feito aquilo antes.

– É totalmente seguro, eu garanto...

– Vão, crianças – falou Madarjoon. – Não temos tempo para acalmar suas emoções. Existem vidas esperando por serem salvas.

Ela deu mais um passo na direção da baleia, mas Benyamin ergueu um braço para detê-la.

– Tem certeza... quero dizer... – gaguejou o filho, congelado. – Você vem com a gente?

– Sei que vocês são um pouco grandinhos demais para a minha companhia – respondeu sua mãe com um sorriso. – Mas receio que seja melhor eu acompanhá-los esta noite, considerando as circunstâncias.

– Mas você tem certeza de que vai ficar bem? – ele perguntou todo nervoso. – Não está fraca demais para...

– O que foi que eu falei para você sobre acusar uma mulher de ser fraca? Por acaso pareço fraca para você? Eu carreguei os seus ossos *dentro* de mim, rapazinho. Ninguém precisa de pernas para ser forte. Tenho um coração que vale dez pernas, e ele vai me levar mais longe do que meus membros seriam capazes de chegar.

E, sem dizer uma palavra mais, Madarjoon pisou além da borda do penhasco e caiu com um assobio bem no meio da boca da baleia corcunda. Impressionados, Alice e Oliver e Benyamin apressaram-se em segui-la. Cada um se segurou em um lado diferente do carrinho de mão no qual levavam sua amiga e, com uma inspiração nervosa, correram e pularam do penhasco...

E pousaram suavemente no maxilar de sua capitã do mar.

Como você deve imaginar, não foi uma viagem confortável. Aliás, talvez seja um eufemismo dizer que baleias não são o meio de transporte ideal para seres humanos. Mas essa baleia estava fazendo um enorme favor ao grupo, então eles teriam de se virar com ela mesmo. Os amigos não falaram muito enquanto sacolejavam no interior molhado da criatura marinha, pois havia poucas coisas positivas a dizer. Cada um estava perdido em seus próprios pensamentos, em ideias diversas e interessantes – e enquanto a adulta entre eles permanecia em pé e parada no silêncio úmido da boca do animal, tudo o que eles podiam fazer era segurar-se uns aos outros e manter a esperança de que chegariam antes dos fantasmas à cidade.

Mas nossos protagonistas não seriam bem-sucedidos esta noite.

Vou contar agora mesmo para você: seria impossível chegar à cidade antes dos fantasmas. Os espíritos haviam partido antes e, embora a baleia se movimentasse com uma velocidade impressionante pelo mar, o grupo ainda ficaria no limite da água, certamente mais perto do que antes, mas ainda um pouco distante do centro da cidade. Quando se arrastassem para fora da boca do animal e chegassem à terra firme, ainda teriam de viajar cerca de vinte minutos a pé para chegarem às celebrações da Yalda.

Parecia um esforço inútil – com uma exceção.

Alice continuara agindo. Vinha trabalhando com a *mordeshoor* na luz e na escuridão, na terra e no mar, pulsando cor e magia de volta aos membros enfraquecidos até o pouco progresso realizado gerar mais progresso e a garota se vir sendo curada em uma velocidade exponencial. Agora a cura se alastrava de forma bastante parecida com a doença: cada marco era maior do que o anterior. Primeiro uma articulação dos dedos, depois três, depois quatro dedos inteiros, aí uma das mãos; quando chegou à terra firme, Alice havia conseguido desfazer o cinza até os cotovelos de Laylee e, embora a *mordeshoor* ainda estivesse fraca demais para se levantar, conseguia pelo menos piscar e manter os olhos abertos.

Aquela era, conforme já comentei várias vezes antes, uma noite muito escura. Essa escuridão somada à urgência de avançar rápido até o centro da cidade distraiu o resto do grupo, que não se atentou ao milagre que acontecia bem ao lado deles. Talvez agora você entenda por que foi necessário um momento antes de a primeira pessoa notar que Laylee estava de olhos abertos.

(Embora, compreensivelmente, Alice tenha sido a primeira a ver.)

– Laylee! – ela gritou, seu coração inchando-se de alegria. – Você acordou!

– Ela acordou? – Oliver falou, mal se atrevendo a respirar.

– Está acordada! – exclamou Benyamin, que se virou com orgulho para sua mãe.

– Eu sabia que ela abriria os olhos – falou Madarjoon, que enfrentava a situação da melhor forma que podia, bufando e chiando, mas sem jamais reclamar, pois sentia-se feliz de estar outra vez em pé.

Laylee estava terrivelmente confusa. Precisou de muita explicação sobre o que havia acontecido (e por que estava deitada em um carrinho de mão e sendo puxada pelas ruas escuras) antes de finalmente conseguir entender tudo. E, quando entendeu o que estava acontecendo, ficou espantada.

– Você salvou a minha vida? – perguntou a Alice. – Mas como?

– Foi para isso que eu vim aqui, lembra? – respondeu Alice, olhos brilhando com a luz da lua. – Eu disse que viria para ajudá-la. Todos nós viemos – acrescentou, sorrindo com enorme felicidade para os amigos (novos e antigo).

– Então... você sabia? – indagou Laylee – Sempre soube que eu morreria?

Alice acenou uma negação com a cabeça.

– Eu não. Mas alguém devia saber, senão os Anciãos de Ferenwood não teriam me mandado para cá. Eles devem ter ouvido alguém de Whichwood falar sobre você. E abriram uma enorme exceção para me mandarem para cá. Normalmente não viajamos a outras terras mágicas.

– Que estranho... – comentou Laylee, que já parecia exausta.

Deixou a cabeça descansar contra a carriola enquanto Oliver a empurrava adiante, e só falou "que estranho" mais uma vez antes de fechar novamente os olhos.

Não importava. Eles seguiram seu caminho, agora mais energizados do que nunca. Era um bálsamo para seus corações saber que Laylee estava se curando – e que havia chances de sobreviver –, especialmente enquanto avançavam pela noite infinita de inverno, desesperados por salvar o povo de Whichwood de um fim prematuro. A salvação de toda uma cidade dependia de um grupinho improvável, mas o menino dos insetos, sua mãe debilitada, sua amiga sem cor, o companheiro curioso dela e a menina quase morta no carrinho de mão teriam de dar um jeito nos problemas. Certamente era difícil imaginá-los superando uma multidão de fantasmas furiosos, mas eles teriam de pelo menos tentar.

Prepare-se antes de continuar lendo, eu imploro

Como eu disse: eles estavam atrasados demais.

Correr a caminho da cidade como correram foi um esforço admirável da parte deles, mas o caos já se espalhava quando chegaram. Alice, que vinha segurando a mão de Laylee esse tempo todo, ajudava a *mordeshoor* a se fortalecer um pouco mais a cada instante. Os olhos de Laylee ocasionalmente ficavam abertos tempo suficiente para reter novas informações sobre a situação em que todos se encontravam e, um pouco mais fortalecida, ela estava pronta para guiar com os olhos quando necessário.

Por falta de sorte, havia pouco a ser feito.

A massa de pessoas felizes que eles haviam visto lotando as ruas ainda horas antes agora havia desaparecido. Agora, gritos monstruosos ecoavam pela cidade, pais desmaiando nas ruas enquanto seus filhos choravam desesperados ao seu lado. As barracas de comida encontravam-se derrubadas; a iluminação nas calçadas, destruída; os coquetéis de sangue e suco de romã respingavam pelas ladeiras e ruas, fios escarlate se espalhavam pelas vias.

Dos quarenta espíritos soltos na cidade, pouco menos de metade já havia arrancado a pele de humanos. Restavam vinte e dois deles vagando, ainda à procura de humanos, dedicando o tempo necessário para escolher qual pele preferiam.

Isso criava duas cenas horrorosas na rua.

A primeira, e talvez a mais perturbadora: os humanos cuja pele havia sido ceifada continuavam vivos. Cambaleavam de um canto a outro, músculos e ossos expostos à intempérie, sangrando descontroladamente e vomitando de tempos em tempos. Não poderiam sobreviver nessas condições por mais de uma hora, tempo durante o qual os fantasmas que haviam roubado sua pele tinham a oportunidade de devolvê-la ao portador original. Se não a devolvessem, os restos ensanguentados simplesmente entrariam em colapso. Não temos como estimar quanto tempo exatamente havia se passado desde o roubo de peles, mas pelo menos alguns muitos minutos, e o tempo estava acabando. Ainda pior: era horrível de testemunhar. Dezoito corpos sem pele se arrastavam pela neve, escorregando repetidamente em poças de seu próprio sangue e bile enquanto seus filhos olhavam horrorizados. Até agora, somente corpos adultos haviam sido escolhidos para a colheita, pois sua pele era mais espaçosa.

O que nos leva à segunda cena horrorosa na rua: os fantasmas que ansiosa e desajeitadamente vestiram pele humana não conseguiam entender por que não eram imediatamente aceitos pelo restante da sociedade de pessoas vivas. Cambaleavam de um lado a outro, inabalados e animados por se unirem aos vivos nas festividades da noite, mas só ficavam mais furiosos com as rejeições claras que recebiam. Agora eles finalmente se pareciam com os vivos, não se pareciam? Tinham a mesma aparência de antes, quando eram vivos, não tinham?

O problema era que os espíritos não tinham acesso a um espelho sequer. Caso tivessem, talvez percebessem que a pele que haviam esticado sobre seus espíritos estava toda torta – soltas demais em alguns pontos, justas demais em outros. Muito tempo havia se passado desde que eles deixaram de ser humanos, entenda, e agora não conseguiam lembrar onde cada coisa ficava. O nariz estava na testa e o lábios, onde o nariz deveria ficar; dedos só se encontravam parcialmente preenchidos, cotovelos apareciam onde deveriam ficar os ombros; um fantasma havia enfiado a perna em um braço e outro havia fechado a pele de trás para a frente e... Bem, digamos que eles não ficaram tão bonitos quanto esperavam.

Aqui os resultados: as ruas lindas e incomparáveis de Whichwood encontravam-se escorregadias com o sangue dos ainda vivos, que se arrastavam de lado e para a frente, pingentes de sangue congelado se formando nas laterais dos corações ainda batendo, sangue escorrendo por seus corpos vulneráveis.

•

Vendo a cena à sua frente, a mãe de Benyamin caiu de joelhos.

Era uma mulher forte, com uma força de vontade ferrenha, mas aquilo era demais até para ela suportar. Suas pernas, já abaladas com todo o esforço para chegar ali, não conseguiam mais sustentá-la, então ela se afundou no chão, a boca aberta em choque, enquanto as peles mortas tropeçavam sobre restos humanos e toda Whichwood perdia a sanidade em meio ao terror.

Ainda assim, havia trabalho a ser feito.

As crianças estavam inesperadamente controladas diante dos terrores inenarráveis. Para Alice e Oliver e Benyamin, a situação de alguma maneira parecia surreal, intangível, fantasmagórica, mas, para Laylee... Bem, para Laylee hoje era só mais um dia de trabalho.

A *mordeshoor*, que se sentia revigorada o bastante para conseguir falar de forma clara, pediu a Alice para soltar o chicote preso ao cinto de ferramentas. Alice rapidamente obedeceu e, com a permissão e as instruções cuidadosas de Laylee, estalou-o no ar três vezes.

Os espíritos – em todos os cantos – ficaram paralisados.

Alice estalou o chicote três vezes mais. Os espíritos malandros, ainda suscetíveis aos métodos da *mordeshoor*, gritaram surpresos. Quando percebeu que tinha a atenção das criaturas, Laylee falou baixinho. Suas palavras eram apenas para os espíritos e ela sabia que eles ouviriam.

– Venham aqui – pediu com delicadeza. – Quero conversar com vocês.

Em seguida, instruiu Alice a estalar o chicote até os fantasmas se aproximarem.

Enquanto isso, Benyamin havia criado seu próprio plano. Com tempo suficiente, talvez Laylee convencesse os fantasmas a devolverem as peles humanas, mas por enquanto eles precisavam de uma solução temporária para esses corpos que se deterioravam tão agilmente. E precisavam de uma solução rápida. O garoto falou baixinho e com urgência com as criaturas e, embora ninguém pudesse saber ao certo se o plano funcionaria, os insetos rapidamente concordaram em ajudar. Contudo, esse era o tipo de plano que requereria a ajuda de quase todos os residentes de muitas pernas de Whichwood, e não apenas daqueles que eram leais a Benyamin. Haftpa imediatamente partiu com suas tropas, prometendo a Benyamin voltar com o máximo de recrutas possível.

Enquanto Haftpa se distanciava em busca de mais compatriotas, os vinte e dois fantasmas restantes de Laylee haviam começado a se reunir. Demorou mais do que Laylee gostaria para eles mostrarem seus rostos, mas bem… Bem, eles estavam um bocado envergonhados por serem pegos naquela situação. Os fantasmas ainda sentiam que haviam feito a coisa certa ao vingarem sua *mordeshoor*, mas, de alguma maneira, sabiam que ela não aprovaria seus métodos, e não conseguiam suportar a ideia de encará-la. Felizmente, aquelas criaturas não tinham escolha. Havia uma espécie definitiva de magia que prendia os fantasmas a ela, e eles não podiam desobedecer aos chamados de Laylee enquanto ela estivesse viva. Então, flutuaram covardemente adiante até se encontrarem diante dela, as cabeças transparentes baixas por causa da vergonha.

Ninguém além da garota conseguia ver o que estava acontecendo, mas pouco importava. Seus amigos continuavam apreensivos, prontos para entrar em ação caso ela os convocasse.

– Estão vendo agora? – Laylee falou a seus mortos. – Entendem como seria ficar para trás? – Ergueu um braço enfraquecido para apontar para as peles habitadas por fantasmas fingindo ser humanos, seus braços e nariz fora de lugar fazendo quem passava por perto gritar de susto. – Eles estão injuriados. Saíram no rastro do sangue e da loucura. Vocês... – falou aos espíritos ainda transparentes. – Vocês em uma pele desconhecida não seriam aceitos de volta em suas famílias. Não seriam convidados para se integrarem outra vez à sociedade. Seu tempo aqui chegou ao fim, amigos. Precisam confiar na ampulheta dos mundos. Precisam seguir em frente quando é chegada a hora de seguir em frente.

– Mas você nos abandonou! – gritou um dos fantasmas. – Você nos deixou para trás...

– Jamais – respondeu Laylee. – Eu jamais faria isso. Adoeci porque me esforcei demais, mas eu jamais os abandonaria a esse destino – insistiu, acenando para a cena de devastação em volta. – Vocês são meu fardo neste mundo, e é minha obrigação protegê-los.

Em seguida, Laylee adotou um tom suave para pedir:

– Por favor, deixem-me ajudá-los a seguir em frente.

Haftpa havia voltado.

A cidade pôde *ouvi-los* se aproximando antes de ver seus corpinhos se arrastando, milhares e milhares de criaturas de carapaça em direção ao centro. O plano de Benyamin era que os insetos formassem armaduras de proteção em volta dos humanos sem pele durante o tempo necessário para Laylee convencer os dezoito fantasmas a devolverem as peles a seus donos humanos. Haftpa apressou-se o mais que podia, subiu no ombro de Benyamin e, ao receber o sinal de seu amigo humano, ergueu uma perna para seus camaradas entrarem em açao.

Tragicamente, eles estavam um pouquinho atrasados.

Ainda enquanto os insetos avançavam, quatro dos corpos sem pele caíram sem movimento no chão. O terrível momento foi tão repleto de insanidade que não houve tempo de parar – nem de Laylee perder a cabeça. Não houve tempo para pausa e luto pelas vidas inocentes que eles não conseguiram salvar. O que ela podia fazer? Como responderia a isso? A cabeça de Laylee girava. Era simplesmente inaceitável alguém ter morrido; impossível que aquilo não fosse um sonho.

Seria tudo um sonho?

Os barulhos do mundo pareciam invadir sua consciência. De repente, ela ouviu uma série de perninhas estalando, mergulhando na escuridão, espalhando-se por pessoas e lugares, trepando em objetos caídos e luminárias estilhaçadas. O enxame invadiu de uma vez a praça central, onde os restos ensanguentados de humanos sem pele ainda cambaleavam e, em um momento de assombrosa necessidade, subiu nas massas encharcadas de carne humana até os quatorze corpos ainda vivos serem engolidos por uma massa de exoesqueletos negros. Os milhares de insetos se movimentavam com uma perfeição coreografada, entrelaçando em sincronia braços e pernas, de modo a criar uma armadura temporária. Todo o ato não demorou mais do que alguns minutos, mas o mundo pareceu perder velocidade nesse tempo. Os desconhecidos olhavam com uma mistura de admiração e asco enquanto o mundo entomológico se unia para poupar essas vidas humanas.

A armadura lhes daria pelo menos algumas horas a mais de proteção e, nesse ínterim, Laylee e sua tropa teriam de agir rapidamente. A única coisa que mantinha a *mordeshoor* em ação era o instinto. Ela não sabia se alguém havia percebido ou se algum de seus amigos havia visto o que acontecera. Alice e Benyamin avançaram para proteger os corpos agora cobertos por insetos dos fantasmas desajeitadamente cobertos por pele; Laylee ainda precisava de tempo para negociar com os fantasmas usurpadores, mas pelo menos até ali os corpos humanos, agora protegidos dos espectros, conseguiam se movimentar com facilidade e logo pararam de vomitar.

Laylee, que continuava em negociação com os espíritos, agora pedia para sair do carrinho de mão, e Oliver, seu recém-apontado assistente, ficou feliz em ajudar. Eles teriam de levar todos de volta ao castelo o mais rápido possível e precisariam de tantos voluntários quanto conseguissem angariar. Esta noite, restava-lhes lavar quarenta e quatro cadáveres (incluindo os quatro corpos mortos ainda havia pouco), ou então muitas outras pessoas morreriam antes do amanhecer.

•

A mãe de Benyamin assumiu a tarefa de recrutar voluntários. Prometeu ir de porta em porta, tentando angariar o máximo de ajuda possível, e encontrar as crianças no castelo, mas insistiu que não a esperassem.

– Vão – ordenou. – Tomem o trem. Eu chegarei a qualquer momento... A gente se encontra no castelo. Devo usar o transporte por água.

E assim ela se foi.

Alice, Benyamin, Laylee e Oliver reuniram os fantasmas, os humanos com armadura de insetos e os espíritos de pele (que foram com grande relutância) e avançaram a caminho da estação abandonada, onde os vagões cintilantes já encostavam na plataforma.

Dessa vez, eles nem foram atrás de passagens.

Alice e Benyamin empurraram todos dentro dos vagões antes de instalarem Laylee, seu carrinho de mão e Oliver em outro vagão. Quando tiveram a garantia de que Laylee estava no controle e ainda em comunicação com os espíritos, Alice e Benyamin embarcaram e se apertaram em um espaço pequenininho, decididos a ficarem juntos, mesmo que para isso tivessem de abrir mão de qualquer conforto.

Como de costume, Alice não perdeu tempo.

Laylee sentia-se melhor do que nunca, mas Alice estava decidida a tratar da amiga até ela se curar por completo, e ainda havia muito a ser feito na hora e meia até o castelo. Benyamin e Oliver tiraram Laylee do carrinho de mão para ajeitá-la em um banco, então Alice voltou a trabalhar. E quase instantaneamente começou a ver o progresso. Já tinha feito os braços e pernas da *mordeshoor* voltarem ao normal e agora tentava melhorar o rosto da garota. Nas últimas várias horas, a pele daquela região havia deixado para trás a tonalidade castanho-dourada e calorosa e adotado um tom acinzentado, empoeirado. Porém, conforme Alice pressionava os dedos na pele da garota, um movimento suave de cada vez, Laylee lentamente voltava a ganhar vida. Apesar de a garota estar de olhos fechados, Alice podia ver o movimento rápido atrás de seus olhos, e só depois de ficar satisfeita com a cor das maçãs do rosto de Laylee afastou as mãos para um breve descanso. Afinal, aquele era um trabalho cansativo, e Alice estava sem fôlego, exausta – e satisfeita. Era gratificante colher os frutos de seu trabalho, mas foi ainda mais gratificante quando Laylee afastou as pálpebras e os amigos finalmente viram a cor verdadeira de seus olhos.

Para trás havia ficado o olhar frio e acinzentado da *mordeshoor*, aquela cor que Alice e Oliver conheceram, e em seu lugar havia agora os olhos âmbar de uma menina que, pela primeira vez em mais de um ano, conseguia enxergar com clareza. Laylee, que não entendia o que exatamente havia acontecido, mas *sentia* a diferença, sentou-se com a coluna ereta e chorou. Era uma transformação extraordinária, um presente que ela não estivera pronta para receber. Olhou as próprias mãos, que agora não estavam mais trêmulas, e as pernas, que não doíam mais, lançou-se aos braços de Alice e chorou.

Quando eles chegaram ao castelo, Laylee conseguia ficar em pé. Sentia-se grata por sua saúde, mas não conseguia evitar uma dor profunda pelas quatro vidas perdidas naquela noite. Alice tinha certeza de que a *mordeshoor* conseguiria sorrir outra vez ao final de tudo isso, mas Laylee ainda não se sentia pronta para estar feliz. Ainda havia muito trabalho a ser feito – e ela só podia imaginar as repercussões que enfrentaria pelas perdas desta noite.

Então foi com uma impiedade desconfortante que Laylee se preparou para banhar os mortos restantes, e foi com passos pesados que ela saltou do vagão de vidro na estação de trem e correu, forte e habilidosa, a caminho de casa.

(Com muitos corpos estranhos seguindo-a bem de perto.)

•

O que havia de ser feito parecia claro.

Laylee correu direto para o quintal, seu pequeno exército a seguindo, e preparou a banheira. Os espíritos que haviam roubado as peles humanas precisaram de um pouco mais de persuasão para deixarem para trás suas novas roupas, entretanto, depois de alguns minutos de conversa, enfim se convenceram de que tinham cometido um enorme erro. Ainda bem, pois teriam de ir primeiro. Laylee rapidamente separou seus quatorze cadáveres em uma pilha enorme no galpão e começou a trabalhar.

Amigos, foi uma noite muito, muito longa.

Eles esfregaram corpos até seus dedos sangrarem e suas pálpebras congelarem abertas. Esfregaram até não conseguirem falar e mal conseguirem ficar em pé. Esfregaram até a mãe de Benyamin aparecer, cambaleando para perto deles, desapontada e exausta, sem nenhum voluntário acompanhando-a (receio que ninguém tenha sido convencido a ajudar). Laylee não conseguia sentar-se. Permaneceu em pé, esfregando corpos até as unhas de sua mão racharem e, cada vez que um corpo era enviado para Otherwhere, o espírito correspondente, muito envergonhado, saía da pele humana que não lhe servia e a deixava caída na neve. Só então os insetos de Benyamin desembarcavam de seu navio humano e permitiam que o corpo retomasse sua carne. Fizeram assim até todos os quatorze humanos se reunirem com sua pele, mas, mesmo depois, Laylee não conseguia parar.

Alice temia que a *mordeshoor* tivesse se revigorado só para se destruir outra vez. E, embora seus amigos lhe implorassem para parar, para diminuir o ritmo, para fazer uma pausa antes de adoecer, Laylee não hesitava, não ouvia a voz da razão e pensava que era melhor ela própria morrer em vez de viver com o peso desse fardo ou sofrer essa dor outra vez. Ela seguiu marchando, trabalhando com seus amigos – e ocasionalmente sozinha – até todos os corpos terem sido banhados e libertos.

•

Só então, meus queridos amigos, Laylee Layla Fenjoon finalmente cedeu.

Me perdoe, mas as coisas só pioram

Polígonos de luz atravessaram as copas úmidas, os troncos das árvores transpirando na alvorada brumosa. Era uma manhã fria, dourada, com o sol lançando seus raios para tocarem as gotas de orvalho. As colinas ressoavam sob seus cobertores de neve. Durante um prolongado momento, tudo era novo, intocado; os horrores da noite anterior permaneciam temporariamente esquecidos. Era aquele momento impossível entre o sono e o despertar, quando os medos ainda se encontravam cansados demais para existir, quando as responsabilidades esperavam pacientemente atrás de uma porta. Laylee relutava em perturbar essa paz, mas pegou-se mexendo; tornava-se cada vez mais consciente dos sons e arredores, e agora sabia que tinha dormido na neve. Era estranho, então, ela se sentir aquecida e pesada – como se alguém tivesse pensado em lançar um manto sobre seu corpo durante o sono. E foi só então que a *mordeshoor* percebeu que estava envolta não por cobertores, mas por insetos – dezenas de milhares de criaturazinhas de corpo rígido – que haviam pousado silenciosamente em sua pele. De alguma forma, mesmo diante dessa percepção repugnante, Laylee não conseguiu guardar seu sorriso para si. Aliás, Alice jura que viu Laylee gargalhar (e alega que foi esse som que a acordou naquela manhã), mas nossa *mordeshoor* nega veementemente.

Para nós, o ponto principal aqui é que Laylee, embora em conflito com o resultado ambivalente dos eventos da noite anterior, sentiu o fardo cruel de seus cadáveres deixar seu corpo, como se ela própria tivesse arrancado toda uma camada de pele. Sentiu uma leveza que não sentia há anos e, enquanto tomava consciência não apenas do dia começando, mas também da força saudável em seus membros, permitiu-se sentir – pelo menos por um momento – *feliz*. A noite anterior fora horrível, mas pelo menos havia chegado ao fim. Eles salvaram tantas pessoas inocentes quanto puderam de um destino excepcionalmente terrível e enviaram todos os ilustres espíritos a Otherwhere. Mas foi com uma sensação de vertigem que ela lentamente se sentou, afastando com delicadeza os insetos em suas sobrancelhas. Sentiu um chute no estômago quando pensou nas quatro vidas que não haviam salvado e, embora jamais fosse capaz de se parabenizar por suas próprias ações, conseguiu sentir-se orgulhosa de seus amigos por trabalharem tão duro para ajudá-la na noite anterior. Então, quando Alice murmurou um bom-dia todo sorridente, Laylee sentiu seu rosto se alongar de uma maneira totalmente nova, bochechas e queixo lutando para acomodar um raro sorriso que iluminou seus olhos âmbar. Laylee olhou para o céu, acenou para os pássaros de inverno que haviam se reunido, como de costume, para sua conferência matinal e permitiu-se imaginar o que faria com um dia de folga.

Foi só então que ouviu alguém chamar seu nome.

Cambaleou para ficar em pé, olhos arregalados com o som da voz de Baba, e girou para tentar vê-lo. Sentiu o coração saltar na garganta até ter certeza de que engasgaria, medo e felicidade brotando em seu interior. Baba tinha vindo.

Baba tinha vindo *para casa*.

Primeiro, ela só viu o rosto dele. Só ouviu o tamborilar em sua cabeça; só sentiu a calma impossível do ar à sua volta. Sua mente encontrava-se pesada, embaçada, tão estranha e densa que ela poderia passar os dedos nos pensamentos enquanto se arrastava na direção de Baba. Laylee queria respostas, queria ficar furiosa, queria estapeá-lo, queria abraçá-lo.

Baba estava *aqui*. E, num primeiro momento, isso era tudo o que ela via.

Laylee não questionou por que as mãos deles estavam escondidas atrás das costas. Não viu os Anciãos da Cidade reunidos atrás dele. Não sentiu Oliver puxando seu braço. Não ouviu o grito repentino de Alice. Não percebeu Benyamin e a mãe dele sumindo de seu ângulo de visão sem dizerem uma só palavra, discretos demais para enfiar o nariz nos problemas dela.

Baba estava parado diante de sua filha e, num primeiro momento, isso era tudo o que importava.

•

O que acontece em seguida é difícil de relatar.

Laylee ainda não consegue se lembrar desse momento com nenhum detalhe, então vou me empenhar para organizar o resumo mais abrangente possível:

Os Anciãos de Whichwood foram à casa de Laylee assim que o dia clareou, decididos a finalmente colocar um ponto final no trabalho da *mordeshoor*. Entenda uma coisa: para eles, o desempenho de Laylee estava muito longe de poder ser considerado um sucesso. Eles viram os eventos da noite anterior como um terrível chamado de emergência – um lembrete aterrorizante dos perigos de se depender dos *mordeshoors*. Os Anciãos há muito tempo sentiam esse incômodo, que o trabalho da *mordeshoor* era um sistema antiquado para lidar com os mortos – um ritual antigo que ainda continuava pelo simples motivo de manter a tradição. A maioria das outras terras mágicas há muito tinham deixado métodos tradicionais de despachar os mortos; haviam colocado em prática medidas novas, substituído a magia ancestral por sistemas mágicos mais modernos, afinal, os *mordeshoors* estavam perto da extinção e Laylee Layla Fenjoon – que, depois de Baba, seria a última de sua linhagem – já era amplamente considerada péssima em seu trabalho.

Os Anciãos da Cidade haviam chegado à conclusão de que alguém teria de ser considerado responsável pela tragédia da noite anterior. O que Laylee via como uma salvação difícil de uma noite terrível, a cidade via apenas como ruína. Quatro pessoas inocentes haviam morrido.

Muitas outras haviam sido arrancadas de sua pele bem diante de seus filhos, e depois insetos tomaram essas peles sem permissão; fantasmas haviam escandalizado a cidade, transformando-a em uma massa caótica; e enormes quantidades de pessoas ficaram tão traumatizadas com essa provação que tiveram de ser levadas às pressas ao hospital. As pessoas estavam indignadas e aterrorizadas – uma combinação letal para uma multidão furiosa – e, em sua raiva cega, exigiam justiça. Alguém teria de pagar pelos pecados daquela noite e Laylee, com apenas treze anos de idade, era considerada nova demais para isso.

Baba havia recebido a sentença de morte.

Os Anciãos concluíram que ele havia deixado isso acontecer. Abandonara seu posto, entregara-o à sua filha e todo o sistema entrara em colapso. Foi por culpa dele que o povo de Whichwood acabou envolvido e quatro pessoas morreram impiedosamente na rua. A culpa era de Baba por ter colocado a cidade em perigo, por ter sido tão irresponsável. E ele seria punido por isso.

Os Anciãos haviam encontrado o suposto criminoso sentado em uma árvore, comendo um maço de papel. Prenderam-no e o levaram diante da filha porque ele tinha direito a uma concessão antes de sua iminente morte: podia se despedir de seus entes queridos. Então aqui estava Baba, tão magro e desgrenhado que Laylee quase não o reconheceu, e ele a encarou, um pouco feliz, um pouco confuso, e sorriu.

Laylee fechou os olhos.

Ela não se mexia. Não respirava, não movimentava sequer os cílios.

Não falava, não chorava ou arfava ou saía do lugar onde estava. Congelou porque esperava que o mundo também congelasse, que o tempo se estilhaçasse e a esmagasse, que, se simplesmente esperasse o suficiente, essa dor seria desfeita.

– Laylee *joonam* – falou Baba. – *Azizeh delam.*

Lágrimas brotaram no coração da *mordeshoor*, em sua garganta, em seus bolsos.

– *Azizam* – repetiu Baba. – *Azizam,* por favor, olhe para mim.

Ela finalmente sentiu sua boca mexer. Seus lábios estavam secos, o maxilar latejava no crânio.

– Não – Laylee sussurrou.

Ela ouviu um som metálico – uma chave? Alguns cliques. O som distinto de algemas abrindo e fechando.

E aí...

Uma mão calorosa tocou seu rosto.

Laylee abriu os olhos, lágrimas escorriam nas maçãs do rosto. Não esboçou reação enquanto seu coração explodia em seu peito, e o pai, bem diante dela, dizia:

– Laylee, finalmente a encontrei.

– Não – ela tentou dizer.

Mas a voz não saía.

– Ela finalmente veio até mim esta manhã – contou Baba, todo gengivas e olhos brilhando. – E me falou que conversaríamos em breve.

Laylee sentiu seus membros incharem, pesados, suas veias formando nós sob a pele.

– Eu falei para você – insistiu Baba, sorrindo. – Eu falei que a encontraria, *azizam*.

Ele estava falando da Morte, obviamente. Baba tinha partido há dois anos para encontrar a Morte e jamais retornado. Era sua grande missão – encontrar a criatura responsável por levar sua esposa. E agora a Morte havia lhe prometido uma audiência, e Baba não conseguia entender por quê.

Depois disso, tudo aconteceu muito rápido.

Os Anciãos arrastaram Baba para longe, dizendo a Laylee que ela podia visitá-lo em sua cela pouco antes da execução pública, mais tarde naquela noite. Ele ficaria acorrentado diante de uma multidão enquanto uma magia muito sombria o atingiria no peito e desintegraria o coração que ainda batia em seu interior. Um procedimento simples, alegavam. *Não será muito doloroso,* disseram. E garantiram a Laylee que ele estaria morto antes do pôr do sol.

Laylee assentiu sem ter essa intenção – perguntando-se o tempo todo o que a havia levado a agir assim – e olhou para ninguém e nada enquanto sua vida se desmantelava bem diante de seus olhos. A decisão de sentenciar Baba à morte não havia simplesmente sido tomada com velocidade impressionante, sem qualquer cerimônia, mas lançada como uma emergência em favor de uma multidão furiosa demandando justiça. Isso, a execução de seu pai, foi tomado com uma suposta gentileza com Laylee, porque depois que Baba morresse, a punição dela seria muito menos severa: a jovem *mordeshoor* seria levada a julgamento por traição.

"Quando a raiva do povo for saciada com o sangue de seu pai, talvez eles estejam dispostos a ouvir a sua causa", Laylee se lembra de ter ouvido em algum momento.

Também lhe disseram que ela recebera uma oportunidade de se defender no tribunal e justificar tanto suas ações quanto a importância de sua profissão. Isso, todavia, não era garantia de nada. Se o júri decidisse a favor do povo, todo o propósito de Laylee como uma pessoa mágica se estilhaçaria e não havia nada a ser feito para evitar. Era uma cláusula – uma proteção da magia antiga – que dizia que, no caso de perigo de desastre, os resultados de um julgamento propriamente realizado poderiam revogar a antiga tradição mágica. Era um processo judicial que nunca havia parecido ameaçador.

Mas agora?

Cada centímetro do rosto de Laylee estava entorpecido.

Alice e Oliver estavam ao seu lado, segurando-a em pé e, embora os dois digam que tentaram abraçá-la, conversar com ela, oferecer palavras de conforto, Laylee alega não ter ouvido nada.

Talvez você agora esteja se perguntando por que nenhuma das crianças tentou impedir os Anciãos de levar Baba – afinal, unidos eles eram capazes de usar magias poderosas. E você está no direito de questionar. No entanto, a situação com Baba era muito mais complexa do que parecia naquele momento. Tudo aconteceu de forma tão célere – e aquela era uma revelação tão terrível – que deixou o grupo temporariamente impotente. De repente, diante de um grupo de Anciãos poderosos e furiosos, Alice e Oliver e Laylee sentiram o peso da idade – ao mesmo tempo novos demais e velhos demais. Laylee se sentiu pequena. Lembra-se de ter se sentido assustada.

Lembra-se de ter se sentado em algum lugar dentro da casa.

Lembra-se de ter entrado, de alguma forma.

Lembra-se de ouvir Maman gritando com ela.

– Onde você esteve? Andei louca de preocupação! Quem eram aquelas pessoas lá fora? Quem são essas crianças que você trouxe para dentro da nossa casa? Laylee... *Laylee*...

Lembra-se dos pássaros batendo nas janelas, de seus bicos afiados bicando descuidadosamente, e lembra-se de alguém encostando em seu peito e rasgando seu coração, e lembra-se da exaustão, de tudo se tornar uma mancha. E de mais uma coisa. Ela também se lembra de mais uma coisa...

– Ah, não! – arfou Alice, estendendo a mão para segurar o braço de Oliver.

– O que foi? – ele chiou, afastando o braço do toque dela. – Você está impedindo a minha circulação, Alice. Minha nossa...

– Pai está aqui.

Oliver Newbanks deu um salto de mais de meio metro no ar. Seu primeiro pensamento foi se esconder, mas não havia tempo. Parecia uma coincidência perfeita

Alice ter olhado pela janela precisamente no momento em que Pai passava pela porta do castelo de Laylee, mas o fato de ele estar ali estava longe de ser algo fortuito. A chegada de Pai em Whichwood só podia significar que Alice e Oliver tinham estragado tudo. A questão era que os pais de Ferenwood nunca iam buscar seus filhos no meio de um desafio – nem mesmo diante do fracasso. Era papel das crianças enfrentar seus desafios – e sozinhas. O fato de Pai ter vindo buscar Alice significava que ela estava muito, muito encrencada. (E Oliver, que tinha fugido de casa para acompanhá-la, estava prestes a ser pego e severamente punido.)

Laylee não se lembra de muita coisa depois disso.

Não se lembra de ter conhecido o pai de Alice; não se lembra das condolências ou das afirmações dele de que tinha desesperadamente tentado convencer os Anciãos de Whichwood a mudar de ideia. Não lembra da oferta do pai de Alice de levá-la embora para Ferenwood com eles.

Lembra-se de ter ficado olhando para uma parede.

Lembra-se vagamente do olhar de terror no rosto de Oliver.

Lembra-se de quando ele segurou sua mão.

Lembra-se de olhar para os dedos do garoto enquanto ele se despedia.

Não se lembra de ter visto Alice e Oliver partindo.

Não consegue se lembrar da aparência de nada naquela tarde. Conta que ficou sentada e não se movimentou nem chorou. Diz que as horas passadas à espera da morte de Baba foram as mais longas que já viveu. E, embora tenha ido visitar seu pai mais tarde, ao anoitecer, não se lembra de como seus pés a levaram até lá.

Baba não estava infeliz quando morreu.

Laylee o viu acenar para ela, viu a resignação profunda nos ombros dele. Baba estava perdido em uma conversa pouco antes de acontecer, falando animado com um espírito que ninguém além dos dois conseguia enxergar. A Morte estava ao lado dele, gentil e alta e segurando Baba bem apertado quando os olhos dele se arregalaram e, com uma arfada sufocante e repentina, ele perdeu a capacidade de falar. Só então a Morte enfim, pacientemente, respondeu a todas as perguntas do homem.

Pouco antes de terminar, Baba sorriu.

Laylee assistiu silenciosamente, rosto petrificado, quando os joelhos de seu pai cederam, seu corpo dobrando-se como uma série de portas se fechando. Ela não falou nada, nem mesmo quando sua pele parecia se virar ao avesso em agonia. Não derrubou uma única lágrima quando as pessoas vaiaram e jogaram comidas velhas no corpo falecido do homem que a criara com uma dieta de mel e poesia. Não entregou nenhuma de suas emoções quando a multidão gritou obscenidades em sua direção, enquanto avançaram em volta dela, puxando seu manto, caçoando de seus ossos, cuspindo em suas botas e em suas roupas ensanguentadas.

Ela não desperdiçaria um único momento do último dia de seu pai.

Mas Laylee se lembraria de tudo isso.

•

Pouco antes, Baba segurou a mão dela do outro lado da cela e chorou. E disse:

– Laylee, está para acontecer… ela está por perto… consegue senti-la?

– Sim, Baba – ela sussurrou, apertando os dedos dele. – Ela está ali fora.

– Você a viu? – Baba perguntou ansioso. – O que achou?

– Ela parece bondosa e muito triste – respondeu Laylee. – Mas acho que gosta de você.

O pai sorriu e sentou-se em seu banco, olhos maravilhados.

Depois disso, ninguém falou por algum tempo. Baba estava perdido em seus próprios pensamentos e Laylee apenas… perdida.

Por fim, o homem falou:

– Ela disse que me levaria à sua mãe.

Laylee ergueu o olhar.

Os olhos de Baba estavam tomados por lágrimas.

– Seria tão bom vê-la – ele admitiu, soluçando as palavras. – Os céus sabem quanto sinto saudades dela. Sinto saudades da sua mãe todos os dias.

E Laylee engoliu uma onda de dor tão insuportável que quase a deixou sem ar.

Baba não tinha sentido saudades *dela?*

Laylee passara em casa todo esse tempo (todos esses anos que ele passou longe, sem voltar), sobrevivendo em silêncio, enfrentando as dificuldades. Ela parecia não ser suficiente – sabia agora que Baba jamais a amaria tanto quanto amara sua mãe – e sentiu a dor dessa descoberta descer queimando sua garganta, as lágrimas não derramadas chamuscando o branco de seus olhos.

Ah, leitor, se você soubesse quanto Laylee o amava... Se você pudesse entender quanto ela adorava esse homem, com todos os defeitos que ele tinha, esse homem que não sabia ser pai. Ela o amava mais do que ele próprio; ela o amava por motivos nada práticos e irracionais. Ela amava, entenda, e amar era uma ação quase impossível de desfazer, e assim, com seu coração partido, ela sofreu: primeiro por si própria, pelas crianças cujos pais amavam menos que a seus companheiros, e, segundo, por Baba, pelo homem que tinha perdido seu caminho, seu ser, e o amor de sua vida cedo demais.

E aí os guardas vieram. Era chegada a hora de Baba.

Laylee o abraçou uma última vez em uma tentativa desesperada de prendê-lo aqui, neste mundo, no qual até ela própria sabia que ele não pertencia. Baba estava tão calmo. Segurou a mãozinha dela e abriu seu sorrisão composto basicamente por gengiva. Em seguida, levou a mão ao bolso e pegou seus dentes restantes.

Laylee olhou para ele.

– Se você plantar, eles crescem – foi tudo o que disse, fechando a mão para proteger o presente que entregava à filha.

No fim, os guardas foram forçados a arrastá-la para longe.

Ela não se lembra de ter gritado.

•

Agora a Morte havia caído aos joelhos dele e abraçado seus membros amolecidos como um pai que conforta uma criança – era um gesto afetuoso, cuidadoso, um abraço que implorava ao corpo para não sentir medo. Quando Laylee viu a respiração final deixar os pulmões de seu pai, congelou.

Afinal de contas, Laylee Layla Fenjoon ainda era uma *mordeshoor*. Assistiu, com a respiração suspensa, ao espírito de Baba separar-se da carne. Sabia que em breve – muito em breve – ele a seguiria de volta ao castelo, então de repente deu meia-volta, seu manto vermelho chicoteando à sua volta em um círculo perfeito, e andou de espinha ereta, ombros para trás, cabeça erguida mesmo enquanto os gritos surgiam dentro dela. E seguiu a caminho de casa.

Os Anciãos haviam prometido mandar o corpo de Baba de volta para ela, o que significava que esta noite Laylee prepararia um caixão para seu próprio pai.

Maman não havia se importado em se despedir.

Aliás, Maman não tinha dito absolutamente nada a ela depois que Baba chegara ao castelo. Ela e Baba estavam tão profundamente felizes de terem voltado a se encontrar que Laylee, que tinha aprendido a aceitar a verdade nada palatável de que seus pais amavam muito mais um ao outro do que já a tinham amado, não conseguia mais encontrar a energia necessária para se chatear. O casal finalmente estava em paz, e Laylee podia ver agora que não era que eles não *gostassem* dela – era só que a felicidade dos dois era tão enorme que sobrava pouco espaço em seus corações para os outros. Então, quando Laylee acordou no mais perfeito silêncio na manhã seguinte, ela sabia, instintivamente, que Maman havia seguido Baba a Otherwhere. O espírito em lamúrias havia ido embora – o que significava que o livro da vida de sua mãe finalmente se fechara. E a Laylee, que vivia perto demais da morte para entendê-la da maneira errada, restavam poucas desculpas para sentir raiva.

Por anos, os tumultos de Maman haviam dado a Laylee munição para se irritar, ao passo que a falta de atenção de Baba lhe rendia amplos motivos para se sentir furiosa e queixosa, e seu trabalho – o trabalho de sua vida – representava todas as oportunidades imagináveis para sentir amargura e ressentimento.

E agora?

Agora não havia fantasmas, cadáveres, pai, mãe ou amigos estranhos à sua volta, nem doenças para se preocupar. Laylee olhou para a frente e viu um vazio escuro e enorme se estendendo até o horizonte, sentiu que a imensidão desse vazio – a enormidade desse vazio – ameaçava devorá-la.

Foi então que caiu de joelhos e sentiu o peito se abrir.

O pranto rasgou seu corpo, trazendo consigo uma dor bruta, feroz, diferente de qualquer outra que ela já se permitira sentir. Laylee chorou até não conseguir respirar, até seus olhos estarem tão inchados que só lhes restava a opção de permanecerem fechados, até sua garganta queimar de tanto arfar, até as lágrimas de seu corpo acabarem. Finalmente se permitiu sentir a dor que escondera por tantos anos. Então sofreu, sofreu pela vida que tivera no passado, pela vida que perdera, pelos anos que desperdiçara sendo egocêntrica e revoltada, pelos amigos que poderia ter tido, pelo trabalho que deveria ter celebrado…

Ah, ela sentia uma falta desesperadora de tudo isso.

No final, era o peso de uma única verdade que a deixava arrasada:

Leitor, ela havia sido ingrata.

Venha comigo, vamos deixar este lugar por um tempo.

Oliver Newbanks estava inconsolável.

Alice havia tentado acalmá-lo repetidas vezes, e falhado em todas. E o fracasso dela não deve ser surpresa para ninguém, considerando que Alice vinha chorando histericamente enquanto tentava reconfortar Oliver, dizendo em meio aos soluços para ele não se preocupar. Pai também não conseguiu consolar Oliver Newbanks, pois ainda estava ocupado sentindo-se terrivelmente desapontado com os dois.

E é aqui que chegamos a mais um momento importante de nossa história.

Aqui, em um elevador subaquático que se movimentava com tanta velocidade a ponto de se tornar preocupante; aqui, onde Oliver Newbanks permanece silenciosamente sentado, cabisbaixo, mão entre as coxas. Esse elevador subaquático é novo, um segredo intencionalmente guardado e recentemente descoberto; em vez da costumeira jornada de cinco dias, dessa vez o caminho para casa levaria apenas dois. Alice e Oliver consideram até mesmo essa quantidade reduzida de tempo horrível, e os confortos modernos do brilhante meio de transporte passam despercebidos por aqueles que ocupam seu interior. Estão viajando há pouco menos de vinte e quatro horas agora e as atenções de Alice continuam focadas em suas lágrimas incessantes; Oliver, por sua vez, fechou os olhos bem apertados, sua visão turvada por raiva e mágoa; Pai, cuja idade o havia blindado dos perigos do excesso desnecessário de entusiasmo, só conseguia se forçar ocasionalmente a interromper as cenas da filha tempo suficiente para suspirar e lhe dar alguns tapinhas amigáveis em seu joelho.

Aqui fazemos um giro porque, por algum tempo, deixaremos a *mordeshoor* e seu mundo.

Não o envolverei, leitor, nos muitos detalhes privados da dor de Laylee, pois sinto que ela fez por merecer o direito de ter um pouco de privacidade. Entretanto, acho importante apontar que continuamos com nossos amigos de Ferenwood assim que deixamos Laylee para trás. Aliás, precisamente no momento em que Laylee cai de joelhos e sente seu peito rasgar, Oliver Newbanks é tomado por uma dor tão repentina que o faz dar um salto para a frente.

E aqui estamos... Ele, sentado inquieto, peito subindo e descendo, sem compreender *por que* parece que seu coração está se descosturando, que nos juntamos a ele e à sua mente.

•

Oliver Newbanks não conseguia entender o que estava acontecendo em sua vida.

Havia embarcado nessa jornada em busca de um pouco de diversão e algo mais – mas nada acontecera conforme o planejado. Aliás, tudo – do começo ao fim – acabou se transformando em uma experiência horrível, acompanhada pelo mais novo medo de Oliver: o de partir seu coração de uma maneira irreparável. O dano em questão surgiu em intervalos dolorosos e regulares, sem qualquer sinal de diminuir. As primeiras pontadas vieram no momento em que pousara os olhos em Laylee – embora naquela ocasião ele pensasse se tratar de um acaso qualquer. Logo começou a sentir-se incomodado sempre que estava junto dela, nervoso e sem equilíbrio; a partir daí, os sintomas passaram a ser mais severos. Agora, mesmo com um vasto corpo de água separando-o da *mordeshoor*, ele se sentia pior do que nunca. Sem ar. Estômago virado.

Ainda há poucas semanas, Oliver sequer sabia que ela existia.

Na primeira vez que Alice lhe contara sobre a menina que ela tinha de ajudar, pronunciara o nome de Laylee errado. Corrigindo-se, ela repetiu o nome várias vezes, até falar certo. Oliver viu-se inconscientemente imitando a ação de Alice, esfregando o nome de Laylee em sua boca, gostando do som, da forma daquela palavra.

Não esperava que ela fizesse seu coração doer.

E agora, no meio do caminho para casa e cada vez mais perdendo a cabeça, Oliver só conseguia pensar em voltar a Whichwood. Estava ansioso por chegar em casa, no mínimo para estudar uma forma de voltar a encontrar Laylee, dessa vez sozinho – sozinho –, sem a Alice chorona que, sinto que devo apontar, começara a chorar logo depois que Pai explicara com cuidado que ela havia falhado terrivelmente em seu desafio.

Oliver achava que não suportaria outras vinte e quatro horas de lágrimas de Alice.

Não que ele fosse um menino sem coração; Oliver tinha ideia de como era devastador fracassar em um desafio. Podia imaginar a humilhação que Alice enfrentaria ao chegar em casa. Ela fora arrastada de volta pelos Anciãos da Cidade por ter causado um desastre tão violento a ponto de ter que retornar à cidade acompanhada por seu próprio pai. Era além de humilhante – tratava-se de algo até então desconhecido. Oliver sentia muito por sua amiga. E, embora jamais fosse admitir em voz alta, é claro, em segredo se perguntava se alguém conseguiria sobreviver a tal nível de humilhação.

Mas havia outro lado dele, um lado que ele jamais reconheceria – que jamais consideraria verdadeiro –, que se perguntava (muito carinhosamente) se Alice não merecia tamanha vergonha. Afinal, era verdade que ela poderia ter se saído muito melhor. Que ela *deveria* ter sido melhor.

Alice havia feito praticamente tudo errado.

– Quando você sai vencedora de uma Entrega, recebe um cinco, a nota mais alta, o que significa que é considerado o mais capaz do seu ano – Pai explicara anteriormente. Agora, dizia apenas a Alice: – Ganhar cinco, como você ganhou, significa que seu desafio é muito mais complicado do que o de seus colegas.

– Eu sei – respondeu Alice apressadamente. – E foi, Pai...

Pai negou com a cabeça.

– *Muito* mais complicado, Alice. Dar banho em defuntos, repor uma quantidade de magia perdida... – Ele acenou com a mão. – Essas são tarefas difíceis, é verdade, mas consideravelmente simples. Não existe nenhuma nuance nessas ações, são só repetições. Esperava-se que você pensasse com mais complexidade, meu amor.

Alice piscou para ele.

– Você solucionou o problema óbvio – Pai prosseguiu, falando com cuidado. – Escolheu a solução fácil.

– Mas, Pai... – Alice retrucou. – Não foi fácil... Passamos um bom tempo sem nem saber que ela estava doente.

Pai negou outra vez com a cabeça.

– Foi um teste, minha querida. – E, com a tristeza estampada nos olhos, sorriu. – Você escolheria um problema que suas mãos solucionariam facilmente? Ou reconheceria a ilusão colocada diante de você como o que ela realmente era, uma distração e nada mais?

– Mas ela estava morrendo – Alice respondeu desesperada, sem fôlego. – Eu tinha que evitar a morte dela, não tinha? Ou então eu não conseguiria ajudar de maneira nenhuma!

– Minha doce filha, você não vê? – Pai segurou a mão

de Alice. – Sempre existiram *duas* partes no processo de cura da garota.

Alice passou algum tempo em silêncio. Finalmente sussurrou:

– Não, Pai, eu não entendo.

Foi só então que Oliver, que já não suportava mais a situação, interveio (com tom de raiva) e falou:

– Laylee precisava de cor, sim, mas também precisava de um amigo, Alice. Precisava de ajuda *de verdade,* e não de uma solução temporária.

Alice virou-se para ele, olhos avermelhados de tanto chorar, e falou:

– Eu pensei que... eu... eu pensei que estivesse ajudando Laylee.

Pai falou com compaixão:

– O que você fez por Laylee só levou algumas horas; nesse curto período, você criou uma solução temporária para um problema muito maior. E, ao ignorar o problema maior, involuntariamente estimulou o colapso de toda a vida da garota. – Pai suspirou ao falar, fechando os olhos em profunda exaustão. – Quando enviamos nossas crianças para cumprirem um desafio, esperamos que elas realizem um trabalho que leva muito mais do que algumas horas, Alice. A expectativa é que elas passem muitos meses fora. Temos a expectativa de que seu trabalho seja realmente restaurador, esperamos que elas derramem uma bondade duradoura sobre a pessoa ou o lugar a que foram enviadas para ajudar. Laylee teria se curado, em um ritmo muito mais lento, mas de modo permanente, se você ajudasse a tirar aquele peso dela um pouquinho mais a cada dia. Com você ali, ao lado dela, talvez Laylee tivesse aprendido a diminuir o ritmo, a fazer pausas, a se defender das pessoas que tiravam vantagem dela, até finalmente diminuir o ritmo da doença que se espalhava por seu corpo. – Pai hesitou, estudou a filha. – Está entendendo, minha Alice? Os Anciãos reconheceram *dois* grandes talentos em você: um é o seu dom com as cores, sim, mas o outro era o seu coração.

– Meu coração?

Pai sorriu.

– Sim, meu amor. O seu coração. Os Anciãos perceberam a sua amizade crescente e complicada com Oliver. – Pai olhou direto para Oliver antes de prosseguir: – Que, perdoe-me dizer, tem uma personalidade um tanto complicada...

Oliver franziu a testa; Pai continuou:

– Eles acharam essa amizade muito interessante. Vocês dois construíram uma relação mesmo diante de um pano de fundo turbulento, composto pelo mundo confuso e complicado de Furthermore, um mundo conhecido em grande parte por afastar as pessoas umas das outras. O fato de terem conseguido criar algo tão bonito em meio a tanta loucura é realmente admirável. E, acima de tudo, todos nós esperávamos que você conseguisse fazer a mesma coisa com Laylee. Seu desafio sempre foi curá-la de dois jeitos: com as mãos *e* com o coração. Você devia ter ganhado a confiança da *mordeshoor* e ter se tornado uma amiga com quem no futuro ela pudesse contar, curando-a de dentro para fora. No fim, o tempo e a compaixão são os presentes mais valiosos para uma pessoa que está sofrendo, filha. É verdade que você a deixou com um corpo saudável, mas o espírito de Laylee agora está mais atormentado do que nunca.

E Alice, com vergonha de si mesma e medo de seu futuro, não tinha parado de chorar, nem mesmo para responder.

•

Alice e Oliver passaram o resto da viagem para casa em silêncio. Ele tentou abafar os lamentos dela com os rugidos de seus próprios arrependimentos – e até conseguiu por algum tempo. Porém, ainda enquanto se preparava para enfrentar mais uma onda de dor, perguntou-se, com crescente agitação, se algum dia se perdoaria pelo que fizera.

Precisava encontrar um jeito de corrigir os erros.

Oliver Newbanks reconhecia que era tão culpado quanto a própria Alice. Sabia que tivera um papel crítico no que ocorrera com Laylee e não conseguia afastar esses medos de seu cérebro. Afinal de contas, foi por causa deles que os espíritos de Laylee acabaram livres. Se ele e

Alice nunca tivessem aparecido no castelo, a *mordeshoor* jamais teria abandonado seus fantasmas – jamais teria ido à Yalda. Mesmo assim, as habilidades deles poderiam tê-la ajudado mais. Se o grupo tivesse permanecido no castelo, se não tivessem sido tão egoístas e impacientes, se tivessem ouvido Laylee quando ela finalmente reuniu a coragem necessária para pedir ajuda...

Ah, Oliver jamais se perdoaria.

Ele teve a chance de evitar que tudo aquilo acontecesse. O grupo teve a chance de trabalhar incansavelmente naquelas primeiras noites para despachar os mortos. Eles poderiam ter afastado a possibilidade de as almas furiosas buscarem vingança. Poderiam ter sido mais compreensivos com as necessidades da vida de Laylee.

Quem me dera, Oliver repetia várias vezes para si próprio. *Quem me dera.*

Foi por culpa deles que o pai de Laylee morrera. Por culpa deles ela estava prestes a perder tudo. Oliver e Alice forçaram-se a entrar na vida de Laylee e arruinaram tudo o que importava para ela. E é claro que ele jamais se perdoaria...

Mas e se *Laylee* o perdoasse?

Ainda era primavera em Ferenwood.

Como sempre, a primavera era a estação da cerimônia anual da Entrega e, como Alice e Oliver não tinham ficado muito tempo longe (os leitores mais atentos notarão que o tempo passa igualmente em Ferenwood e Whichwood, apesar de as estações serem distintas), os dois voltaram para casa e se depararam com o frescor primaveril ainda intacto. Foi um choque, de verdade, essa transição abrupta entre inverno e primavera, e os amigos precisaram de algum tempo para se acostumar.

Quando os três desembarcaram do elevador no limite da cidade, foram recepcionados por um público de Anciãos furiosos, cujas expressões severas diziam tudo o que Alice e Oliver precisavam saber. Os Anciãos falavam alto e com raiva, gesticulando para dar mais efeito aos graves pronunciamentos de decepção. E terminaram tudo entregando a Alice e Oliver um envelope selado, contendo os detalhes da audiência oficial da qual os dois teriam de participar. Aparentemente os amigos haviam desrespeitado vários decretos mágicos e teriam de comparecer diante de um juiz que decidiria a punição adequada. Nada sério demais, é claro – eles ainda eram menores de idade. Talvez algumas semanas de serviço comunitário ou algo do tipo.

Visivelmente envergonhada, Alice chorou e abraçou seu pai.

Oliver não conseguia dar a mínima.

Ele recebeu dos Anciãos instruções para voltar imediatamente para casa, onde seus pais certamente lhe dariam uma punição severa. E quase gargalhou. Oliver tinha a magia da *persuasão* – não era punido desde que aprendera a falar.

A mãe de Alice permanecia parada em silêncio, e Oliver viu-se sozinho quando Pai e a garota se separaram dele para encontrá-la. Ele há muito havia destruído qualquer esperança de ter um relacionamento saudável com sua família, afinal, frequentemente distorcia a mente das pessoas com seu dom. Tinha descoberto sua magia quando era novo e imaturo demais e a usado contra seus pais sempre que considerava propício – confundindo-os durante semanas para ser capaz de fazer o que quisesse. No ano passado, Alice o ajudara a reconhecer o erro em seu modo de agir, e Oliver finalmente confessara tudo à sua família na esperança de reparar os danos. Infelizmente, seus pais passaram a sentir medo dele, e a conversa foi difícil. Oliver sabia que precisaria de muito tempo para recuperar a confiança.

Agora seus pais mantinham uma distância educada do único filho; ainda o estavam conhecendo – ainda redescobrindo a relação entre eles. De muitas maneiras,

Oliver, aos quatorze anos, era um verdadeiro estranho para seus próprios pais. E era essa fonte de arrependimento profundo e terrível que evitava que nosso amigo usasse sua magia tanto quanto a usara no passado.

O menino suspirou, enfiou a mão no bolso e fechou a cara enquanto acenava um tchau para Alice, que ainda chorava. Voltaria a entrar em contato com ela em breve, tinha certeza disso, mas não conseguia não pensar em como ela seria punida por seu fracasso. Por ora, era melhor cada um seguir seu caminho.

E assim fizeram.

Oliver baixou a cabeça ao andar, ombros tensos e curvados, e não conseguiu dar a mínima para como era linda a terra na qual vivia. A grama alta dançava em volta de suas pernas conforme ele andava, estremecendo a cada toque das plantas, afastando-se; borboletas voavam em volta de seus dedos, mas, resmungando, ele as afastava; o sol brilhava alto e alegre e caloroso e Oliver, irritado, murmurou uma palavra muito feia. Jamais havia sentido tanta saudade do frio.

A primavera não combinava com seu estado de espírito.

Logo se viu irritado com tudo – com os sons calmantes dos rios ali perto, as flores alegres que o flanqueavam, as folhas viçosas das árvores distantes balançando distraídas ao vento. Pegou-se espantando um pássaro enorme que pousara em seu ombro, gritando com a pobre criatura tão repentinamente que o bichinho saiu voando apressado, as garras prendendo e rasgando a camiseta. Oliver não costumava ser tão grosseiro com o mundo, tampouco costumava ser visto sem um sorriso estampado no rosto.

Mas Whichwood o havia enfeitiçado e, agora que estava de volta à sua terra, queria, mais uma vez, fugir.

Ferenwood jamais fora o lugar perfeito para ele. Sempre fora um tiquinho pequena demais para seu espírito – não tão desconfortável a ponto de ser insuportável, mas tampouco confortável o bastante para satisfazê-lo constantemente. Oliver estreitou os olhos para o cenário idílico de Ferenwood. Era uma bela cidade, verdade seja dita. Previsivelmente bela. Mas Oliver estava cansado das pessoas boazinhas e de sua gentileza infinita. Havia passado anos incomodado por um sussurro incessante que lhe implorava para explorar lugares extraordinários, buscar a complexidade das pessoas e dos espaços – e era precisamente por esse motivo que ele adorava tanto Furthermore.* Oliver queria se perder de propósito. Queria ter conversas desconcertantes com estrangeiros, queria aprender novas línguas e mais sobre pratos dos quais nunca tinha ouvido falar e... bem, a verdade era que ele não se sentia como Alice em relação a Ferenwood. Alice adorava com toda a sua alma a cidade. Era uma menina de

* Você deve se lembrar de que comentei anteriormente que Furthermore é o nome de outra terra mágica, explorada no livro anterior – *Além da Magia* –, a terra que nos apresenta a Alice e Oliver e ao surgimento tumultuado da amizade dos dois.

Ferenwood dos pés à cabeça e seria feliz ali, naquela terra colorida, pelo resto da vida.

Entretanto, Oliver queria mais.

Ele sentia saudade de Whichwood – e, em particular de uma garota –, uma saudade dolorida. E Oliver Newbanks, que não tinha a menor ideia de como fazer para voltar para lá ou para ela (afinal, o acesso aos elevadores subaquáticos era reservado aos Anciãos), jamais, em toda a sua vida, estivera com um humor tão ruim.*

* Contei essa parte da história a Laylee várias vezes, e ela nunca se cansou de ouvir. Se eu não soubesse de nada, poderia jurar que nossa amiga sente um orgulho secreto de ter inspirado tamanho mal-estar em Oliver, que, de modo geral, era um personagem alegre. Mas é claro que Laylee nega.

Casa é uma palavra um tanto peculiar.

Oliver nunca deu a devida importância a ela, mas lá estava sua casa, esperando-o ao longe. Seguiu seu caminho com passos pesados, bufando. Nem momentos depois de entrar na silenciosa morada e acenar para seus pais, que esperavam calmamente na cozinha, tomando chá de framboesa e lendo o jornal local…

A manchete era VACA DA CIDADE FICA PRESA EM SEU PRÓPRIO ESTERCO

… Oliver se fechou em seu quarto, lançou-se na cama e pressionou os olhos com as mãos trêmulas.

Sentia raiva e nojo; sentia-se um total estranho. Sentia… Sentia… como é que chama? Essa sensação?

Oliver jamais estivera tão chateado, tão frustrado, tão impotente em toda a sua vida. Detestava as limitações de seu corpo jovem, odiava depender de seus pais e de um sistema desenhado para prendê-lo. Sentia que a qualquer momento poderia explodir, como se seu corpo guardasse galáxias que ninguém jamais veria, como se tivesse sido privado de um dos maiores segredos da vida e esse segredo tivesse sido mantido dentro dele. O que era isso, essa sensibilidade em seus ossos? Esse terremoto rasgando o peito para abrir espaço para um coração novo e maior? Oliver não sabia que o que sentia agora era o começo de algo maior do que ele próprio. Só sabia, com uma clareza repentina e perfurante, que nunca mais seria o mesmo.

O que estava *acontecendo* com ele?

Oliver ainda não tinha como saber – se tivesse, eu me pergunto se pensaria em rever todos os seus conceitos –, mas o pobrezinho faria a si mesmo essa pergunta nada menos do que mil vezes ao longo dos próximos quatro anos. Esse seria o tempo necessário para ele convencer Laylee Layla Fenjoon a dar um único passo sério em sua direção. Seriam quatro anos para ela vê-lo como ele queria que ela o visse, quatro anos antes de Laylee sorrir e dizer, sem falar nada, que o amava.

Ele esperaria quatro anos pelo momento que durou não mais do que cinco segundos; um momento que mudaria o curso de toda a sua vida.

Contudo, por enquanto, Oliver só tinha quatorze anos.

E, neste momento, havia um pássaro batendo em sua janela.

Era o mesmo pássaro enorme que tentara pousar em seu ombro e que rasgara sua camiseta. O garoto reconheceu as penas roxas iridescentes e o longo bico branco, mas só porque reconheceu o pássaro não queria dizer que não teria de ser cauteloso. Oliver não tinha a menor ideia de por que uma ave batia em sua janela – para ele, essa não era uma prática comum dos pássaros ferenwoodianos, entretanto, sua curiosidade o convenceu.

Relutante, aproximou-se da única janela do quarto e encostou a mão no vidro.

– O que você quer? – perguntou.

O pássaro só batia.

– O que foi? – sussurrou.

Mais uma vez, a ave bateu o bico no vidro.

Frustrado, Oliver abriu a janela com violência, pronto para expulsar o animal, mas foi abordado por um enxame de aranhas. O que acontece em seguida vai entrar para a história como uma das experiências mais aterrorizantes da vida de nosso personagem – e isso nem ele próprio nega. No tempo que Oliver precisou para se preparar para gritar ("eu não ia gritar", é o que ele me diz), cem aranhas já haviam tecido uma série de teias em volta de sua cabeça, fazendo-o ficar calado. Oliver pensou que morreria de medo. Tentou chamar ajuda, mas foi em vão. Batia os braços para tentar derrubar as aranhas, mas elas eram muitas. E agora que ele se encontrava perfeitamente sem voz, o restante dos aracnídeos sentia-se livre para prender seus braços e pernas. Só depois que seus membros estavam totalmente presos as aranhas ergueram o corpo em suas costas e atravessaram a janela, então o pássaro de penas roxas o agarrou e bateu as asas a caminho do mar.

Para deixar claro: simplesmente não é verdade que Alice Alexis Queensmeadow passou as quarenta e oito horas da viagem até sua casa chorando histericamente. Oliver, Alice me garantiu, havia exagerado grosseiramente ao descrever os fatos. Ela chorou, é verdade, mas não chegou a perder o controle de suas faculdades. Aliás, justamente o oposto.

Alice passou o tempo *pensando*.

Claro, os leitores que se lembram das aventuras de Alice em Furthermore (em *Além da Magia*) vão concordar que não estamos falando de uma garota que aceita a submissão facilmente. Claro que não. Alice tinha um coração de seda e uma espinha de aço; suas lágrimas não a tornavam incapaz de chutar os dentes de alguém, se assim fosse necessário. E agora, mais incomodada e mais determinada do que nunca, ela sabia que precisava encontrar uma maneira de acertar as coisas para Laylee. Precisava voltar a Whichwood... Mas como?

Ainda era de manhã, mas seus pais já a haviam mandado direto para o quarto e a proibido de sair, exceto para refeições e visitas ao banheiro. Ela deveria ficar sentada lá, no pequeno quarto que dividia com seus três irmãos mais novos (que agora estavam na escola) e pensar no que tinha feito.

Bem, ela já havia pensado. E agora se tornava mais impaciente a cada segundo.

A casa de Alice, assim como a de Benyamin, sem dúvida era pequena – aliás, tão minúscula que ela temia que um barulho inesperado pudesse chegar ao cômodo adjacente e alertar seus pais de suas intenções obstinadas –, então Alice passou esses últimos vários minutos envolvida em seu esforço hercúleo para permanecer sentada e parada. Sentada sobre as mãos, contava os segundos, murmurando os números, permanecendo parada apenas tempo suficiente para enganar seus pais e fazê-los acreditar que tudo estava sob controle. Só depois de um período considerável de silêncio ela cuidadosamente – com muito cuidado mesmo – foi na ponta dos pés até a porta do quarto e encostou a orelha na madeira, tentando ouvir a voz de seus pais. Quando teve certeza de que eles estavam bem distantes, levou a mão ao bolso e puxou a coisinha que clandestinamente estava ali.

Haftpa, a aranha de sete patas, empoleirou-se toda orgulhosa na palma de sua mão.

– Olá, meu amigo – Alice sussurrou, sorrindo.

Haftpa acenou com uma de suas pernas.

– Ele já chegou? – ela perguntou bem baixinho.

Haftpa começou a saltitar na mão da garota.

– Isso é um sim? – Alice indagou. – Você sabe onde ele está?

Mais uma vez, Haftpa deu pulinhos.

– Está bem, então – falou a menina. – Vou fazer minhas malas, um truquezinho de mágica e estaremos prontos para partir. Você vai ficar aqui por perto, não vai?

A aranha-pavão pulou um pouco mais, superfeliz, para dizer que sim. Haftpa tinha aprendido a adorar essa menina pálida no pouco tempo que a conhecia, e jamais se sentira tão animado de exercer um papel tão fundamental em uma aventura. Então foi com uma pressa feliz que ele se arrastou pelo braço de Alice, passando pelo cotovelo, pelo ombro e chegando ao pescoço antes de se instalar confortavelmente atrás da orelha.

Agora devemos apontar que Alice não *queria* usar sua magia contra seus pais. Via de regra, era uma menina muito obediente, que amava a família (e seu pai em especial) com uma abundância emocional incomum para pessoinhas de treze anos. Contudo, sentia que a situação a havia deixado sem escolha. Precisava ir embora de Ferenwood imediatamente, e Pai jamais permitiria isso. Depois, disse a si mesma, aceitaria satisfeita uma pesada punição por seus delitos – mas, por ora, tinha de tomar uma decisão, e um simples movimento de sua mente era o suficiente para fazer o truque.

De repente, tudo ficou preto.

A capacidade de Alice de manipular e manifestar as cores era impressionante de uma infinidade de formas, mas seu talento talvez fosse mais extraordinário quando ela o usava para diminuir a pigmentação do mundo à sua volta. Ainda agora, a menina arrancou todas as cores de sua casa – e do corpo de seus pais – mergulhando o mundo de todos eles no mais pesado tom de preto. Seus pais saberiam o que ela tinha feito, obviamente, mas era a distração necessária para ela pegar a mochila, passar pela porta e ouvir as vozes frenéticas de sua mãe e seu pai gritando para ela voltar *aqui imediatamente, mocinha!*

Quando desfez sua mágica, Alice já estava bem longe.

Sinto a necessidade de dar uma explicação.

Na manhã em que fora forçada a deixar Whichwood, Alice Alexis Queensmeadow (e seu companheiro de confiança, Benyamin Felankasak) já tinha começado a colocar em prática um plano B. A mãe de Benyamin tentou (e *tentar* é o termo fundamental aqui) arrastar seu filho para longe da cena emotiva matinal assim que percebeu o que estava acontecendo – Madarjoon acreditava que Laylee merecia um pouco de privacidade. Mas Benyamin, que se sentiu horrorizado e triste com tudo o que ouviu, não conseguiu se distanciar. Por fim, comprometeu-se a ficar longe o bastante – andando de um lado a outro na floresta nos arredores da casa de Laylee –, na esperança de ser útil caso alguém precisasse de sua ajuda. Foi *ele* quem arranjou a coincidência perfeita ao jogar uma pedra na janela de Laylee para alertar Alice da presença de Pai.

Alice correu até a janela e viu Pai e Benyamin exatamente no mesmo instante e, embora uma sabedoria inerente a alertasse para não dizer que conhecia seu amigo, ela o olhou nos olhos e pressionou um dedo sobre os lábios antes de desaparecer outra vez dentro do castelo, pensando rapidamente no que fazer. Na loucura e caos que logo se seguiram, a menina conseguiu escapulir do castelo apenas tempo suficiente para segurar o braço de Benyamin e sussurrar:

– Você pode viajar a Ferenwood pela água. Vá nos encontrar.

Benyamin imediatamente entendeu a mensagem e entregou a Alice seu grande sentinela, Haftpa, sem dar nenhuma explicação. Era um ato de confiança implícito, que ela e a aranha entenderiam.

– A gente se encontra em breve – o garoto falou na ocasião.

E agora aqui estava Alice, correndo pela floresta, com Haftpa instalado atrás de sua orelha. E a ela só restava a esperança de encontrar Benyamin. Alice havia corrido sem pensar, sabendo apenas que precisava se distanciar, ficar longe de sua casa, e rápido – e foi só quando se viu parada em uma área da floresta que não conhecia que finalmente falou. Com respiração ofegante e peito arfando, encostou-se a uma árvore e disse:

– O que eu faço agora, Haftpa?

Nesse exato momento, um pássaro pousou para encontrá-la.

Era uma ave grande e linda, com uma plumagem violeta que brilhava à luz do sol. Alice sabia que

Haftpa podia conversar com outras criaturas, então se perguntou, enquanto a aranha batia suas patas levemente na orelha dela, se agora ele estaria se comunicando com aquele pássaro. Não demorou para descobrir a resposta. A ave se abaixou e bateu o bico em resposta a uma convocação silenciosa. E, de repente, sem qualquer aviso, alçou voo, levando Alice em suas garras, avançando sem qualquer esforço pelo céu.

Oliver Newbanks foi solto sem nenhum aviso e caiu no chão com uma pancada retumbante, repuxando-se em todas as direções enquanto tentava se libertar da forte teia de aranha presa em sua boca e articulações. Havia caído de barriga, com o rosto enterrado na grama, então, ao sentir o frio de uma lâmina contra sua pele, não teve como saber se era um amigo ou inimigo em cima dele.

Mas devia ter imaginado.

Alice Alexis Queensmeadow cortou as teias, libertou Oliver e o ajudou a se levantar. Compreensivelmente, o garoto estava abalado e precisou de um minuto para se recuperar e entender o que estava acontecendo. Foi somente quando viu Benyamin parado a alguns metros que finalmente conseguiu juntar as peças do quebra-cabeça.

– Oi, Oliver – Alice acenou com o canivete, seus olhos pedindo desculpas por todo o incômodo.

E, enquanto Oliver acenava em resposta e seus olhos avaliavam o corpo sem ferimentos e o comportamento calmo de sua amiga, algo lhe ocorreu.

– Ei! – gritou Oliver, virando-se para Benyamin. – Por que você não fez a sua aranha amarrar ela *também?*

Por que só eu?

Benyamin pareceu surpreso.

– Bem – começou a responder. – Na verdade, foi uma decisão tomada em grupo. E achamos que você não viria por vontade própria.

– O quê?! – exclamou Oliver, igualmente surpreso. – Por que não?

– Você, bem... você parecia irritado comigo – Alice falou baixinho, dando um passo adiante. – Não quis conversar no caminho de volta para casa. Não disse nada quando chegamos. Nem se despediu ao ir embora...

– Eu acenei.

– E pensei que... pensei que talvez me odiasse pelo que eu tinha feito.

– *Odiar você?!* – retrucou Oliver. – Não, Alice, eu não... – Sua voz falhou e ele deslizou a mão por seus cabelos prateados. Enfim admitiu: – Você é a minha melhor amiga. Não tenho como odiar você.

– Mas você nem olhou para mim.

Oliver engoliu em seco.

– Desculpa – falou Alice com uma voz fraquinha. – Você não tem ideia de como eu sinto muito. Não só por magoar Laylee, mas por magoar *você*. Eu notei que se importa muito com ela.

Oliver então ergueu o rosto. Espantado.

– Ah, você não devia estar surpreso – intrometeu-se Benyamin, virando os olhos. – A sua paixão é óbvia para todo mundo.

As bochechas de Oliver foram tomadas por um vermelho forte e nada lisonjeiro.

– Mas você não... – Raspou a garganta. – Você não acha que é óbvio para ela, acha?

Benyamin parecia prestes a dar risada.

– Acho que ela tem andado um pouco preocupada.

– Entendi – anuiu Oliver, quase expirando a palavra.

– Mas, enfim... – Alice bateu as mãos para chamar a atenção. – O que quero deixar claro aqui é que vamos dar um jeito na vida de Laylee. Benyamin está aqui para nos levar de volta ao castelo.

– Sério? – Oliver parecia impressionado, espantado. – Como? Espere aí... como foi que você veio parar *aqui?*

E Benyamin sorriu.

•

Eles estavam agora na beirada de um precipício em uma área remota da cidade. Em volta do grupo não havia nada além da vegetação densa, árvores de copa exuberante e flores que atingiam a altura do joelho. Era uma parte inabitada de Ferenwood pelo simples motivo de que era muito perigosa de se habitar. Não havia nenhuma barreira cercando a queda íngreme – a cidade ainda fazia planos de ocupar a área – e os avisos em todos os lugares deixava claro aos transgressores para se afastarem do precipício. Aqui, a água batia rápida e pesada contra a encosta; essa saída seria muito diferente da via tranquila pela qual eles haviam entrado naquela manhã. O elevador subaquático que haviam tomado com Pai lhes permitira desembarcar em águas muito mais calmas, bem perto do centro da cidade. Mas, aqui? Bem, Oliver não sabia se eles sobreviveriam ao salto. A queda tinha pelo menos trezentos metros.

Ainda mais preocupante, todavia, era o plano bolado por Alice.

Ela e Benyamin haviam esboçado suas ideias em algumas frases curtas, contudo, Oliver continuava preocupado.

– Ainda não entendi como vocês vão fazer para aparecer no tribunal e criar uma imagem que poderia salvar o trabalho dela – Oliver admitiu a Alice. – Como isso poderia ser suficiente?

– Não vai ser uma imagem, Oliver – Alice falou pelo que parecia ser a enésima vez. – Vai ser uma *imagem viva*.

– Mas...

– Não se preocupe, eu trouxe meus pincéis e todo o resto. Pai me ensinou a me concentrar e a refinar as cores que vejo.

Oliver suspirou antes de dizer:

– Sim, eu sei e fico feliz por você ter progredido, mas é só que... bem... nosso plano é ajudar Laylee a continuar sendo uma *mordeshoor*, certo?

Alice assentiu.

– Então o meu tipo de magia não seria mais adequado para a situação? Não poderíamos usar as minhas palavras contra eles? Algo para convencê-los?

Dessa vez, foi Benyamin quem acenou uma negação.

– O efeito da sua magia é temporário. Você teria de voltar a convencer cada membro do júri diariamente pelo resto da sua vida. Não, não, precisamos de uma solução permanente, definitiva. – Benyamin começou a andar de um lado a outro. – Já Alice pintar uma imagem mostrando o que exatamente Laylee faz pode mudar tudo. Os habitantes de Whichwood, entenda, não têm a menor ideia do que Laylee faz pelos mortos. Existem alguns rumores, é claro, algumas histórias antigas, mas nosso povo não tem a menor ideia do quão complexo, delicado e desgastante o trabalho dela é, nem dos muitos passos envolvidos.

– Como pode isso? – indagou Oliver, impressionado. – Ela é um membro fundamental da sua sociedade. O trabalho de Laylee é inestimável para a *existência*.

– Olha, para dizer a verdade, é muito simples: eles não devem saber. – Benyamin encolheu os ombros. – A magia de Laylee é realizada exclusivamente para os mortos, e sua casa é protegida por uma antiga magia *mordeshoor* que a isola do mundo. A não ser que esteja lá para ajudá-la no trabalho, nenhum civil pode permanecer. É claro que os voluntários são bem-vindos na casa de um *mordeshoor*, mas, como vocês bem sabem, voluntários são difíceis de encontrar, então as pessoas ignoram tranquilamente o sofrimento dela.

– Certo – falou Alice antes de respirar fundo. – Então, nosso plano é defender o trabalho de Laylee mostrando ao povo de Whichwood o que exatamente ela faz. Queremos que eles saibam o quanto ela se importa, que, com amor, transporta os corpos de seus antes queridos para Otherwhere e que nenhuma magia fria moderna honraria os mortos como um *mordeshoor* honra.

– Exato – concordou Benyamin, que sorria para Alice. – Se não temos como apelar à mente deles, vamos apelar aos corações.

Alice sorriu para ele enquanto puxava três enormes pincéis da mochila. E falou:

– Então, vou pintar uma linda história para eles. Benyamin vai narrar.

– E eu, o que vou fazer? – perguntou Oliver de braços cruzados.

–Você... – respondeu Alice. –Você vai convencê-los a ficarem sentadinhos e nos ouvir.

•

Agora o menino dos insetos olhava os dois de cima a baixo.

– Prontos para começar?

– Espere – pediu Oliver, virando-se para Alice. – O seu pai sabe que você não está em casa?

Alice fez que não com a cabeça, parecendo nervosa pela primeira vez, e esclareceu:

– Eu escapei. Mas, contanto que eu consiga dar um jeito nessa situação, sei que Pai vai me perdoar quando eu voltar para casa.

Oliver conseguia ver a determinação nos olhos dela. Conhecia Alice bem o suficiente para saber que ela não seria dissuadida.

– Está bem – concordou.

Ela assentiu.

–Vamos.

Benyamin fez uma breve reverência para ela. Quando voltou a erguer a cabeça, colocou dois dedos na boca e assobiou alta e demoradamente. Logo os pássaros estavam de volta.

Grasnando pelo caminho, três enormes aves roxas pegaram Alice, Oliver e Benyamin pela nuca, erguendo-os ao céu. As aves voaram em círculo pelo mar aberto por apenas alguns segundos antes de as águas serem pontilhadas por redemoinhos repentinos e violentos, seguidos por um corpo cintilante tão enorme que as crianças nem conseguiam imaginar o tamanho.

Oliver ouviu Alice arquejar quando a baleia abriu a boca enorme e, um a um, os pássaros os jogaram ali dentro.

•

Devemos apontar aqui que as baleias não costumam ser criaturas rápidas. Não são lentas, não, mas se deslocam muito mais devagar do que, por exemplo, qualquer tipo de trem ou elevador subaquático, isso é certo. E, em qualquer outro cenário, contar com uma baleia enorme e um bocado lenta como principal meio de transporte (quando se tem pressa) pode não ser exatamente um golpe de inteligência. Todavia, Benyamin havia demorado apenas duas horas para chegar de baleia a Ferenwood (vamos recordar que mesmo as engenhocas subaquáticas mais avançadas e rápidas demoravam dois dias) e aqui está o motivo disso:

Os membros mágicos da comunidade subaquática (sobre quem nossos corajosos protagonistas um dia descobririam mais) haviam usado seus dons para construir caminhos e túneis que davam acesso mais rápido a várias partes do mundo. Esses caminhos eram acessíveis a todos os habitantes nativos do mar – incluindo animais mágicos e não mágicos. A época em que vivemos e a perspectiva que temos nos dá o privilégio de ter essa informação agora, mas foi sem entender como exatamente essa magia funcionava que Benyamin aprendera, com sua mãe, que era capaz de levar seus amigos de volta a Whichwood de modo rápido.

De todo modo, receio que essa explicação seja interessante apenas para nós. Alice e Oliver estavam contentes e/ou distraídos demais para levantar qualquer questionamento sobre seu meio de transporte. Estavam apenas felizes por terem recebido uma segunda chance de reparar as coisas.

Agora, onde estávamos?

Laylee vagava pelos corredores vazios do castelo, onde qualquer ruído ecoava.

A poeira dançava, suspensa em golpes de luz, enquanto a *mordeshoor* andava de um lado a outro pelos carpetes, as imagens do dia embaçando-se ao passar por vitrais antigos espalhados pelas paredes. A garota ouvia o gorgolejar da água em um rio recém-surgido com a neve que derretia sob o sol da tarde. Parou e escutou atentamente, seu coração acelerando ao perceber o quanto estava sozinha. Que curioso. Laylee sempre esteve sozinha, mas nunca havia se sentido realmente solitária até agora. Olhou para as mãos saudáveis e bronzeadas, tocou as bochechas maleáveis e calorosas e contou nos dedos o quanto perdera em sua busca por viver:

Pai e mãe…

Três amigos…

Um trabalho…

A menina não sabia mais o que fazer.

Iria a julgamento em exatamente dezenove horas e, até lá, estava em prisão domiciliar. Precisamente às nove horas da manhã seguinte, seria buscada, algemada e levada ao tribunal. Até lá, estava fisicamente limitada por uma magia severa à prisão das paredes de sua casa. Ainda pior: não tinha autorização para trabalhar. Os Anciãos haviam proibido todos os cidadãos de enviarem seus mortos a ela; em vez disso, a cidade guardaria qualquer um que morresse em uma câmara segura até o destino de Laylee ser decidido. Só então (caso ela fosse julgada culpada) tomariam novas medidas para lidar com os cadáveres. Parecia um plano bastante lógico para enfrentar as especificidades da condição única de Laylee, mas ela já começava a se preocupar.

Só nos últimos três dias, seis pessoas haviam morrido, e Laylee de alguma forma sabia disso.

Sentia essa verdade sem a necessidade de palavras para articular o motivo. Quando um espírito se separava do corpo, o espectro parecia cantar para ela. Jamais havia sido mantida longe dos espíritos, então essa sensação era nova, mas a *mordeshoor* podia senti-los – cada espírito como um braço ou uma perna fantasma, talvez como um segundo coração batendo em seu peito. Podia praticamente estender a mão e curvar os dedos em volta do sentimento, sabendo, mesmo sem entender, que os mortos a chamavam, lançavam-se dolorosamente contra a magia que os repelia da casa dela. Não sabia disso quando seu destino mudara – quando foi exatamente que começou a amar seus fantasmas, mesmo ciente de que eles eram malvados e adoravam aprontar. Contudo, a garota sabia que seu papel era o de cuidadora e, a despeito das muitas queixas sobre seu trabalho, sempre entendeu, no pouco tempo que passavam juntos, que eles precisavam dela – até se importavam com ela.

Ah, que saudade Laylee sentia deles agora.

Os Anciãos haviam se mostrado muito lenientes ao permitir que Laylee ficasse em sua própria casa até a hora do julgamento, e ela silenciosamente agradecia por isso ter acontecido, pois não achava que se daria bem em uma cela na prisão. E, embora odiasse o povo de Whichwood pelo que haviam feito a seu pai e pela maneira como a tinham tratado, não conseguia se imaginar sendo outra coisa senão uma *mordeshoor*; sabia que tinha de lutar por seu direito de cuidar dos mortos.

Mas, como? O que ela alegaria?

Sentia-se vacilante, vazia, sem nenhum tipo de paixão. Havia sofrido, sim – tentara esvaziar seu coração daquela agonia –, mas, embora ainda sentisse uma grande dor, ficou surpresa ao perceber que não tivera nenhum ataque violento pela perda de seu pai ou ação de seu povo. Não sentia que um desespero enlouquecedor tomaria conta dela no tribunal amanhã. Não, Laylee estava reconfortada por uma clareza que a ajudava a entender que Baba jamais teria voltado para casa para ficar com ela, que talvez na busca dele pela Morte estivesse, mesmo sem se dar conta, atrás de uma renúncia da vida. A menina sabia o quão mais feliz ele se sentia depois de cruzar a ponte com Maman – e saber que Baba estava em paz tornava sua raiva uma emoção supérflua. Ela não atrapalharia a felicidade dos pais, então teve de se desprender dele.

Teve de se desprender de tudo – da família, dos amigos e mesmo de sua vivacidade –, mas não esperava se desprender também de sua raiva.

Uma calma peculiar a havia invadido recentemente. Parecia ser o que ela ouvia as pessoas chamando de "humildade". A todo momento sentia uma pressão constante na nuca, lembrando que, independentemente de quão ruim as coisas estivessem, elas poderiam estar piores. *Morda a sua língua,* dizia a voz, *e seja grata pelo que você tem para não perder também isso.*

Foi tudo o que Laylee precisou para se lembrar, em um momento repentino, de Benyamin Felankasak.

Ela sempre considerara Benyamin estúpido e fraco, considerava a bondade do menino um sinal de fraqueza – um sinal de uma vida rasa, sem dificuldades; entretanto, depois de conhecê-lo e de conhecer também a mãe dele, imaginou que sempre pensou errado.

A questão é que Laylee sempre ressentiu os sorrisos dos outros, a caridade simples, a disposição para a bondade e estava começando a se perguntar se tinha confundido tudo. Talvez não fosse ingenuidade, mas sofrimento, que inspirava bondade. Talvez, pensou, fosse a dor que inspirasse a compaixão.

Justamente nesse momento ela ouviu a campainha tocar.

•

Laylee demorou o tempo que julgou necessário.

Temia que os Anciãos a tivessem vindo buscar antes da hora – que tivessem mudado de ideia sobre deixá-la ficar em casa. Então, movimentou-se muito lentamente ao prender seus cabelos longos e castanhos em um coque na base da nuca. Movimentou-se com ainda mais lentidão quando a campainha tocou uma segunda vez, suas mãos nervosas estendendo-se para pegar o lenço com motivos florais e franjas no cabide próximo à porta. Com todo o cuidado, fez um elegante nó no tecido, na altura do pescoço, e calma, muito calma, respirou fundo e destrancou a porta.

O choque rearranjou os traços de seu rosto.

Benyamin, Oliver e Alice a aguardavam, e Laylee não conseguiu esconder a enxurrada de emoções que tomou conta de uma só vez.

Felicidade, alívio, confusão...

Ela não poderia ter ficado mais surpresa.

Pensava que seus amigos a haviam deixado para sempre. Pensava que haviam cansado de sua raiva fria e comportamento grosseiro e não conseguia imaginar os motivos pelos quais voltariam aqui, à sua casa, onde ela os tratara com nada além de uma hostilidade ligeiramente velada.

– O que estão fazendo aqui? – impressionada, Laylee finalmente falou.

– A gente precisava encontrar você – respondeu Oliver rápido demais, tropeçando em suas palavras. Então pensou se ela teria alguma ideia do que havia provocado no cérebro dele. – Tínhamos que encontrar uma maneira de...

– ... me encontrar? – Laylee completou, virando-se para fitá-lo diretamente nos olhos. Mal conseguia acreditar que o grupo havia voltado só por ela. – Por que vocês quiseram me encontrar?

– Ué?! A gente veio ajudar, é óbvio – respondeu uma Alice sorridente, que lembrou, em um momento de nostalgia, a troca idêntica que elas tiveram poucas noites antes.

Mas dessa vez a *mordeshoor* retribuiu a gentileza.

O rosto de Laylee se repuxou e se abriu todo, as linhas de sua boca formando um sorriso que tocava seus olhos enormes e âmbar. Oliver nunca antes tinha visto os dentes da *mordeshoor* – ela jamais mostrara tanta emoção – e passou um bom tempo admirando a boca da garota naqueles primeiros momentos de reencontro. Ela aparentemente não achou ruim.

Benyamin falou baixinho:

– Para dizer a verdade, estávamos pensando se poderíamos entrar para tomar uma xícara de chá.

Sinto que devo apontar uma coisa.

Aquela não era a primeira vez que Alice, Oliver e Benyamin viam Laylee naquele dia. Não... eles haviam chegado em Whichwood por volta do meio-dia, e isso foi muitas horas depois. O sol estava de lado no céu e as nuvens silenciosamente se arroxeavam e o grupo de amigos havia acabado de retornar de um breve encontro na casa de Benyamin, onde se reuniram depois de se depararem com a *mordeshoor* em um momento muito íntimo. Juntos, decidiram ir embora e jamais sussurrar uma palavra sobre o ocorrido, mas um dia as intenções românicas de Oliver o encorajariam a cometer o erro de dividir essa história com Laylee. Ele descreveria o que havia visto e o que esse momento (e muitos outros momentos) haviam lhe causado – na esperança de ilustrar como tinha passado a gostar dela. Infelizmente, porém, Laylee ficou horrorizada ao ouvir. E foi assim, é claro, que a história chegou aos meus ouvidos.

Aliás, foi assim que o grupo a encontrou:

É meio-dia. O sol está a pino, alegremente alheio à neve que cai pesada e incessantemente, cobrindo a imensa propriedade da *mordeshoor*. Há uma única banheira de porcelana parcialmente submersa na neve, cheia até a borda com um líquido escarlate. Ali dentro está nossa heroína. Laylee encontra-se totalmente vestida, com uma perna dependurada na lateral da banheira, a cabeça para trás, o rosto olhando o céu, as longas mechas castanhas tocando a pele. Seu vestido encontra-se empilhado sobre um dos joelhos e se arrastando para fora da banheira, onde a extensão encharcada de seda respinga a água vermelha, formando imagens aterrorizantes na neve. Laylee segura uma longa escova em uma mão e esfrega grosseiramente um dos ombros fortemente enfeitados; diamantes se desprendem do tecido bordado e afundam, brilhando, na água. Ela parece se banhar em uma piscina de seu próprio sangue, pétalas errantes de rosas prendendo-se em seus cabelos, lágrimas carmesins congelando em suas bochechas. E Laylee sorri para alguma coisa que o leitor não consegue ver – uma memória? – enquanto canta suavemente no vento da tarde. Canta em uma língua que não conseguimos entender – algo antigo e lindo que vibra em sua língua. Soa como poesia, como melancolia e tristeza. É Rumi outra vez, seu velho amigo, lembrando-a algo capaz de acalmar seu coração.

Aqui está a tradução da parte que ela cantou com mais clareza:

Não vire o rosto
Não vire o rosto para a dor

A chaga é o lugar
Por onde a luz nos invade

Era exigido dos *mordeshoors* que se livrassem de quaisquer hipocrisias enquanto banhassem os mortos – ou seja, eles próprios tinham de estar limpos para poderem limpar direito. Era a purificação cerimonial do espírito, não da pele, a mais importante, é claro, e Laylee realizava os rituais dos *mordeshoors* com regularidade. Mas hoje, no dia que poderia ser seu último como uma *mordeshoor*, ela se sentia bastante emotiva. E as palavras de Rumi pareciam bastante adequadas para o momento.

Então essas foram as palavras que eles ouviram assim que a avistaram, quando Oliver e Alice e Benyamin foram parar na casa da *mordeshoor*, mesmo sem terem essa intenção. Tocaram a campanha várias vezes, mas em vão, e enfim preocupados, decidiram espreitar o quintal. Foi ali que descobriram essa imagem incomum; aliás, foi um momento ao mesmo tempo tão lindo e perturbador que eles ficaram sem saber o que fazer. (Que curioso, esses seriam os dois mesmos adjetivos que Alice um dia usaria para descrever para mim sua amiga tão especial.) Alice, veja bem, ficou impressionada; Benyamin, intrigado; mas Oliver Newbanks sentiu seus joelhos fraquejando. Assim que a viu, estendeu a mão sem querer, segurando o ombro de Benyamin. Tudo em Laylee era incomum e extraordinário, e ela ainda parecia desinteressada em chamar atenção de qualquer jeito. Oliver, que trabalhara duro a vida toda para se destacar – para deixar uma marca memorável o suficiente a ponto de distingui-lo de seus pares –, não conseguia entender aquela menina, aquela *mordeshoor* que não parecia saber ou dar a mínima para se aterrorizava ou encantava o mundo.

Mas Laylee Layla Fenjoon tinha a posse de uma dádiva rara, a qual ainda não compreendia:

Não permitia que as opiniões alheias ditassem quem ela era.

Essa não era uma qualidade com a qual nascera. Não era uma habilidade que ela buscou adquirir. Não, essa era uma habilidade forjada exclusivamente na dificuldade, uma lição descoberta em meio às cinzas de traições e perdas. A dor endureceu sua pele enquanto o sofrimento endurecia seu coração. Laylee era emoção e armadura, tudo ao mesmo tempo. Empatia e resiliência combinavam-se para criar a mais intimidadora das oponentes.

Mesmo assim, ela se perguntava se sabia pelo que estava lutando.

Leitor, divido essa história do banho de Laylee porque acho que o tempo que ela passou ali foi transformador. A garota foi assaltada por uma barragem de pensamentos e sentimentos naquela banheira, naquele dia, e questionava, com crescente ansiedade, o que poderia dizer a um júri para convencê-lo de seu valor. Acima de tudo, detestava ter que se importar com o que alguém pensava dela. Não queria mudar quem era – não queria ter de se desculpar por coisas que não lhe geravam arrependimento. E temia que Whichwood pudesse querer que ela alterasse o cerne de sua personalidade para acomodar as opiniões limitadas daquele povo sobre o que era certo ou errado.

Bem mais tarde, já com o corpo seco e roupas limpas, Laylee ouviria a campainha pela primeira vez. Aí desceria a escada barulhenta de sua casa com uma apreensão sufocante, sentindo-se desesperadamente sozinha e vencida.

Era certo que não tinha quaisquer expectativas além de decepções. Mesmo assim, quando levou a mão ao bolso para segurar os vinte e seis dentes deixados por seu pai, atreveu-se a esperar um milagre.

Sábio leitor, eu me pergunto se o fim da nossa história está começando a tomar forma para você.

Será que precisa de muitos detalhes das próximas vinte e quatro horas para saber se a história da nossa *mordeshoor* termina em triunfo ou desgosto? O meu maior desejo é o de dar um salto e simplesmente contar o que aconteceu, mas receio que você precise de mais do que um mero resumo. De onde devemos partir?

Estaria você interessado em saber o que as crianças discutiram naquela noite? Em saber que elas se reuniram em volta da humilde lareira de Laylee e tomaram chá enquanto uma Alice toda animada explicava seu plano para salvar a carreira de Laylee?

Ou talvez prefira ouvir mais sobre Laylee ter rido até chorar, soltando o corpo em uma poltrona empoeirada enquanto Benyamin e Oliver discutiam os detalhes de quem exatamente teria o papel mais crucial para salvar o dia seguinte?

Alice e Benyamin e Oliver estavam tão certos do sucesso iminente que Laylee não conseguiu frustrar a felicidade deles. Ademais, ela estava cansada de ser cínica; nesta noite, guardaria suas preocupações para si e, pela primeira vez em tanto tempo, permitiria-se agir como alguém da sua idade. Os três amigos traziam muitos presentes quando chegaram à porta, e Laylee agora estava diante da lareira, oferecendo um sorriso enorme para eles, quando começou a abrir os *cadeaux* embrulhados em papéis coloridos. Os presentes foram feitos pelas mãos da mãe de Benyamin, que acreditava com todo o coração que alguns agradinhos assados em casa eram capazes de curar até as piores chagas.

Leitor, a mãe de Benyamin esteve errada pouquíssimas vezes na vida.

Nos últimos dias, Laylee vinha subsistindo à base de sopa de berinjela e algumas beterrabas maduras demais, então foi com uma alegria pura, infantil, que ela abriu seus presentes e arfou ao encontrar pistaches amanteigados, pedacinhos finos de nogado e frascos de vidro repletos de sementes de romã. Quase chorou sobre o pudim de cardamomo e as lindas amêndoas, deu um salto ao encontrar halva fresca com canela, quase perdeu a cabeça ao se deparar com caixas de bolo, profiteroles fresquinhos e baclava persa. Tentou esconder as lágrimas quando Benyamin contou que ela ainda tinha que ver as tigelas de harusame (adoçado com água de rosas) e os enormes potes de sorvete de açafrão.

Laylee estava sem palavras.

Foi um verdadeiro banquete, algo que ela jamais tivera antes, e se sentiu tão feliz com o gesto – e com a companhia – que não conseguia não cambalear ao tentar agradecer.

Laylee, Alice, Benyamin e Oliver passaram aquela noite na sala. Não precisavam se preocupar com nenhum espírito rebelde agora que a casa havia sido magicamente esterilizada contra fantasmas. Ficaram acordados até o amanhecer – tomando chá, contando histórias e discutindo os muitos detalhes de tudo e de nada. A conversa só era interrompida por pausas para encher as bocas com amanteigados e sorvete cremoso e, por fim, depois que os relógios se cansaram de tiquetaquear, Laylee dormiu o sono dos céus e sonhou com um mundo no qual sempre teria amigos ao seu lado.

O que ninguém esperava, obviamente, era que os fantasmas voltariam a se rebelar.

Dessa vez eles eram apenas seis, mas, conforme apontei algumas páginas atrás, muito tempo havia se passado desde que a última pessoa havia respeitado os *mordeshoors*, então mesmo os Anciãos haviam subestimado o poder da magia de Laylee. Quando ela foi arrastada, algemada, pelas portas do fórum municipal, os espíritos não podiam mais ser controlados. Laylee agora estava mais perto do que jamais estivera desses espíritos e, notando sua proximidade, foram reforçados por uma ligação muito mais forte do que a simples magia que os Anciãos usaram para domá-los.

E foi em meio a essa combinação repentina, barulhenta e perturbadora de ruídos, exclamações, revolta e caos que o magistrado da cidade de Whichwood tentou estabelecer a ordem. O problema era que ninguém conseguia entender o que estava acontecendo. Por sorte, os fantasmas ainda eram recentes demais para se interessarem em roubar peles, embora o fato de serem novos naquele mundo significava que só se interessavam em criar problemas. Fantasmas jovens (independentemente de sua idade humana) só se preocupavam com a necessidade de causar tumulto ao chegar. Era um período bastante intolerável – um período que jamais chamara a atenção de Laylee. Mas agora, enquanto ela estava sentada em seu lugar e assistindo aos espíritos espalharem o caos acima da compostura dos membros mais estimados da comunidade, ela teve de conter um sorriso. Os fantasmas corriam de um lado a outro, derrubando pilhas de documentos, apagando todas as luzes e batendo nos chapéus das mulheres. Passavam perto de Laylee e gritavam muitas coisas para ela…

– *Mordeshoor*! *Mordeshoor*! – Eram as palavras de uma menininha. – Será que podemos ir para casa agora, por favor?

– Eu não gosto nada, nada deste lugar – admitiu uma mulher de cabelos encaracolados logo após derrubar um samovar.

– Eu também não – concordou um senhor que tentava, sem sucesso, baixar as calças das pessoas. – Por que estamos aqui? Por que não vamos embora, *mordeshoor*?

Laylee lançou olhares penosos para ele e pressionou um único dedo aos lábios, na esperança de acalmá-los.

– Eiiita! – exclamou um menino cheio de espinhas. – Acho que ela está encrencada.

– Como assim, *encrencada?* – questionou a menininha.

Ela voou até o teto, onde se sentou de cabeça para baixo. – Como uma *mordeshoor* pode estar encrencada?

Naquele momento, um dos fantasmas mais velhos chacoalhou uma janela com tanta força que o vidro se estilhaçou. Então uma chuva de cacos invadiu a sala, gerando gritos assustados e berros furiosos. Ninguém parecia entender o que aparentemente não fazia sentido, e Laylee ficou surpresa com a ignorância daquela gente. Mas ela sabia que em algum momento seria descoberta e pensou que seria melhor colocar esses fantasmas na linha antes que eles arruinassem suas chances hoje. Poderia facilmente dizer-lhes algo. Sentiu seus dedos se alongando na tentativa de alcançar o chicote em seu cinto de ferramentas.

Mesmo assim, hesitou.

Desde sempre, esse fora o grande segredo de Laylee: ela podia ver e conversar com fantasmas. Sempre temeu revelar que era uma ligação entre humanos e espíritos, pois isso só tornaria seu trabalho ainda mais penoso; receava que as pessoas a incomodassem para se comunicarem com seus mortos, para ouvirem as últimas palavras de seus entes queridos – e Laylee não queria fazer parte disso. Mas agora ela se perguntava se ainda valia a pena manter esse segredo. Se as pessoas soubessem que ela podia ver os espíritos saírem dos corpos, isso não traria mais credibilidade à sua profissão? Não a ajudaria, de alguma forma?

Ela não tinha terminado de pensar direito no assunto quando o silêncio foi mais uma vez interrompido. Alice, Benyamin, Oliver e Madarjoon haviam passado pela porta principal do tribunal fazendo muito barulho, sem qualquer esforço para esconder sua presença. Seus amigos tiveram de tomar um trem separado para a cidade para acompanhar o julgamento, mas, depois de conseguirem vencer a multidão do lado de fora, Oliver usou sua magia primeiro para convencer a segurança a deixá-los entrar e, depois, para conseguirem assentos na primeira fila. Aliás, eles estavam se sentando quando um dos fantasmas de Laylee soprou um vento tão forte que derrubou a peruca da cabeça do magistrado. Furioso, ele bateu o martelo várias vezes, gritando para alguém pegar seu cabelo do chão e aí, impossivelmente mais furioso, apontou um dedo roliço para Laylee e ordenou que ela se explicasse. De alguma forma *ela* estava causando toda aquela bagunça, o homem afirmou, e ele não sabia por que ou como, mas simplesmente sabia que a *mordeshoor* era a culpada pelo caos. E, se ela não parasse imediatamente, ele jogaria todo o caso no lixo e a sentenciaria ali mesmo.

Laylee empalideceu.

– Do que ele está falando, *mordeshoor*? – perguntou um fantasma de vinte e poucos anos, que tinha parado no meio de uma tentativa de arrastar e virar uma mesa.

– Por que ele disse que pode sentenciá-la. Sentenciar por que motivo?

– O que está acontecendo? – perguntou a menininha, que já começava a chorar. Ela bateu os pezinhos no teto com tanta força que toda a sala começou a tremer. – Por que a gente não pode ir para casa?

– MOCINHA! – chamou o magistrado. – Você ouviu o que acabei de falar? Se não parar com isso agora mesmo vou ordenar a dissolução da sua magia *mordeshoor* imediatamente...

– Como é que é?! Não! – gritou a mulher de cabelos encaracolados, andando em círculos em volta do juiz furioso.

– Ora, mas isso é um ultraje! – resmungou o senhor fantasma tão perto do rosto de Laylee que ela teve de se sentar rapidamente. – O que nós faríamos sem uma *mordeshoor*?

Por favor, implorou Laylee outra vez para eles, agora com os olhos, mas seus fantasmas não entenderam o sinal. O espírito adolescente começou a gritar obscenidades e a chacoalhar as outras janelas, e o magistrado ficou com o rosto tão vermelho que Laylee teve certeza de que tudo estava prestes a acabar para ela. Desesperada e em pânico, virou-se para os amigos e, nesse instante, Oliver já havia assumido o controle da situação. Nem um segundo depois, o magistrado estava calmamente sentado em sua cadeira, lendo de maneira paciente um documento oficial. Laylee respirou visivelmente aliviada.

Ela encontraria um jeito de lidar com os fantasmas mais tarde – por enquanto, as coisas teriam de seguir o plano original.

A primeira metade do dia se arrastou.

Oliver administrou a persuasão sempre que necessário para lidar com os ataques dos fantasmas enquanto o conselho representando os interesses do "Povo de Whichwood" expressava o que parecia ser uma corrente infinita de argumentos desanimadores contra Laylee e seu legado. Os fantasmas, que ouviam tudo, ficavam mais hostis a cada instante. Seus ataques tornavam-se mais violentos com o passar das horas, e Laylee fez seu melhor para ignorar os gritos furiosos, as lágrimas espontâneas e os xingamentos raivosos. Era difícil tentar deixar de lado os insultos dos fantasmas...

– Quem essa gente pensa que é? – esbravejou a mulher dos cabelos encaracolados. – Quem acham que são para dizer a nossa *mordeshoor* que ela não pode fazer seu trabalho?

A mulher passou tão violentamente por uma porta que quase a arrancou das dobradiças.

– E ameaçam tirar a magia dela...

– Não podemos deixar isso acontecer, de jeito nenhum...

– Não podemos deixar isso acontecer!

– Eles estão propondo usar aqueles métodos modernos

terríveis – constatou o fantasma-senhor. – Como se isso pudesse substituir um *mordeshoor*! A magia moderna só enterra a gente no chão!

– Essa tal magia moderna é indecente!

Entretanto, era ainda mais difícil para Laylee ouvir as acusações de incompetência. Os argumentos usados contra ela poderiam ser negados com tanta facilidade...

"Ela não passa de uma criança sem a menor ideia do que está fazendo!"

"Deveria estar brincando com bonecas e não com mortos!"

... que Laylee achou difícil imaginar que qualquer um discordaria de seus argumentos. Toda vez que um procurador berrava alguma bobagem sobre a óbvia necessidade de "colocar essa criança em um parquinho, não em um cemitério", o júri assentia ansioso. Ofendida, Laylee virava o rosto.

No fim, a *mordeshoor* ficou terrivelmente desmoralizada.

A acusação era composta por sete advogados, todos furiosos e sem o menor sinal de compaixão. Do lado de Laylee, todavia, eram só ela e um advogado jovem e nada inspirado, apontado naquela manhã. Enquanto isso, a robusta acusação apresentava horas de retórica dolorosa, realmente bem pensada, somada a outra hora de rigorosos questionamentos que de fato conseguiram fazer Laylee se sentir pequena e irrelevante.

Da transcrição:

–Você estuda, mocinha?

– Não.

– Tem algum brinquedo?

– Não.

– Esse sangue na sua roupa é seu?

– Eu… sim… mas…

–Você tem pai ou mãe?

Silêncio.

O juiz:

– Por favor, responda à pergunta, senhorita Fenjoon.

– Não – Laylee falou baixinho. – Não tenho pai nem mãe.

– Então você mora sozinha?

– Sim.

– Em um castelo velho e frio, onde passa os dias sozinha lavando corpos de mort…

A defesa:

– Objeção! Meritíssimo… o que querem com isso?

O juiz:

– Rejeitada. Eu quero ver aonde isso vai chegar.

De volta à acusação:

– Permita-me colocar da seguinte forma: Você não gostaria de ir à escola?

– Sim.

– Não gostaria de ter brinquedos e roupas limpas e viver com uma família que a amasse e cuidasse

DE VOCÊ PARA PODER APROVEITAR A INFÂNCIA EM VEZ DE TER QUE TRABALHAR TANTO?

LAYLEE HESITOU, SENTINDO A GARGANTA FECHAR.

– BEM, EU... EU... – FALOU BAIXINHO.

O JUIZ:

– A PERGUNTA, SENHORITA FENJOON. RESPONDA À PERGUNTA. E LEMBRE-SE DE QUE ESTÁ SOB JURAMENTO.

– SIM – LAYLEE SUSSURROU, SENTINDO QUE ESTAVA PRESTES A CHORAR A QUALQUER MOMENTO, CABISBAIXA, ENVERGONHADA.

– SEM MAIS PERGUNTAS, MERITÍSSIMO.

O que Laylee não sabia como dizer era isto: ela queria tudo o que foi dito. Queria ir à escola e ter uma família e aproveitar a infância e *também* ser uma *mordeshoor*. Não queria perder essa parte da sua vida.

Ela só queria mais.

Devo avisá-lo de antemão: o plano de Alice funcionou bem. Porém, não tão bem quanto ela esperava.

•

A segunda metade do dia foi lindamente dramática. Assim que Laylee teve a chance de apresentar sua defesa, Oliver fez o jovem advogado da *mordeshoor* se sentar e parar de falar, e concentrou a atenção de todos os presentes. O palco estava pronto para Alice.

Nossa talentosa amiga de Ferenwood não decepcionou. Começou apagando todas as luzes e cores da sala, transformando todo o espaço em um pano de fundo preto no qual contaria uma história. Segurando seus pincéis em uma mão, ela assentiu para Benyamin, pronto para acompanhar com sua narração, passo a passo, os muitos detalhes intrincados envolvidos em banhar os mortos. Foi o único momento, durante todo o dia, em que os fantasmas realmente ficaram quietos e ouviram; emocionaram-se não apenas com a história, mas com as imagens que Alice pintou.

As ilustrações eram tão vívidas que assustaram até ela

própria. Alice só havia criado esse tipo de coisa quando estava sozinha, em escala muito menor – mas sua habilidade estava se provando ainda mais impressionante do que ela suspeitava. Seu talento era tamanho que ela podia facilmente imprimir as infinitas cores (ou seja, imagens) de sua mente em qualquer tela. Era capaz de manipular pigmentos de qualquer maneira que quisesse com um simples desejo mental, e seus pincéis a ajudavam a focar o tamanho, o escopo e a disponibilização das imagens. Foi uma longa apresentação, com detalhes que não vou descrever para não o cansar (pois você, meu caro leitor, já sabe exatamente como Laylee banhava seus mortos), mas devo contar uma coisa: Alice pintou a história com toda a habilidade de um artista experiente. E Benyamin, cuja narração era intencionalmente precisa, parecia atingir cada ponto emocional com o domínio de quem sabia o que estava fazendo – embora nenhuma parte de sua apresentação tenha sido mais impressionante do que o momento em que descreveu as dezenas de milhares de rosas vermelhas eternas que Laylee havia plantado em homenagem a cada espírito. Nesse momento da história, os fantasmas realmente explodiram em lágrimas, soluçando tão alto que Laylee teve de se esforçar para ouvir a voz de Benyamin. Os seis espectros se amontoaram em volta de sua *mordeshoor* e sussurraram palavras de encorajamento, prometendo a ela que, independentemente do que acontecesse hoje, jamais a abandonariam. Laylee ficou emocionada, mesmo contra sua vontade, e não conseguiu conter as lágrimas que brotaram em seus olhos.

Em alguns momentos, Oliver lançava mão de truques rápidos e inteligentes, encorajando todos os presentes a aceitarem aquela apresentação incomum como uma defesa sólida (e corriqueira) da posição de Laylee e, quando o tempo acabou, a sala enfim foi tomada por um silêncio pensativo e cuidadoso que lentamente – e depois rapidamente – transformou-se em um rugido de sussurros ansiosos. O magistrado teve de bater o martelo para estabelecer a ordem na sala.

Laylee fitou o júri com uma ansiedade nervosa, avaliando os olhares em busca de algum sinal de que pudessem estar comovidos com a história de Alice. Infelizmente, os semblantes pareciam ilegíveis. A *mordeshoor* sentiu seu coração afundar.

O juiz assentiu para o advogado de Laylee.

– Gostaria de chamar alguém para testemunhar?

– Não, Merití...

– Sim! – exclamou Laylee, colocando-se em pé de forma tão repentina que chegou a surpreender a si mesma.

O advogado de Laylee piscou ferozmente para ela. Tinha a expressão de um rato.

– Meritíssimo – ela falou com mais calma. – Eu... Eu quero testemunhar.

•

Seus amigos haviam lutado tanto por ela hoje – e ela seria eternamente grata pela ajuda e a afeição teimosa daquele grupo –, entretanto, agora era hora de lutar por si mesma. A acusação a fizera sentir-se fraca e juvenil, duas coisas que a *mordeshoor* sabia que não era. Haviam adjetivado suas ações como irresponsáveis e impensadas, citando suas características como sintomas intrínsecos de sua juventude. Falavam de sua idade como se fosse motivo de vergonha, usando a palavra "criança" como termo pejorativo e imprimindo no júri a ideia de que ela era, como consequência de seus poucos anos neste planeta, um ser humano inútil, uma criatura incompetente e desprovida de paixão ou de intenção e, acima de tudo, incapaz de pensar por si.

Nada disso era verdade.

Laylee tinha treze anos de idade, é verdade, mas havia vivido, amado, sofrido – e sua idade não era motivo para seus sentimentos serem tão fácil e cuidadosamente diminuídos. Ela não era menos importante por ser nova; suas dores não eram menores; seus sentimentos não eram menos relevantes. Isso foi o que ela explicou naquele dia – de cabeça erguida e ombros eretos, mesmo enquanto sentia algo estilhaçar dentro de si. Agora Laylee estava totalmente sozinha no mundo e, à exceção da bondade de seus novos amigos e de si própria, não tinha nada nem ninguém com quem contar.

Claro, falou Laylee, isso era suficiente para ela conquistar o respeito dos mais velhos, não era?

(Nesse momento, seus fantasmas aplaudiram, ansiosamente arrancando as luminárias das paredes.)

Em vez de acabar com o que era importante para ela, aquelas pessoas não deviam evitar que outras pessoas tirassem vantagem dela? A garota havia sido abusada e manipulada desde o instante em que começou a vida como *mordeshoor* independente. O viés inerente contra sua idade e seu gênero e a consequente incapacidade de ser levada a sério em uma sociedade que a diminuía… foi justamente isso que levou o sistema daquele povo ao colapso. Foi essa mentalidade perturbada, e não a suposta incapacidade de uma garota. A verdade era que ela havia trabalhado excessivamente e sido tão pouco valorizada. Era que ela merecia mais respeito do que recebia.

E Laylee não mais ficaria parada enquanto eles a rebaixassem.

– Terminou, senhorita Fenjoon? – perguntou o magistrado.

Laylee hesitou.

– Senhorita Fenjoon? – ele insistiu.

– Diga que eu nunca gostei dele – gritou a fantasma de cabelos encaracolados. – Esse idiota é meu primo. Eu morri ontem e ele nem se importou em tirar licença hoje.

Laylee se pegou de olhos arregalados. Virou-se para olhar na direção da fantasma de cabelos enrolados.

– Senhorita Fenjoon? – repetiu o magistrado. – Se a senhorita tiver terminado, por favor…

– Não – Laylee de repente falou.

Seu coração estava acelerado. Ela percebeu que estava perdendo essa batalha – a apresentação de Alice não havia funcionado tão bem quanto eles esperavam, e as palavras de Laylee pareciam não ter valor nenhum para esse homem velho e nervoso. A garota sentia que não restava outra escolha.

O magistrado bufou ao olhar a hora no relógio de parede.

– O que mais quer dizer?

– Eu… é que… – Ela raspou a garganta. – Meritíssimo, com o devido respeito, sua prima quer que eu lhe diga que…

– Fale que ele é um idiota totalmente inútil!

– … que, hum, ela está infeliz com o senhor ter escolhido vir trabalhar hoje. – E aí, falando mais rápido, acrescentou: – Porque ela morreu ontem.

A mão do magistrado pairou sobre o martelo, seu rosto congelado entre várias emoções.

– Minha prima? – finalmente indagou, piscando rapidamente os olhos.

– Sim – Laylee respondeu apreensivamente. – Ela tem estatura média, cabelos ruivos encaracolados…

Toda alegre, a fantasma se apresentou:

– Meu nome é Zari.

– E... E o nome dela é Zari – Laylee concluiu meio sem jeito.

Ela nunca tinha feito algo assim antes – essa comunicação entre os vivos e os mortos – e notou que era péssima nisso.

– Como... Como você sabe disso...?

– Ela está parada bem aqui, na minha frente – Laylee contou. – O fantasma da sua prima passou o dia todo correndo pelo tribunal. Foi ela quem arrancou a sua peruca mais cedo.

Um dos membros do júri se levantou, visivelmente tremendo.

– Você consegue ver? – questionou. – Você consegue ver os mortos? Consegue se comunicar com eles?

– Sim – respondeu Laylee. – É parte inerente da minha magia como *mordeshoor*. Eu posso existir nos dois mundos.

Uma série de arquejos repentinos engoliu a sala.

E depois...

Caos.

– Por que ela nunca falou isso antes?

– E se for mentira?

– Mas é impossível, realmente impossível...

– Ela poderia ter descoberto sobre a minha prima com qualquer um por aí!

– Ela está manipulando as suas emoções, Meritíssimo!

– Qual é a chance de...

– Como se atreve a mentir sobre algo tão delicado assim, mocinha?

– ... mas mexer com a magia assim? Comunicando--se com o mundo invisível?

– As consequências podem ser graves...

– Eu insisto que ela é nova demais!

– É muito perigoso mexer com...

– O que mais ela sabe?

– Que crueldade manter isso em segredo!

– É uma criança. De verdade... só uma criança...

– SILÊNCIO!

O magistrado se levantou e bateu o martelo, pedindo atenção várias vezes antes de a sala mergulhar em um silêncio tenso, elétrico.

O coração de Laylee não parava de espancar o peito. Ela sentiu as mãos tremerem em seu colo e as fechou. Não tinha ideia do que tinha acabado de provocar – de que tipo de consequência sofreria por sua confissão – e sentiu algo parecido com medo fechando sua garganta.

O magistrado lançou para ela um olhar inabalável por tanto tempo que posteriormente Laylee estimaria algo como dez minutos. Oliver esclareceria que o tal olhar durou apenas alguns segundos.

O juiz enfim falou:

– Você é uma péssima mentirosa, senhorita Fenjoon. E a sua traição lhe custará...

– Não, Meritíssimo, eu juro que não estou mentindo...

– SILÊNCIO!

Laylee estremeceu, de repente tomada por um medo tão grande a ponto de fazê-la congelar onde estava. Não imaginou que as coisas ficariam assim.

– Como se atreve a entrar no meu tribunal e mentir sob juramento para mim? – O magistrado exigiu saber. – Como se atreve a usar a ocasião da morte da minha prima para me manipular? Para me provocar? – Ele agora berrava e seu rosto ficava vermelho. – Acha que pode me convencer com tanta facilidade?

E bateu o martelo com toda a força.

– Nã... Não, Meritíssimo... Eu jamais...

– Me interrompa mais uma vez, mocinha, e farei você ser desprezada! – O magistrado estreitou os olhos. – Essa nossa mania de nos apoiarmos demais em superstições... – prosseguiu em voz baixa. – Essa mania está acabando com a cidade. Nossa fraqueza mental nos mantém presos a instituições antiquadas e inúteis. – E adotou um tom agressivo para prosseguir: – *A sua,* em particular. Por que tememos tanto os *mordeshoors*? – Agora virou-se para o júri. – Por que tememos os mortos? Sentimos medo até mesmo de visitar as sepulturas de nossos entes queridos que já se foram... por quê? Porque a superstição diz que visitar nossos mortos só vai encorajar seus cadáveres a voltarem à vida. Quanta bobagem! – berrou. – Somos governados por bobagens! E não tolerarei mais isso.

Laylee sentiu seu coração espremer.

– Laylee Layla Fenjoon, eu a considero culpada de todas as acusações que pesam contra você. Será sentenciada a seis meses na prisão e imediatamente privada de toda a sua magia...

– Mas, Meritíssimo! – implorou o advogado inútil. – O júri!

O magistrado hesitou por meio segundo antes de se virar para o júri. E falou:

– Respeitosos membros do júri, todos aqueles a favor da condenação dessa bruxa, digam "sim".

– Sim – ecoaram as vozes.

– Os contrários?

Silêncio.

– Não! – gritou Alice. Ela tentou avançar, mas Benyamin a segurou pela cintura e a puxou para trás. – Por favor – implorou. – Meritíssimo, isso é um erro...

Mas o juiz apenas a olhou com desgosto, jogou o martelo no chão e saiu.

O tribunal explodiu em caos.

As pessoas gritavam todas ao mesmo tempo, uma mais alto que a outra, espalhando a notícia (e suas opiniões não solicitadas) como um vírus. Laylee, enquanto isso, estava totalmente apática. Não conseguia ver ou ouvir mais nada. Uma onda ensurdecedora de barulho reverberando em seus tímpanos a impossibilitava de distinguir as vozes. Não conseguia acreditar no que estava acontecendo. Estava mesmo acontecendo? Em algum momento lhe passara pela cabeça que seria considerada culpada? Assim?

Quase não percebeu quando alguém a agarrou pelo braço e a fez marchar para fora do tribunal, e foi só depois de passar pela porta que se lembrou de olhar para trás.

Alice continuava gritando, chutando furiosamente enquanto Benyamin, branco como leite, esforçava-se para evitar que ela fizesse algo perigoso. Madarjoon parecia arrasada.

E Oliver Newbanks permanecia ereto, sem dizer nada, lágrimas silenciosas escorrendo por seu rosto.

Foi então que Laylee se viu tomada por uma ideia repentina, aterrorizante, do tipo que lhe asseguro que ela jamais teria em quaisquer outras circunstâncias. Mas, leitor, a menina estava desesperada. Seus fantasmas continuavam pairando pela sala, olhando-a em choque, desanimados, impressionados demais para sequer falar. E foi nesse momento, tomada por um pânico delirante, que ela gritou para as criaturas, os espíritos que só ela conseguia ver:

– Diga a eles que eu pedi que voltem!

Os fantasmas não responderam. Apenas piscaram os olhos.

– Diga a eles – implorou. – Estão me entendendo? Vocês têm que ser rápidos.

E aí aconteceu o que talvez seja o mais perturbador: seus fantasmas abruptamente desapareceram.

Tão rápido assim?

Estaria sua magia já suspensa? Aonde os fantasmas iriam? O que aconteceria com eles agora?

Laylee ficou desolada. A tristeza soprava contra ela como um golpe repentino de vento quando ela percebeu, com um último colapso interno, que não lhe restava mais o que fazer. Sentiu-se vertiginosa com resignação, o peso do dia recaindo tão pesadamente a ponto de ela quase nem conseguir ficar em pé.

A hora seguinte é uma mancha em sua memória.

Laylee foi empurrada por mãos duras ao longo de vários corredores, sem qualquer solidariedade, seguindo por um labirinto tão complicado a ponto de deixar claro que, se ela se libertasse, jamais encontraria uma maneira de fugir. Por fim, foi empurrada para uma cela aos fundos do tribunal e deixada ali sem nem uma palavra.

Sua mente zumbia. Ela iria para a cadeia. *Cadeia.* Por seis meses. Sem magia. Sua respiração era rápida e dura, escapando em golpes ásperos que começavam a aterrorizá-la. Laylee não conseguia recuperar o fôlego. Sentia o mundo à sua volta girar. Cambaleando para se levantar, correu sem pensar até a lata de lixo no canto e vomitou o café da manhã. Suas mãos tremiam; os ossos pareciam quebradiços. Sua pele estava fria e úmida e ela lentamente aproximou-se da cama de solteiro enfiada em um dos lados da cela e, de alguma forma, convenceu suas pernas a se dobrarem para ali se sentar, esperando que a vida esmagasse o que restava de seu espírito.

Foi então que ela percebeu, com toda a força da realidade, que jamais esperara que as coisas dessem tão errado hoje. Secretamente, silenciosamente – desesperadamente –, tinha a esperança de que, depois de tudo o que havia enfrentado, o destino enfim a ajudaria. Pensou que teria uma chance de ser feliz.

Atreveu-se a sonhar com um final feliz.

Em vez disso, recebeu algemas.

Os delegados voltaram, sim, trazendo algemas. Os dois oficiais prenderam seus punhos e tornozelos tão apertado que o metal cortou a pele da menina, derramando sangue. Quando ela arfou de dor, só recebeu olhares duros e sujos que lhe diziam para se calar.

Laylee engoliu uma enxurrada de lágrimas com toda a dignidade que lhe restava.

Permaneceu de espinha ereta enquanto foi forçada a sair da cela e passar por um corredor escuro, acompanhada por um oficial de cada lado, segurando-a com muito mais força do que o necessário. Ergueu ainda mais a cabeça, mesmo enquanto eles abriam as portas para o mundo lá fora, onde uma multidão de jornalistas e curiosos intrometidos esperavam como abutres, prontos para atacar a vítima ferida. Laylee estreitou os olhos enquanto engolia o nó na garganta e só hesitou ao ver seus amigos parados ali do lado, abraçando um ao outro como forma de oferecer apoio. Os oficiais empurraram-na para a frente, atravessando a multidão, afastando os repórteres no caminho…

– Senhorita Fenjoon, vai recorrer da decisão?

– Senhorita Fenjoon... Senhorita Fenjoon, o que acha que seu pai diria se ainda estivesse vivo?

– Senhorita Fenjoon, como se sente agora? – gritou uma mulher, que empurrou um gravador bem diante do rosto de Laylee. – Sente que o julgamento foi justo?

... Laylee permaneceu concentrada no rosto de seus amigos, sem piscar, sem deixar de fitá-los nos olhos enquanto sentia o coração desmanchar no peito.

– Obrigada... – sussurrou, agora as lágrimas escorrendo rapidamente. – Por tudo.

E aí acabou. Ela foi empurrada para a parte de trás de uma enorme carruagem de aço, sem janelas, e sentou-se em silêncio em um canto enquanto os rugidos da multidão se dispersavam. Essa era sua vida agora. E Laylee aprenderia a aceitá-la.

Quer dizer, ela teria aprendido a aceitar se a carruagem na qual estava não tivesse virado de ponta-cabeça precisamente nesse momento. Laylee de repente foi lançada para o lado e bateu a cabeça contra o metal. Um ruído doloroso explodiu em seus ouvidos, e ela tremeu com a sensação quando luzes se acenderam atrás de suas pálpebras.

O que estava acontecendo?

Laylee agora estava de joelhos, as mãos e pernas inúteis enquanto ela se esforçava para se colocar em pé. Em seguida, quando o ruído em seus ouvidos começou a diminuir, um rugido repentino e violento rasgou o silêncio e uma única mão deu socos até abrir um buraco na parede. Laylee gritou. Uma segunda mão deu um segundo soco e abriu um segundo buraco. Em seguida, as duas mãos arrebentaram a lateral da carruagem como se fosse feita de papel.

A garota se empurrou mais para o fundo escuro do veículo virado, sem saber o que estava acontecendo. Havia alguém aqui para ajudá-la? Para feri-la? E quem seria capaz de rasgar uma parede de metal tão reforçada?

Foi ao ouvir o som das vozes felizes que Laylee finalmente entendeu: os horrores do dia felizmente estavam apenas começando.

– Laylee? – falou a voz pegajosa. – Laylee, *joonam*...

– Baba? – ela respondeu com delicadeza. – É você?

– Sim, *azizam* – respondeu o cadáver de seu pai. – Sua Maman e eu estamos aqui para ajudar.

Leitores, eles tinham ressuscitado.

Enfim boas notícias

Os mordeshoors não tinham o poder de ressuscitar os mortos – essa não era uma magia confiada aos vivos. Não, apenas os mortos podiam pedir aos seus iguais para acordar, e foi a pedido de Laylee que seus seis espíritos levantaram um exército. Assim que a súplica saiu dos lábios da garota, eles entraram em ação de imediato, apressando--se a caminho do castelo que sabiam tão instintivamente ser sua casa. Esses fantasmas, você deve lembrar, tinham feito uma promessa à sua *mordeshoor* – juraram ficar ao lado dela, não importando qual fosse o resultado do julgamento – e agora, tendo sido chamados a agir, pretendiam cumprir essa promessa. Existiam dezenas de milhares de defuntos enterrados no quintal de Laylee e, quando os fantasmas explicaram ao solo que Laylee – sua *mordeshoor* residente (e favorita) – pedira ajuda, os cadáveres sentiram-se mais do que satisfeitos em fazer uma pausa em seu descanso eterno para participar de uma rápida aventura.

Não posso enfatizar o suficiente: a magia dos *mordeshoors* oferecia muitos cuidados aos mortos.

Os rituais que Laylee realizava para os corpos promoviam muitos benefícios debaixo da terra; tanto que, mesmo em seus caixões, os restos mortais eram envoltos por uma camada de candura que não conseguiam ver. Os braços e as pernas dos mortos eram cuidadosamente encapsulados por proteções mágicas que tornavam seu período sob a terra mais confortável. Era verdade que, uma vez separado do espírito, o corpo seguia seu caminho para Otherwhere, mas ainda havia um eco – um resíduo do espírito marcado na carne –, e esse eco continuava sentindo algumas coisas, mesmo depois da morte. O trabalho de Laylee era tão sensível a essa realidade que ela realizava uma grande bondade mesmo para o espírito ao embalsamar o corpo em um líquido fresco e invisível que tornava a passagem pelo submundo mais tolerável. Tudo isso era uma dádiva, sim, sim, um reconforto. Todavia, Laylee não realizava essa magia pensando no que aconteceria caso o corpo resolvesse se reanimar. Nunca na vida ela pensou que veria um corpo sair do chão.

Talvez devesse ter pensado.

Baba havia aberto as algemas da garota com muita facilidade, jogando-as na neve e ajudando a filha a sair da carruagem virada. E, enquanto ela saía na luz fria do inverno, via a massa de corpos mortos encarando-a, dezenas de milhares deles, cada corpo parecendo mergulhado em muitas camadas translúcidas de cera. O efeito era tal que as imagens pareciam profundamente alteradas; era como ver uma pessoa através de um espelho distorcido, flexível onde não deveria ser, olhos turvos, cabelos bagunçados, nariz e bochecha indistinguíveis. O sol começava a descer, espalhando sua luz no horizonte em raios errantes que atingiam aqueles corpos leitosos e iluminavam ainda mais as peculiaridades que os distinguiam de como foram quando vivos. Havia uma espessa teia entre os dedos e nos cotovelos, os dentes estavam grudados nos lábios, os joelhos se movimentavam com um estalar estranho e metálico e os dedos das mãos não tinham as unhas, que haviam sido arrancadas pela própria *mordeshoor*.

Mesmo assim, Laylee não conseguiu esconder um arrepio.

Não falou nada por um longo minuto, impressionada e horrorizada e, de alguma forma, muito, muito emocionada. Não sabia se sentia mais orgulho ou terror e, no fim, a única coisa que conseguiu pensar e dizer foi:

– Amigos... muito obrigada por terem vindo.

Acho que você não vai se surpreender ao descobrir que esses cadáveres agitados logo invadiram a cidade. Andaram *en masse,* com passos pesados, pelo belo centro histórico de Whichwood, milhares e milhares deles marchando destemidamente pelas ruas cerúleas da cidade. E todos com um único objetivo: deixar uma marca.

Whichwood havia deixado de acreditar em seus *mordeshoors*. A falta de fé nessa tradição havia provocado o fracasso daquele povo e de sua cidade e, no processo, tinham se virado contra uma garota jovem e inocente e seu pai, marcando os dois com letras escarlate de injustiça. Laylee passava fome, há anos mal conseguia sobreviver; recebia pouco, trabalhava desesperadoramente demais e era tratada como uma pária. Ninguém a respeitava. Desconhecidos jogavam seus mortos na porta de seu castelo e desapareciam, às vezes deixando um valor irrisório, outras vezes simplesmente sem deixar nada. Ela vestia trapos antigos e dormia no frio amargo, pobre demais para adquirir até mesmo lenha, e, ainda assim, nossa jovem protagonista era devota ao seu trabalho – e aos muitos mortos que ela passou a amar.

Hoje, meu querido leitor, eles se levantavam por ela.

(Bem, digamos, literalmente.)

A magia que embalsamava a carne dos mortos os havia tornado oponentes formidáveis, desumanamente fortes – foi essa mesma força que lhes permitiu se desenterrarem do chão. Os supersticiosos whichwoodianos sentiam-se aterrorizados demais para se defenderem contra os defuntos que invadiam a cidade, rasgando o chão e jogando carruagens ao mar. Os seis fantasmas riam alegres enquanto voavam acima de toda a cena – mas é claro que os humanos não conseguiam ver os espíritos, então as expressões aterrorizadas dos civis focavam somente as criaturas de cera que perambulavam por ali. Acompanhada de perto por Maman e Baba, Laylee liderava o grupo, enquanto Roksana (você se lembra de Roksana, não se lembra?) andava ao lado de nossa *mordeshoor*, mantendo uma mão inumana e protetora em seu ombro.

Durante todo o tempo, Laylee se perguntava onde estariam seus amigos – e se ainda estavam vivos –, mas não teve uma oportunidade sequer de parar para procurá-los. Agora ela estava no controle de um exército, veja bem, um exército que precisava de muitos direcionamentos. De modo geral, nossa *mordeshoor* conseguiu administrar a situação, mas eram tantos os cadáveres a seguindo que ficava difícil saber quem entre eles estava levantando os pontos de referência da cidade, ou as luzes da rua, ou os carrinhos de comida, ou os trenós de passageiros e jogando tudo ao longe. A garota realmente não queria violência ou caos – só queria sua liberdade, contudo, se perguntava se era possível ter liberdade sem violência e caos.

Ela não sabia a resposta. Afinal, jamais estivera nessa posição. E, embora seus pais estivessem bem diante dela – prontos para responder esse tipo de pergunta –, Laylee sabia que essas figuras à sua frente eram apenas versões alteradas das pessoas reais. Não eram *pessoas* lutando por ela; eram memórias de pessoas que agora usavam uma pele branca feito leite. E eles não demoraram a capturar a cidade.

Laylee estava pronta para deixar sua marca.

Sob o comando dela, alguns milhares de cadáveres se separaram do grupo e adotaram a missão de arrancar os muitos magistrados e Anciãos de suas casas e esconderijos. Agora eles arrastavam os corpos, de figuras proeminentes, que gritavam e se debatiam rumo à praça central, onde o restante da horda de cera se reunia. A situação ultrapassava a insanidade. Chegava a ser anárquica.

Foi então que Roksana aproximou-se de sua *mordeshoor* e perguntou:

– O que quer que façamos com eles?

Laylee apenas sorriu.

Gritos perfuravam o ar em contrações constantes de dor.

O sol havia se escondido atrás de uma montanha e a lua espreitava só ocasionalmente de trás de uma nuvem. Pássaros esconderam-se em suas árvores; cavalos galoparam para longe. Até os grilos sabiam que era melhor não fazer barulho esta noite. Os cadáveres brincavam com os Anciãos de Whichwood como gatos com suas presas, e Laylee, ainda espantada com a imagem de Baba sendo morto bem diante de seus olhos, mentiria se dissesse que não estava gostando de ver aquele show. Assistia aos mortos jogando os homens e mulheres importantes da cidade para cima, só para pegá-los outra vez e rapidamente lançá-los ao mar. Alguém então recolhia os corpos ensopados e os colocava sentados na neve, onde pedacinhos de gelo imediatamente se formavam em sua pele. E então, quando essas pessoas estavam quase congeladas, outro cadáver se aproximava e jogava o indivíduo tremendo contra uma árvore, e ali eles colidiam com uma dura pancada antes de caírem deslizando pelo tronco. Logo esses indivíduos passavam a integrar uma pilha crescente de corpos feridos.

No fundo de seu coração, Laylee sabia que não devia estar fazendo isso, mas se sentia alimentada por uma raiva justa, que exigia vingança contra as pessoas de sua cidade. Quão profundamente eles a haviam ferido! Quão profundamente haviam partido seu coração! Haviam cuspido em seu rosto em todas as oportunidades, insultado-a enquanto ela passava, expulsado-a da escola e das lojas, maltratado-a em troca de benefício próprio. Ela passou fome e ninguém se importou. E, quando só lhe restava seu pai, eles o mataram.

Como ela podia perdoá-los?

Ao comando de Laylee, toda a cidade – quase todas as oitenta mil pessoas – haviam sido arrastadas para fora de suas casas e forçadas a testemunhar as atividades daquela noite. Os cadáveres, que não tinham nenhum interesse além de servir sua *mordeshoor*, jamais questionavam seus métodos. Jamais diriam a ela para mostrar misericórdia àqueles que a haviam ferido. E, se Laylee não tivesse ninguém mais com quem contar, talvez tivesse se perdido na loucura. Um fluxo repentino de poder, raiva, violência, mágoa esmagadora e caos...

Bem.

Receio que, sem ninguém para questioná-la, Laylee talvez tivesse ido longe demais.

Mas foi então que seus amigos atravessaram apressados a multidão.

Alice e Oliver e Benyamin estavam sem fôlego e exaustos pelo esforço necessário para encontrá-la, mas sentiam-se tão felizes por se reunirem com a *mordeshoor* que chegaram a tropeçar um no outro, puxando Laylee em seus braços enquanto caíam. Laylee se afastou para olhar os amigos nos olhos, piscando várias vezes. Seus movimentos eram atordoados e lentos, como se ela tivesse sido arrancada de um transe.

Benyamin rapidamente explicou que Madarjoon encontrava-se segura e longe do pânico, mas os três estavam em busca de Laylee há horas. E só conseguiram finalmente encontrá-la por causa de Haftpa, que tentava convencer os fantasmas a entregarem a localização exata da *mordeshoor*.

– Ora, ainda bem que temos Haftpa – falou Laylee. – Fico feliz por vocês estarem bem.

– Então, o que vamos fazer para acabar com isso? – Oliver foi logo perguntando. – Pensei que talvez pudéssemos...

– Acabar com isso? – falou uma Laylee confusa. – Como assim? Acabar com o quê?

Todos os três amigos pareceram atordoados e, em seguida, amedrontados. Por um instante, ninguém disse nada.

– Você tem que fazer os cadáveres pararem – Benyamin finalmente esclareceu. Seus olhos estavam repuxados, demonstrando preocupação. – Não pode deixá-los assim, ferindo todas essas pessoas.

– Ferindo as pessoas? – Laylee falou baixinho, virando-se para observar a multidão. E quase deu risada. – O que eles estão sentindo agora? Essa dor? Isso não é nada se comparado ao que me fizeram passar.

– Mas, Laylee...

– Não! – ela respondeu furiosa. – Vocês não entendem. Não sabem. Não têm como saber. – Engoliu em seco e sua voz falhou quando ela voltou a falar, levando a mão ao peito: – Essa dor... vocês não conhecem, não conhecem essa dor. – E quase caiu em prantos quando disse: – Passei tanto tempo vivendo com a crueldade deles...

Foi Alice quem de repente deu um passo adiante e falou:

– Você está certa. Está absolutamente certa.

Surpresa, Laylee parou para encará-la.

– Mas eles não valem o seu tempo – Alice prosseguiu. – Não valem o que tudo isso vai fazer com você. E posso ver que essa situação – apontou para o caos – só a está ferindo. Talvez conquiste sua vingança hoje, mas amanhã vai acordar infeliz. Não existe alívio fazendo esse tipo de coisa. Só mais sofrimento. O seu sofrimento.

Laylee hesitou, virando o rosto enquanto a memória da dor a fazia franzir o cenho.

– Eles não merecem você – Alice insistiu com delicadeza, dando mais um passo adiante para segurar as mãos de Laylee. – E você não precisa dessas pessoas desprezíveis definindo o seu valor.

Laylee ergueu o olhar, lágrimas silenciosamente escorriam por suas maçãs do rosto.

– Você tem a gente – Alice prosseguiu. – E nós já sabemos que o seu valor é inestimável.

Depois disso, tudo foi relativamente tranquilo.

Laylee sabia que tinha de ordenar que os cadáveres parassem. Sabia que pediria a eles para pararem. Só havia um problema:

– Como vou atrair a atenção de todos de uma só vez? – perguntou. – Eles são muitos...

Benyamin raspou a garganta e, em seguida, sorriu ao dizer:

– Bem... Haftpa e seus amigos podem construir uma teia para você.

Todos olharam para ele.

– No alto, obviamente – Benyamin esclareceu. – Poderiam fiar essa teia entre duas árvores e seria grande, grudenta e forte o suficiente para prendê-la. De lá, você ficaria bem visível.

– Certo – falou Laylee lentamente. – Mas como vou chegar lá em cima?

– Isso é moleza – respondeu Oliver. – Pediremos a um dos cadáveres para jogá-la.

•

Algum tempo foi necessário para construir a complicada engenhoca, mas Laylee finalmente se viu na posição única de estar presa em uma teia de aranha gigante, olhando de lá de cima para quase duzentas mil pessoas, entre mortos e vivos. Foi só depois que a bizarrice do momento ficou para trás que a garota se deu conta de que, para ela, não bastava estar dependurada lá em cima. Ninguém a percebia nessa escuridão – todos estavam preocupados demais com as olimpíadas da crueldade que ela e seus cadáveres haviam criado.

Ela fez aquilo que sabia fazer tão bem:

Puxou o chicote dependurado em seu cinto de ferramentas e o estalou três vezes no ar – o barulho era como o de trovões sacudindo os céus e, no fim, isso bastou para atrair as atenções. As pessoas ergueram seus pescoços para olhar a *mordeshoor* suspensa na teia de aranha, seu longo chicote de couro erguido em uma das mãos. Quando Laylee teve certeza de que estavam olhando – na verdade, ouvindo –, sentiu uma tranquilidade repentina. Em toda a desordem e loucura recentes, havia se esquecido de ser quem era. Mas é claro: Laylee era uma *mordeshoor*.

E estava no controle aqui.

– Meus queridos amigos – falou, sua voz ecoando pela noite. – Vocês interromperam seu importante sono para estarem ao meu lado hoje e precisam saber quanto me sinto grata, do fundo do coração, por sua lealdade e bondade. Contudo, precisamos acabar com a loucura que está acontecendo aqui esta noite. Não há mais necessidade de continuar torturando essas pessoas. Por favor, deixem-nas em paz.

– Mas *mordeshoor*, você disse que queria vê-los pedir desculpa, e eles ainda não se desculparam – falou Roksana. – Ainda não prometeram mudar seu jeito de agir, como você tinha pedido.

– É isso que quer? – gritou um dos Anciãos, tremendo. – Só quer o nosso pedido de desculpas?

– Ela quer que reconheçam os erros no seu modo de agir! – gritou Maman. – Vocês nunca mais poderão desrespeitar um *mordeshoor*. Nossa lealdade é e sempre será a ela e à linhagem dela!

– Sim! Vocês vão se arrepender de seu comportamento! – berrou um cadáver na multidão.

– E vão pagar um salário decente a ela! – gritou outro.

– E nunca mais voltarão a maltratá-la! – a multidão de fantasmas entoou, todos ao mesmo tempo.

– Nós sentimos muito – falou uma voz nova, nervosa. Era o magistrado do processo que correra ainda aquela manhã. – Nós sentimos muito, muito mesmo... – Agora chorava abertamente. – Nunca mais cometeremos o erro de renegar o trabalho de um *mordeshoor*.

– Por favor – gritou uma whichwoodiana. – Faremos o que você pedir... só não machuque a gente...

– Vocês vão restabelecer a antiga glória dos *morde-*

shoors! – exclamou Baba todo alegre. – E tratá-la com reverência e respeito...

– Nós juramos! – gritaram os Anciãos. – Juramos por tudo o que é mais sagrado para nós.

– E, se mentirem... – agora Baba falava com uma voz grave e letal que Laylee nunca tinha ouvido antes. – Viremos novamente atrás de vocês.

Os cadáveres rugiram e bateram os pés, espalhando uivos animalescos pela noite.

– Tudo... *Tudo* o que vocês pedirem...

– *Mordeshoor* – falou Baba, olhando para Laylee.

– Sim, Baba?

– Você aceita o pedido de desculpa desses monstros?

Laylee não conseguiu esconder o sorriso. Era engraçado ver os restos cobertos de cera de seu pai chamar os humanos perfeitamente humanos de monstros.

– Eu aceito, Baba *joon*.

– E, se precisar de alguma coisa, você vai chamar a gente para ajudar, não vai?

– É claro, Baba – ela garantiu com uma voz delicada. – Obrigada.

– E tem certeza de que quer que a gente vá? – perguntou Maman.

Laylee assentiu.

– Obrigada... Obrigada por tudo. Não sei o que eu teria feito sem a ajuda de vocês.

– Você nunca estará sozinha, minha doce menina –

garantiu Roksana. – Jamais esquecemos as bondades que recebemos. Nem mesmo a bondade daqueles que nos enterram.

E, lá do céu, Laylee viu a cena se desfazer, a teia de aranha brilhando atrás de si como se flocos de neve derretessem pelos fios. Seus amigos e familiares mortos silenciosamente se afastaram, dezenas de milhares de corpos marchando pacificamente pelas ruas, deixando os whichwoodianos vivos abalados.

Laylee nunca se sentira tão forte em toda a vida – e não porque os Anciãos haviam caído de joelhos diante dela, mas porque seus pais, ela percebia, enfim haviam provado que a amavam.

Um rouxinol sentou-se em seu ombro nesse exato momento e lhe cantou uma música de felicitações.

– Obrigada – Laylee agradeceu o passarinho. – A vida é estranha, não é?

O passarinho assentiu.

– Sim – ela reforçou. – As coisas raramente são o que parecem.

Eu adoro, de verdade, um final feliz

Seguindo sua promessa, a cidade nunca mais voltou a duvidar de Laylee.

Semanas se passaram e as coisas melhoravam a cada dia para nossa *mordeshoor*. Laylee era tratada como realeza quando andava pela cidade – os rostos não se repuxavam mais de desgosto ao vê-la, mas mostravam-se impressionados pelo poder que sabiam que ela guardava. O povo se sentia aterrorizado e impressionado e passou a oferecer quantidades impressionantes de ouro e prata para banhar seus entes queridos. Conversar com Laylee era considerado um privilégio – mesmo ser visto pela *mordeshoor* era uma dádiva. E Laylee, que não se importava com a atenção servil de desconhecidos, sentia-se reconfortada pela companhia de seus amigos.

Ah, sim… seus amigos. Eles continuavam com ela, é claro.

Laylee agora tinha dinheiro suficiente para conseguir contratar a ajuda extra que sempre quisera. E quem melhor do que as três pessoas em quem ela mais confiava? Alice e Oliver e Benyamin logo se tornaram funcionários oficiais da *mordeshoor*, trabalhando períodos decentes ao lado dela durante o dia e passando as noites e os fins de semana… qual era a palavra?

Se divertindo!

Laylee tentou voltar a estudar em uma escola pública, mas para ela era difícil demais ter aulas com professores que a temiam e sentar-se ao lado de alunos que só queriam ouvir as terríveis histórias de seu trabalho. Por fim, Laylee perguntou a Madarjoon se ela não se importaria de dar aulas em casa para ela e seus amigos durante algumas horas todos os dias e o pedido quase fez Madarjoon explodir em lágrimas. Superfelizes, os cinco – Alice, Oliver, Laylee, Benyamin e Madarjoon – logo se transformaram em uma bela e aconchegante família. Oliver, que para começo de conversa nunca gostou de verdade de sua cidade natal, não queria estar em nenhum outro lugar, mas Alice, cujos pais a esperavam ansiosamente, não poderia ficar para sempre. Ela mantinha contato com Pai e contava tudo o que acontecia, e ele sentia orgulho da filha porque ela havia dado um jeito na vida de Laylee, o que lhe permitia ficar em Whichwood, trabalhando com os outros, por um período de seis meses. Essa era a média de tempo que uma criança costumava ficar longe de casa para realizar seu desafio, então Pai achou justo.

Por enquanto, Alice não pensava em ir embora. Havia simplesmente coisas demais para aproveitar.

Alice e Oliver agora moravam no castelo de Laylee e toda noite era uma oportunidade para jogos e boa comida e longas conversas regadas a xícaras de chá bem quentinho. Sempre havia muita lenha queimando na lareira e belas luminárias iluminando a casa. Madarjoon lhes ensinou a preparar deliciosas sopas e arroz colorido; Benyamin mostrou a Alice o jeito certo de saborear uma rosa polvilhada; e Oliver... bem, Oliver começou a se transformar. Pela primeira vez na vida, sentia que podia se estabelecer em um lugar e a tranquilidade – a segurança – de simplesmente pertencer *começou* a invadir sua personalidade espinhosa e sardônica. Transformou-se em uma alma doce – e cresceria e se transformaria em um rapaz de sentimentos muito profundos, que viria a amar a *mordeshoor* mais a cada dia.

Por enquanto, eles eram apenas melhores amigos.

E esta noite, a sala de estar encontrava-se aquecida e iluminada e enfeitada com flores de inverno. A neve caía levemente do lado de fora das janelas geladas do antigo castelo e Laylee fechou os olhos e murmurou uma canção da qual se lembrava parcialmente. Madarjoon pediu a Oliver para pôr a mesa enquanto Benyamin e Alice levavam os pratos quentes à sala de jantar. O ar estava cheio do aroma de açafrão, canela e azeite; pães recém-assados esfriavam no balcão da cozinha, ao lado de belas louças com arroz soltinho, passas salteadas, pilhas de berberis e amêndoas fatiadas. As porções de queijo feta encontravam-se ao lado de pequenas montanhas de nozes frescas – ainda úmidas e molinhas – e punhados de manjericão, hortelã, cebolinha e rabanetes.

Havia vagens temperadas, espigas de milho grelhadas, sopas suculentas, tigelas de azeitonas e saladas tricolor. Aliás, era tanta comida que eu simplesmente não conseguiria descrever tudo. Mas jantares assim estavam se tornando uma tradição da *mordeshoor* e de sua família de coração, e eles passavam as noites comendo até suas mandíbulas cansarem de mastigar, até todos caírem de sono no chão da sala. Ali, terminavam a noite rindo e conversando – e, embora não pudessem saber o que o futuro lhes reservava, de uma coisa sabiam:

Em seus amigos, eles encontravam o espaço que chamavam de lar, e nunca mais ficariam separados.

•

Até a próxima, meu querido leitor.

Fim

TAHEREH MAFI é autora best-seller do *The New York Times* e do *USA Today* com sua série *Estilhaça-me*. Ela nasceu em uma cidade pequena perdida em Connecticut e atualmente vive com seu marido, Ransom Riggs – que também é escritor –, em Santa Mônica, na Califórnia, onde ela acha que o clima é perfeito demais para o seu gosto.

Tahereh costuma ser encontrada com excesso de cafeína no corpo e grudada a um livro. Quando não consegue achar um livro, ela lê embalagens de doces, cupons de desconto e velhos recibos de compras.

Você pode encontrá-la on-line nas redes sociais como @TaherehMafi ou em seu site: www.taherehbooks.com

Prêmios e indicações de *Além da Magia*, volume 1 da série Furthermore:

- Best-seller do *The New York Times*.

- Selecionado como um dos melhores presentes de Natal pelo *Los Angeles Times* e pela *Publishers Weekly*.
- Melhor livro de 2016 pela Kirkus Reviews.
- Melhor livro de 2016 pela Shelf Awareness.
- Melhor livro de 2016 pela Chicago Public Library.
- Melhor livro infantojuvenil de 2016 pela Amazon.
- Destaque em *Late Night with Seth Meyers*, NPR, TIME e *Entertainment Weekly*.

Além da Magia

Uma aventura cativante e cheia de cores, um conto de fadas moderno escrito pela autora best-seller da série Estilhaça-me. Inspirada por seu amor a livros como O jardim secreto e As crônicas de Nárnia, Tahereh Mafi cria um mundo novo e fascinante no qual a aventura é inevitável e a amizade pode ser encontrada nos lugares mais improváveis.

Apenas três coisas são importantes na vida de Alice Alexis Queensmeadow, de 12 anos: a Mãe, que não sentiria sua falta; magia e cor, que parecem fugir dela; e o Pai, que sempre a amou. Certo dia, Pai desaparece de Ferenwood, levando consigo nada além de uma régua. Mas quase três anos já se passaram desde que Pai se fora, e

Alice está decidida a encontrá-lo. Ela ama seu pai ainda mais do que ama aventuras, e está prestes a mergulhar em uma para encontrá-lo.

Porém, trazer Pai para casa não será uma tarefa simples. Para encontrá-lo, ela terá de viajar pelo território mítico e perigoso de Furthermore, onde para baixo pode ser para cima, papel é uma coisa viva, e esquerdo pode ser direito ou muito, muito errado. Alice precisará reunir toda a sua perspicácia (e todas as suas forças) para encontrar Pai e voltar inteira a Ferenwood. E, em sua busca por Pai, ela tem de primeiro encontrar-se a si – e apegar-se à magia do amor, mesmo diante das perdas.

TIPOGRAFIA BEMBO E HONEY SCRIPT

PAPEL DE MIOLO HOLMEN BOOK 55g/m²

PAPEL DE CAPA CARTÃO 250g/m²

IMPRESSÃO IMPRENSA DA FÉ